魅丽文化 花火工作室

桐花朵朵开

虫小扁 著

廣東旅游出版社
GUANGDONG TRAVEL & TOURISM PRESS
中国·广州

图书在版编目（CIP）数据

桐花朵朵开 / 虫小扁著. — 广州 : 广东旅游出版社，2019.7
ISBN 978-7-5570-1863-4

Ⅰ. ①桐… Ⅱ. ①虫… Ⅲ. ①长篇小说—中国—当代 Ⅳ. ①I247.5

中国版本图书馆CIP数据核字（2019）第110357号

出　版　人：刘志松
总　策　划：邹立勋
责 任 编 辑：周思思　黄碧绯

广东旅游出版社出版发行
（广东省广州市环市东路338号银政大厦西楼12楼）
邮编：510060
湖南凌宇纸品有限公司印刷
（湖南省长沙县黄花镇黄龙新村二业园财富大道16号）
880毫米×1230毫米　32开
9.5印张　265千字
2019年7月第1版第1次印刷
定价：38.00元

目　录

C O N T E N T S

C O N T E N T S

第一部分

1.

常笑身高一米七，身板可以开飞机。

常笑身高一米七，身板可以开飞机，骨子里透着一股英气。

大学开学那天，她提着行李箱走进寝室的时候，曾倩倩和容兰都以为她是哪位室友的兄弟或者男朋友。

直到常笑晚上洗完澡已经躺下了，容兰还一度认为这一切只是自己的幻觉，总觉得这个家伙半夜会兽性大发扑倒自己，想把她拖到厕所验明正身。

常笑来得很晚，在夕阳映衬下说的第一句话是：“噢，你们俩身材都不错。”然后往她们俩胸脯上瞄了一眼，笑了笑。

三个姑娘之后开卧谈会的时候，两人常慷慨激昂地嚷嚷着，说常笑那笑容忒暧昧，常笑就伸手戳戳容姑娘的胸，觉得自个儿没说错。

常笑寝室本该住四个人，有一个没来报到，据说留学去了。于是三个人，四张床，大学四年居然就这么过去了。

常笑军训时给女生狠狠长了脸，身姿英挺，动作规范，即便太阳直射，眼睛都能不眨一下，腰板儿挺得笔直。教官拿她羞辱了班上男生半个月，这帅姑娘连个谦虚的表情都懒得展现。休息时间，有人喊她坐，她坐下后摇摇头，笑着说：“我好像还不是很累。”

枪打出头鸟，那会儿几乎全班同学都看她不顺眼。常笑也不知道察没察觉，反正唱军歌的时候，每次就属她声音最嘹亮，且嗓子大开，激情澎湃。

几天下来还不见她嗓子沙哑，容兰就没忍住，哑着嗓子问了她一句为什么。她说：“我受过专业训练，你模仿不来的。”完了又是那个笑容，把容兰气得歪鼻子、瞪眼睛，好几天没搭理她。

常笑自荐当班长的时候，得票数为阿拉伯数字“1”，估计还是自己投给了自己。唱票和点票的那两个，总给人一种幸灾乐祸的味道。曾倩倩觉得她多少有点可怜，心里还难得有一丝内疚，想安慰安慰她。常笑却笑笑，说：“意料之中。”笑容里透着那么一点点笃定，又把曾倩倩气得不轻。

这段往事倩倩和容姑娘每每激动万分地提起，常笑都显得很淡定，笑容还是很常氏化。常笑觉得自己或许是个有喜剧因子的人，尽管她这个观点常常不被人待见。

同时，她觉得有必要再强调一下，她是个人，而且是个女人。

尽管自步入青春期，两性特征区分明显之后，她进女厕皆会遭遇异样的目光，但这并未打击她的积极性。日复一日，她依旧坚定不移地强调着这一点——

她当真是个有着女人心的真女人！

常笑很喜欢看小说，非言情不看。她和容兰、倩倩隔阂消除，亲密无间之后，容兰终于道出心声，说她拿着言情小说的模样很诡异，但这依旧浇灭不了她对言情小说的热情。

她也尝试写小说，只是文中的女主角清一色的娇小可人、玲珑剔透，男主角高大威猛、英俊潇洒，一定是一见钟情，见几次就在一起；然后结婚，分手，最后重逢，又在一起，完。

倩倩第一次看她写的小说，笑得捂着肚子从寝室滚到走廊去，她就觉得自己果然有做喜剧大师的天赋，可心里多少有点不是滋味——

她写分离那段的时候，明明还挺悲伤。

笑完，倩倩又爬回来，说："你根本不懂什么叫作爱。"

于是，常笑决定找个男人。这样就可以知道什么叫作爱。

可她一次次踌躇满志，又一次次铩羽而归。满大街都是男人，居然没有一个是她的。

但她记得自己第二次竞选班长，全班五十三个同学，五十二个人把班长选票投给她的时候，她坐在座位上，手表镜面上映衬的，她的那个得意笑容，手上还拽着自己那张弃权票。她喜欢这种逆转后胜利的心情，世上应该没什么事可以难倒她。人生本当如此，多姿多彩，峰回路转。

哦，她叫常笑。

大一一整年，常笑都跟着容兰和倩倩去联谊。她们两个人长得好看，常常不经意就把她看中的对象勾走了。

容兰实在内疚了，就摸摸她的头，说："笑笑乖，这么容易被勾走的男人不是好男人。"然而，她依旧和那些坏男人打得火热。

倩倩的看法不同，她说："爱情要经得起磨炼。"

常笑想了想，觉得两人说得都对，然后继续跟她们去联谊，当陪衬。

大二一开学，容兰约了几个朋友，叫上倩倩和她，一起去学校外边那间吧里小聚。吧里大多是校友，舞池里随便捡两个指不定就是自己班上的，所以闹啊叫的，气氛那是相当融洽。

常笑喝啤酒就像喝白开水一样简单，手一抬，头一仰，嘴巴一开，咕噜咕噜两下，杯子就见了底。不过，一想到容兰酒量不好，待会儿说不定还得担当背美女回寝室的责任，所以一整个晚上下来，她喝得还算谨慎。

一群人聊着闹着，剥着瓜子，觉得无趣，几个人就嚷嚷着玩骰子，输了就"大冒险"，赢的人说了算。她本来不想参加，结果被闹得没办法，还是拿起一个骰盅，参与集体活动。三两个回合下来，她没输没赢，就看着别人到处蹦跶。

其实容兰那几个朋友还算善良，玩得不大，了不起就是对邻座的某某说声“我爱你”。反正在场的基本是年轻人，玩得起，大多一笑而过，气氛炒得挺热。

不过，随着气氛升温，几个人颇有发酒疯的趋势。

常笑原本还暗自窃喜，她可没被抓包过一次，结果她一时兴奋掀了盅，竟然输了，一败涂地。容兰大概喝高了，当场兴奋得跳了起来，脸颊通红，眼神一亮一亮的，大吼：“你输了！”

旁边的人自然跟着起哄，一番商讨之后，容兰指着一旁，睨着常笑道：“去去，看到隔壁桌那个西瓜头没有？去抱他一下——”说完她停了停，奸笑：“新娘抱！”

常笑当场就窘了……思考着要不要“眩晕”过去，但想想上一回合，容兰一弟兄亲吻了地板，还把桌子、椅子、吧台都亲了一下……

正所谓愿赌服输，她只得把心一横，去就去！

不料，下一刻，她在嘈杂中听到个很不爽的男中音，感觉像是冲她而来：“那个穿黄衣服的！”

因为语气听起来像找碴，原本闹腾的人都安静了些。常笑一副事不关己的模样，开始悄悄地研究在场的人衣服的颜色……

“喂！”倩倩赶紧推了推她，提醒道，“像是叫你呢。”

常笑这才低头瞄了眼自个儿的衣服，挠了挠脑袋，纳闷了：不对啊，确实不关我事啊，我穿的是绿色啊……

酒吧里闪烁着让人炫目的蓝色灯光，众人情绪依旧高涨。

好吧，就当作找她吧。于是，常笑四处张望了一下。倩倩突然一副受不了的样子：“后面！”

后面？呃……

常笑所有的惊讶被掩盖在震耳欲聋的电子音乐中——她头还没完全扭过去，衣襟就突然被狠狠揪住，随后身子被某股强劲的力道一把拉扯，脸颊就被迅速撞击了一下！

没错，就是被撞击了一下！力道之大，她甚至可以清晰地感觉到对方嘴唇的轮廓……

角落里有伙人突然疯了，鼓掌啊，吹口哨啊，拍桌子啊，跺脚啊，跳啊，闹腾非凡。

常笑先是蒙了，然后豁然开朗……她大概成了……赌注？

而亲她的那男生已是双手插进口袋，一句道歉或解释都没有，扭头就走。

常笑没看清他的脸，但能察觉到那人极其不爽，全身散发着“挡我者死”的气息，背影倒是挺拔帅气，身高还高她一头。

她摸了摸脸，不知道在这种情况下该怎么反应：嗯，是捂脸娇羞，小声叫痛？还是跌坐在地，放声大哭？

突然，容兰的一位女性朋友莫名地亢奋了，捧住脸“啊啊”地呐喊，说：“是季晓桐啊——”

常笑被计算机系的季晓桐啄了一下，事情了不得了。有识之士纷纷为之扼腕，觉得季晓桐亏大了。而她的一票男同学，则发来贺电，觉得凭她之姿，得吻如此，当以此生无憾。

于是，她坐在电脑前看着论坛，觉得很神奇，自己被占了便宜，倒霉的人却是对方，世界之大果然无奇不有。

容兰躺在床上咬手绢，说：“瞧瞧你走了什么狗屎运。”

倩倩望着一轮清月感叹：“季晓桐啊！”

常笑耸了耸肩，她已经花了两小时看帖子，去了解季晓桐究竟是何方神圣。此人脾气有点不好，不过刚好长得英俊无比；不过开学初代表全体新生发言，在观礼台上行了个帅气的军礼，英姿笔挺；不过碰巧会画画；不过在音乐上还有几分造诣；不过在篮球赛上也曾露了两手……

这些她都会。

想了想，常笑匿名在论坛上跟了一帖：季晓桐，不外如是。

然后，她就洗澡、洗衣服去了。

刚晾好衣服，余非给她打了个电话，说饿了，她就揣着钱出去了。

从某种意义上来说，余非勉强算常笑的青梅竹马。

初中那会儿，她代表学校参加市数学竞赛，余非刚好坐在她前面。她自幼爱多管闲事，瞄见他把试卷看了一遍就趴在桌子上睡觉，担心他回去被人批评，便用铅笔从后边戳了他几下。结果，她就被监考老师口头警告了。

过了会儿，见他还趴着，她不死心，又戳了他几下。监考老师刚好是个食古不化的糟老头，居然要取消她的考试资格。她不知怎么头脑发热，抱着桌子嚷嚷着不肯走，说“冤枉啊，救命啊”，结果还是被老头揪着衣领提了出去。

出来后，陪考的数学老师指着她的鼻子瑟瑟发抖，破口大骂，说这是破坏学校清誉的重罪，还说回去再修理她。她解释了两句未果，只得委屈地站在一旁等同校其他人考完。

最先出来的那个人就是余非。

余非走近她说了句“多管闲事”，然后带着微笑，彬彬有礼地向数学老师简单解释了方才的事件缘由，再回头看着她，勾勾唇，说他叫余非。

可惜，她至今未能分析出他那笑容所表达的意思，戏谑？不以为然？还是真诚？

后来，老师有没有追究责任，她忘了，只记得获奖名单公布时，她去瞄了眼。“余非”这两个字赫然排在第一位，她才真正记住了这两个字。

回想起来，她真想吐血，其实那些题目她全部会做……除去粗心大意导致结局与所想不一致的偶然性，她得第一的可能性还是很大的。就算和余非分数相同，如果按拼音排列名字的顺序，她常笑的“C”也在余非的“Y”前面。

事到如今，常笑依旧有点耿耿于怀，但看在彼此“滚瓜烂熟”的分上，也就耿了一小点怀。

常笑一下楼，就瞥见余非站在路灯光影旁等她。那个位置刚好逆光，看不清楚脸，不过她知道他一定在望天。

容兰常说余非有点奇怪，虽然脸很好看，但脸再好看也不能掩饰他很奇怪这个事实。她觉得还好，并不懂容兰和倩倩为何非得对他退避三舍，平时约来吃个饭也推三阻四。

刚走过去，余非仿佛察觉了她的靠近，说：“我要吃蛋糕。”

她点点头，微微抬头望他——以前他刚转来她班上的时候，个头儿还没有她高，不知什么时候起她都得抬头望他了……想了想，她心里又有些郁闷。

两个人并肩往前走，进了学校里边的甜品屋。

甜品屋里装潢优雅，气氛甜蜜，来的大多是情侣，一杯共饮，浓情蜜意。

常笑心想，她和余非的出现好像挺突兀的，她尤其想象不出和他共饮一杯的情形，那太有伤风化——某些时候，她还是挺有自个儿长得男性化的自觉。

余非的吃相非常优雅，慢条斯理，一调羹一调羹，循序渐进。她偶尔也会想用“一幅画”来形容他，只是他挖完蛋糕外边一层巧克力摩卡，就把剩下的那块完整的蛋糕芯推给她，把她那块草莓蛋糕挪过去，接着淡淡地说：“女人不要吃那么多忌廉，对身体不好。”

闻言，她也淡淡地窘了。

吃完两块蛋糕芯，她就饱了。余非说：“行了，可以转移阵地，开始吃正餐。”两人接着去了学校最贵的那间餐厅，点了一桌，全部是她最爱的菜。

余非说：“做人要有远见。”停顿了一会儿，他又说：“还要懂得抵制诱惑。”

她当场欲抓狂，说：“明明是你让我吃的蛋糕。”

“那你要知道明辨是非。”他说完便坐在对面，看着她的表情，抿嘴轻轻地笑。

其实她觉得他笑起来眼儿弯弯的，很好看。

虽然常常被他弄得哭笑不得，但一次又一次，她始终会重复犯着所谓的错误，无法拒绝他。

就仿佛，那个阳光明媚的夏天，坐在光线充足的教室里，头顶上的风扇还嗡嗡地转着……她怎么也忍不住，想用笔戳戳他。

她相信缘分的，缘分，所有小说里男女主角的相遇，都是因为这两个字。

简单，同时温暖。

2.

我在操场等你。不来……我每天早上来吵你。

常笑回到寝室的时候，还差半小时断网。

学校统一晚上十一点关灯，但并不强制执行。她习惯在关灯断网后先看会儿电影或者电视剧，夜深之后创作小说。

但这半小时还是要利用起来，她先去新浪等门户网站逛了逛，然后又鬼使神差地上了学校论坛,点开当初留言的帖子,发现论坛竟因“季晓桐，不外如是”七个字沸腾了。

诸多讨论从有人引用她这句话并加以猜测开始，然后众人不停地引用，深度议论。接着，有些看不惯季晓桐的人也冒出来了，雪球便越滚越大，逐步引发嫉妒论、阴谋论……

这本不是什么大不了的事，但大概因为她矛头所指的是计算机系的人，恰巧C大计算机系的牛人还不少……往下翻页，常笑就赫然发现自个儿的校内IP被曝光了，就连所在系院班级，以及寝室门牌也被列了出来。

帖子再往下几楼，不知谁翻出她军训那会儿演练时拍的相片，用红线画了个圈，把她标了出来。下边跟帖的人，有的说超级帅，有的说“男的吧”，还有的说“人妖啊”，乱七八糟的，什么都有。

她心里有些火气，索性光明正大地以常笑之名，引用自个儿那句话，再用一号字体大大咧咧地回了四个字：本来如此。

大概有人不停地刷新帖子，马上就有人跟帖。

花花：哟，正主千呼万唤始出来，欢迎欢迎！

酱油君：真身？来黑的吧。

路过：常笑，哦啊，喜欢这个名字。

晓冬晓冬晓冬：常笑！！！凸！！凸！！

哈哈：季晓桐，不外如是。本来如此。

嘻嘻：顶顶顶！！！

常笑本来还想回些什么，但觉得这浑水越搅越乱，决定趁没熄灯，先去刷个牙，冷静一下。

快断网的时候，她回到电脑前，发现自个儿常用的传输软件飞鸽突然弹出收取邮件的界面。用此软件在内网传电影，速度非常快，偶尔会有不认识的人群发消息，问有没有哪部片子什么的，因而她也没在意。

但打开之后没多久，先是文档强制性关闭，接着鼠标不能移动，随后整部电脑突然黑屏，显示器直接进入休眠状态。她第一反应就是先拔掉电源，然后顿了一下，知道电脑被人投毒了。

而且，还是非一般的毒。这状况，估计得重新装机。

装机其实是小事，常笑自己就能处理。只是……她突然想起自己总是习惯把所有的文档直接保存在C盘和桌面，且无备份……

想到这儿，她眯了眯眼，火大了。

常笑生平第一次被人气得睡不着觉，躺在床上翻来覆去。尤其一想到那四万字的存稿，她就觉得整个世界都是黑的。那是比黑夜更黑的黑，比小说里所有男主角的眼珠都黑，什么都没有她此刻的心境黑！

季晓桐！季晓桐！季晓桐！

她终于明白和珅为何总是一副咬牙切齿状，不过她的属性为忠。想她做人一向不轻易动怒，也从不记仇，如今竟被人气得肠子都纠缠在一起，睡觉之前蹲在厕所里连一个屁都没放出来。

季晓桐啊季晓桐，要不是宿管阿姨关了大门，她早就两翼插刀杀过去了！

倩倩和容兰其实不理解她的苦，只是觉得四万字这个数字挺吓人，平日里她憋一篇三千字的论文已经绞尽脑汁……但她俩也无能为力呀，只能拍拍她的肩膀，以示安慰。

常笑在一千零一次辗转后，听到了倩倩微微的呼噜声，容兰尖细的磨牙声，越想越窝火，越发觉得此仇不报，誓不为人！

第二天早上，常笑顶着黑眼圈从床上爬起来，尝试着再开一次电脑，结果怎么也进不了主界面，反正一开机就发出刺耳的“嘀——”的声音，按什么键都不灵。

她崩溃一个晚上，已发泄了点闷气，如今还算淡定。于是，她再次拔了电源，面无表情地欲往外走。

容兰看她脸色不对，才意识到事情真的大了，赶紧和倩倩打了个眼色。两人突然一左一右地勾住她的手臂，拖住她的脚步。容兰堆起笑容，讨好道：“笑笑，我请你吃你最爱的牛腩面好不好？”

“不好。”

倩倩也迸出一句：“那你陪我去吃我最喜欢的过桥米线好不好？”

“不好。”

“常笑……”容兰声音突然软了下来，夹带着浓浓的担心。

常笑顿了一下，吸了口气，才轻轻挣脱她们的手臂，回过身来看着她俩浅浅一笑：“没事，我现在很冷静。”

“嗯……”倩倩语气里带着极为不信任的意味。

常笑又吸了口气，加深笑容，说：“保证不以武力解决问题。”

容兰皱着眉头问：“你不会真去找季晓桐吧？”

闻言，常笑笑容顿失，凝着脸。

容兰突然意识到什么，以为她还在为相片被曝光的事情难受，抿抿嘴道：“没事没事，你虽然不漂亮，但每张相片那站姿那侧脸那气质，都是一流的，简直英姿飒爽！”

倩倩以“你是笨蛋吧！你这能叫安慰吗”的眼神瞪了容兰，回头看着常笑叹了口气。她极少见常笑这么认真，觉得这样的常笑还挺吓人。

然后，倩倩有些迟疑地开口："也没证据证明一定是他做的……"

常笑拍拍她们，露出一个笑容："早上这节课记得帮我请假。"然后，她又眯了眯眼睛。

常笑的侧脸看起来还真的蛮帅的……容兰和倩倩心里窘窘地想。

季晓桐是计算机系的，这是公开的事情。

常笑带着"无知"的表情先去系办公室问了一下季同学是哪个班的，亏得他名气大，她轻而易举就得知了欲知的信息。然后，她花了半小时踩点，询问了几个人，得知他周三早上一二节没课，又辗转找到他所在的那栋寝室楼，扯着嗓子光明正大地在楼下吼：

"季晓桐，你下来！"

"你给我滚下来！"

季晓桐的寝室就在二楼，常笑心想凭她的嗓音，他不可能听不见，就算是聋的，她也得把他震醒。但她不得不佩服整栋楼众人的睡眠质量，她吼了很长一段时间，目标楼层才有动静。

这一动静不得了，早听闻计算机学子日夜颠倒、熬夜打游戏的人不在少数，此举明显激怒了一众苦熬通宵且刚入梦的男生，陆续有人在寝室里怒吼了几句"吵什么吵"，从二楼上至六楼。

后来，终于有个人穿着短裤，赤着膀子，从某寝室跑出来看情况。直到看清楚了她，那人才抓了抓乱糟糟的头发，冲屋里吼："季晓桐，找你的！"紧接着，他又补充了一句，"男的！"

常笑无语片刻，索性放开嗓子吼："季晓桐，你就一缩头乌龟，胆小鬼！屁大的胆子！猪脑袋，你下来！"

又是一番沉寂，就当她清了清嗓子，气沉丹田，再欲发声的时候，突然——

"你再嚷嚷，我就揍扁你！"那寝室门猛地被一脚踢开，一个男生穿着件宽大的 T 恤，气势汹汹地冲出寝室，冲至围栏边指着她怒吼，一副"黑云压城城欲摧"的架势。

是季晓桐……果然脾气不好。

常笑第一次面对面地看清这张脸，论坛上有几张照片把他的脸拍得很精致，但真正瞅见本人，她才知道原来没有借光借位，没有艺术成分，他也能长得这般……美。

据说四分之一混血，让他五官比一般人深邃，鼻梁高挺，眉鬓飞扬，一副意气风发的样子，头发细薄，自然卷曲，耷拉至眉宇之间，让人不自觉地望向他迷人的深棕色双眸。

常笑顿了一下，帅是很帅，但她对太帅的人不感冒。她甩了甩头发，终于放缓了嗓音道："你下来。"

"你——"

季晓桐本是想破口大骂，望清楚她后，竟然意外地安静了几秒，但还是不耐烦的样子，随后嗤了声："是你。"

她点了点头，然后说："是我。"

他微微蹙眉，问："真是女的？"

"如假包换。"

两人沉默了一会儿，她才拨了拨帅气的短发，说："我在操场等你。不来……"她歪头想了想，又说："我每天早上来吵你。"

季晓桐明显顿了一下，蓦地大吼："疯婆子！"随后转身又一脚重重地踢开寝室门，回去了。

季晓桐果然来了操场，常笑满意地笑了。

她的解决方法很简单，一元钱硬币往天上一抛，掉在地上看正反。若是字那一面，季晓桐绕操场跑五十圈，跑完还得向她道歉。

四百米的标准跑道，五十圈就是两万米。

她觉得，既然所有的事情都因季晓桐那个赌注而起，那么，再赌一次，结局交给上天决定。

季晓桐不但来了，他寝室的人都来了，身后还跟着很多看热闹的，队伍浩浩荡荡的。

听完常笑的话，季晓桐皱着眉头问："若是花那面呢？"

身后已经议论纷纷，都被赌注吓到了。

她拨了拨没怎么被风吹乱的头发，突然露出个蒙娜丽莎式的微笑："不可能，因为你是错的。"

这句话自然刺激到了季晓桐，他原本没打算玩这个，却昂昂头，半眯起眼睛道："那我就让你知道什么是对的！"随之一把夺过硬币，迅速而率性地往半空中一抛——姿势还是很美。

草地卸去了硬币落地时清脆的声音……

骨碌骨碌……

硬币落地后，众人赶紧围上去瞧，呃……显然，上天在这一刻还是选择了常笑——她的女性直觉在某些时刻非常准。

季晓桐顿了一下，一脚踢开硬币，眯眼望了眼常笑，蓦地抽了抽嘴角。

常笑脸上是一种很欠揍的表情，语气还带着点语重心长："说了，你是错的。"接着很认真地看着他说："不过五十圈。"

这明摆着是挑衅……众人便把目光纷纷移向季晓桐。

他吸口气，伸出食指指了指她，稳了稳情绪，最后点了点头，咬牙切齿道："你有种！"然后像是有些赌气般拔腿跑向跑道。

常笑望着一群看热闹的人，慢慢把短袖 T 恤的袖子往肩头撸了撸，脑子一发热，目光坚毅地望着他们，慢慢道："让你们看看什么叫作'不外如是'。"接着就跟在季晓桐的后头，也跑了起来。

很快，她就察觉到了身后的骚动……嗯，她的背影该是如何的"急煞千军万马，猛回头喝退各路诸侯"，又该是怎样的"喜煞万马千军，转回头吓退百万雄师"……

所以说，她喜欢这种逆转之后的心情。

常笑一直跟在季晓桐身后跑，然后望着他的后脑勺心想，所谓才能，若论个"全"字，她自信不输给任何人。

想她上头那三个哥哥非常强势，打小担心她被欺负，从来是铆起劲来传授本事。常欢更是在很长的一段时间内，每天带着她晨起长跑，所以这么多年来，她身子骨异常健康，向来是"不用一苹果，医生远离我”。而军训的小小苦楚，对她来说本就是若等闲。

晨跑之习延续至今，她从未忘记二哥的谆谆教导。军训时代表新生宣个誓有什么了不起!

跑五十圈甚是艰难，太阳当空照，汗滴埋进土。

她终于拖着沉重的脚步咬着牙迈过终点线的时候，全场寂静得没有一丝声音。

她重重地喘着粗气，尽管累得只想趴下，但还是顽强地支撑着，没倒下。然后，她回头瞄了眼还在第四十八圈挣扎的季晓桐，抹了抹汗水，露出一抹胜利的笑容。

方才快他一圈并再超越他的时候，常笑斜眼瞄了眼他猪肝似的心有不甘而竭尽全力却无能为力的脸色，心里的爽快劲就甭提了。

再瞥过去，季晓桐也是远远望了过来，她当即骄傲地昂起了头，挺起了胸。

跑道内还几个家伙跟着他，兴许是助威，或许是劝说什么。她想着他们下一刻会干吗——季晓桐那家伙居然违背约定，一个人脱离了跑道……

跑啊跑……跑啊跑……跑没了。

常笑在风中呆滞了三秒，蓦地瞪大眼睛，更加用力地喘着气，再回头瞄了眼围观的人群，义愤填膺地想寻求见证者，不料——人也都没了。常笑不由得石化了……

数秒后，她才艰难地挪了挪虚软麻痹的四肢，颓然地倒在草坪上……最后，她没忍住，还是骂了句“浑蛋”。她愤愤地想着，他不道歉，这事没完。

3.

过了这么久，居然被别人亲了。

常笑瘫在床上，一动都不想动。尽管撑完全程，尽管有优良底子，她还是觉得自个儿的腿要废了，全身都沉甸甸的，好难受。

“水……口渴啊……”她想打滚，又不想动，“水……”

“据知情人士透露……计算机系季晓桐……电脑……今夜被黑……”倩倩突然自电脑面前冒出一段话，“季晓桐电脑今夜被黑！？”她猛地又强调了一遍，声音明显透露着震惊。季晓桐既然号称C大计机才子，自然有他过人之处，因而小姑娘猛地站起来指着电脑尖叫：“快看快看，论坛上出现的帖子！”

容兰听闻后，双掌摁着面膜，从对面床突然弹起来，望着常笑，问道：“你还有这本事？”她嘴巴不能张太大，导致声音模糊。

还躺在床上的常笑有些恼：有本事个屁！我电脑还没修好呢。

但没多大会儿，常笑突然又乐了，人贱果然有天收，幸福原来这么简单……

她几经周章爬起来喝了口水，举杯：“英雄啊。”

倩倩却望着屏幕，久久之后才道了一句：“我预感一场风雨即将来临……”

常笑歇息了一晚上，早上睡醒了下床，双腿还是痛得让她咬牙切齿。

昨天为了和季晓桐争口气，前半程保留实力，后半段拼了蛮劲，如此高强度演出果然不是人干的事，如今一根根神经都拉扯着，像被人用来弹过棉花似的，脚都有点颤抖。

恰逢手机又响个不停，她“嘶”地吸了口气，找了张凳子坐下，才接了电话。

余非在电话那头平淡地开口：“出来锻炼身体。”

“噗——”常笑差点想吐血，深吸两口气，吼了一句，“出你个大头鬼！”

闻言，余非轻轻笑出声来，对她的暴躁置若罔闻：“你先下楼。”

“我不！”

“美人。”他突然喊。

“美人，来。”

常笑这辈子最受不了的就是余非叫她美人，乍听之下像是莫大的讽刺，然而他语调认真，微带调侃，偶带调戏，害得她每每三分酥麻，时不时几分面红耳赤，好比一只刚进蒸笼的盐酥鸡。

啊啊，受不了，她蓦地咬咬牙，喊道：“闭嘴！”

“三分钟哦。”他像是笃定她的妥协，放柔了声音，又笑了笑。

于是，常笑开始郁闷地刷牙洗脸，不知道为何跑完步连手臂都觉得疼，而且腰痛，屁股也痛，也不知道为何她老向余非那家伙妥协，他们两人就好比盐酥鸡和嘴巴，她一定是被咬的那一方。

她换好衣服下了楼已经过了十来分钟，瞥见余非站在老地方……

初升的太阳明媚动人，透过树叶投射在他身上，树影斑驳。他面容安静，透着股闲云野鹤的意味……她看得微微一愣，半晌才撇撇嘴，唤了句：“余非。”

余非……她突然觉得心里涌起一股暖意……其实，与其说他奇怪，不如说他特别，但若要说他特别，又不如说他独特。

至少在她心里，如是。

余非回头看她，嘴角的弧度似笑非笑。然后，他双手插进口袋，慢慢地前进，像是故意不搭理她。

她瞪了他的背影一眼，还是跟了上去。

他走路一向很慢，慢悠悠的步伐，淡淡的笑容，循序渐进的处事方式，一点一滴地渗透。过了一会儿，他开口道：“你昨天没赢。”

“我也没输。”常笑愤然，那家伙怎么也跑了四十八圈，今天不瘫痪也是半个残疾，不是谁都有她这身子骨，还有闲情逸致陪他散步。

她想了想又问：“哎，你知道昨天的事？”

“笨蛋。”

笨蛋才陪着他一起跑。她自觉地把那两字转化为他想转达的意思，撇撇嘴道：“不跑的话，他以为我吃素长大的！”她走向一旁校道上的长木凳，一屁股坐下，大大咧咧地将两腿分开放直，小心地压了压，不由得皱眉，倒吸气，嘶……腿好酸。

余非站在一旁看着她毫无女性自觉的姿势，也未表示反对，而是慢慢走到她身边坐下，突然语锋一转：“什么感觉？”

“什么什么感觉？”常笑双臂一展，搭在靠背上，人往后一倚，舒了口气望着他，一副不明所以的纳闷模样。

他看着她，一双清水翦眸，黑白分明。

突然，他慢慢地俯下身来，轻轻在她脸颊上印下一吻，接着缓缓离开，悠悠道：“被亲一下，是什么感觉？”

哦，他说的是她被季晓桐亲的那一下吧。她眨了眨眼，耸耸肩，很平静地回答：“没什么感觉。”却自始至终没有再看余非一眼。

又坐了一会儿，常笑脑子里开始不自觉地回味着刚才那种温软的触感。

明明余非只是轻轻地吻了一下，她却仿佛能清楚地勾勒出他唇瓣的轮廓……是那么柔软，还带着一点点温暖……

她渐渐从没什么感觉变得好像有点感觉，然后变啊变的，突然整个人跳离椅子，又因肌肉酸痛，弹起的动作有些扭曲……

搞了半天，她刚刚烤了老久的盐酥鸡，居然是麻辣口味的。

“痛痛痛……”她咧嘴痛苦地嚷嚷了两句，依旧没敢看余非，而是揉大腿，扶柳腰，看似搔首弄姿，一颠一颠地跑了。

难怪他一开始说约她出来锻炼身体的，连心脏都被折腾了。

余非没追，他淡淡地睨着她跑远的身影，靠在椅子上合上眼睛，轻轻说了句：“活该……”

过了这么久，居然被别人亲了。

常笑第二次晚上睡不着觉，躺在床上翻来覆去，满脑子都是余非。

以往写小说，她顶多就写到一点钟，然后趴在床上呼呼大睡，一觉到天明。如今亲身体验，才知道躺着睡不着是多么痛苦的一件事，尤其是脑子里还满满地塞着一个吻。

因为尚在怄气，她还没去弄电脑，本是不想闻天下事，现在却连个打发时间的东西都没有。又辗转了一番，突然手机屏幕一亮，界面显示来了短信息。

呃……是余非。她先瞄了眼时间，都快两点了。

她通常入夜就习惯性地把手机调成振动，又怕吵到容兰和倩倩，改为静音之后打开短信。

“睡不着？”

罪魁祸首还敢出言挑衅……常笑几乎可以肯定他一定是笃定她耿耿于怀，才故意来逗弄她。

她先是愤愤不平，然后摸了摸脸，还是不自觉地想起那个……唉，她蹙眉思索了一下该如何处理这件事，算是明白为什么外国人都是金毛银毛，因为把亲吻当习惯，烦恼烦出来的。

算了，也没什么大不了，余非经常做一些她意料不到的事情，原因无他，寻她乐子。所以，最佳的处理方式还是装无知，自然过渡……

她点点头，打定主意，回复：“她已经睡得人事不省了。”

“她睡着了，那么你？”

“余非余非，我是飞鱼。”她发出莫名其妙的信息后，又马上补了一条，“你也没睡？”

废话。她还没发出去，又立即收到一条短信：“想你想的。”

常笑没忍住，“啊”的一声吼，把手机关机，电池也拔了。

不得了！余非今天疯了。

没多久，容兰模糊的声音从对面床传来：“还没睡？”

常笑想了想，说：“这个星期六咱们去联谊吧。”

找个命中注定的男人来搭救自己吧。

容兰那夜半梦半醒间居然也把她的话听进去了，说是星期六带她去见高中同学。

倩倩这个周末回家了，没能参加。常笑问：“就我一个？”她怕撑不起场子。

容兰说没关系，反正她同学也只带了一个人。然后，容兰看着她的中性化装束摇了摇头，说：“你打扮一下吧，这次人家说了，来的是个顶级帅哥。”

于是，常笑一边往嘴巴上抹唇膏一边想，余非说得对，目光是该放长远一点。她早有自觉，知道在C大寻找恋爱对象肯定是无望了。

常笑套上倩倩借给她的裙子，好好一条长款白色连衣裙就变成了白色短裙。不过，把容兰选的一条红色宽腰带束在腰间，除了胸部小了点，效果居然还不错。就是颈部以上有一点点不协调……

容兰本来还想给常笑收拾一下，但接了个电话，说是同学催她们，就赶紧提着包包说出门。然后，她又回头望了望常笑，迟疑了一会儿才说别弄了，就这样吧。

这时，常笑基本已经觉悟，所谓联谊就是交个朋友，吃个饭，绝对没下文了。

两人赶到目的地的时候，容兰的同学果然在等了，望向常笑时明显愣了愣，像是想称赞她身材不错，结果却说："你同学真高啊。"

闻言，常笑笑得很淡定。

容兰的同学叫周舟，她们走进餐厅的时候，他想起什么，突然有些兴奋，对容兰说这次来的这个绝对是珍品，但看常笑的眼神多少有点窘。

常笑也不介意，走近一看，餐厅雅座沙发上坐着的那"珍品"，背影还是挺不错的，桌上还摆着一杯绿色鸡尾酒，也显得很有格调。她想，珍品的背影果然是千篇一律啊。

"晓桐，"周舟上前拍了拍那人的肩膀唤了一句，又笑道，"我老同学来了！哦，想起来了，你们还是同一个学校的。"

嗯？常笑还没反应过来，那珍品已回过头瞄了她一眼。四目交接后，珍品突然"噗"的一声，喷了她一身酒。

常笑的脸色立马变了，绿过桌面上那杯鸡尾酒——哇，冤家路窄，居然是季晓桐这浑蛋！

季晓桐被酒水呛得咳了两声，接着静坐在那里，抬头盯着她。她也一言不发，低头瞪着他。两个人目光纠缠着，气势对峙着，气氛冷凝得像是战争要一触即发。

关键时刻，容兰反应迅速，把她推开两步，脸上堆笑，说："没事没事……季晓桐亲自喷上去的酒，倩倩不会在意的。"

"还有皮带。"常笑突然冒出一句。

容兰赶紧说："没事没事，我送给你，擦擦就行……"就怕她冲动。

常笑本不是小气的人，平常被洒水车喷到，什么事都没有，如今心里憋屈得……拳头已是紧紧握起。忍了忍，她气还是不顺畅，突然一把拨开容兰，说话还算冷静："道歉。"

季晓桐嗤了声："道什么歉？是你穿裙子出来吓人的。"

"你……"常笑气从中来，"那也比你临阵脱逃来得好，你就一缩头乌龟，无胆匪类！"

闻言，季晓桐慢慢站起来，蹙眉道："什么临阵脱逃？谁答应你了？扔个硬币就能论对错了？"

"没答应，你就抛硬币？没答应，你就开跑？"

"我锻炼身体不行？你管这个？"

她吸了口气："你就是一瓶蛮不讲理的喷雾剂！不，杀虫水！"

"你说什么？"

"说什么不行？连个女人都跑不过。"

"你也算个女人？"

"连女人都跑不过！你就是一个连女人都不如的男人！"

闻言，季晓桐向前跨了一步："别以为穿了裙子冒充女人，我就不敢揍你！"

见他老拿裙子说事，常笑顿了一下，吸口气，突然勾勾嘴一笑，二话不说，冲上去就是一拳，专打他的脸。

季晓桐被打了个措手不及，刚好脚抵在沙发边，没能站稳，往后一仰就跌坐在沙发上，脸色看起来也称不上震怒，反而有些茫然，有点蒙，嘴巴微微张开，一副难以置信又反应不过来的样子……

见状，容兰尖叫一声，赶紧尴尬地拖着常笑往外走。见她一副还没解恨的样子，容兰赶紧说了句："大姐啊，这是高级餐厅……"

常笑这才吸了口气稳稳情绪，任容兰把自己带了出去。走的时候，她隐约听到季晓桐在骂骂咧咧的，说什么没完之类的。

某公园的休憩长椅上，常笑愤愤地擦着白裙上的污渍。

容兰已是瘫在椅子上，觉得身心疲惫，突然感慨道：“你说我不带你出来多好啊，周舟介绍的那个是季晓桐啊。”

“那家伙没什么了不起，脾气又臭。”

“那叫有个性！而且人家不是神经病，也没乱发火。我觉得是你们俩八字犯冲。反正我也不求和他谈恋爱，就交个朋友也好。”

“以貌取人。”

“这叫食色性也。你也是，干吗跑去人家寝室楼下乱吼？现在整个计算机系都在议论你，我外联部里的那些同事都说你是个怪胎。我看啊，你和余非那个家伙刚好凑成一对！”

常笑倏地站起来，决定当没听见容兰的话，握拳说：“不行，我还得去联谊！”季晓桐是个什么东西，决不能让他影响心情！

容兰沉默了一会儿，知道拒绝没用，常笑的韧性一向无人能敌。于是，她只得有气无力地道：“行吧……不过有个条件，”接着抿抿嘴，表情严肃认真地说：“你……还是穿回男装吧。”

免得又喷了倩倩的衣裳。

4.

你想找什么样的男朋友?

在联谊之前，常笑想先把电脑重装好。倩倩抓住她的手，阻止道：“你就别自己来了吧，意思意思，找个男生。女孩子还是示弱一下，懂也装不懂，让他们展示一下才华。”

“可他们不如我装得好。”

“你就不能睁只眼闭只眼？反正你就拿电脑看些肥皂剧，写写小说，装那么好干什么！”

容兰咬了口薯片，嘎吱嘎吱响。她边吃边说：“你就是太强悍太直接，男人才会敬而远之。”

她想了想，觉得有道理，拿出手机开始拨号。

A 男：“什么？常笑姐你真会开玩笑，你电脑要重装还需要求人？”

B 男：“笑哥，您老就别为难我了，你都搞不定的机子，我哪会……”

C 男：“帮你重装电脑？为什么？我记得我女朋友的电脑还是你给重装的啊！”

D 男：“行啊，你到时拿过来。顺便帮我看看我电脑最近老蓝屏是什么问题，我都重装了几次了！”

E 男：“不行啊，我这几天没空……”

常笑挂了电话，心想，果然求人不如求己。

只是，她刚把系统碟拿起来，手机又响了，接通后，余非在电话那头淡淡地说：“下午把电脑拿给我，帮你把 C 盘修复一下。”

常笑迟疑了一会儿，问：“你会吗？”

他的电脑一向都是她在弄。也不知从何时开始，她总习惯帮他打理各种事情，甚至帮他买鞋袜衣裤。

记得那是数学竞赛之后又过去一个学期，天很蓝很蓝，天上还闲适地飘着几朵白云。阳光一如既往地透过窗户洒在教室的地板上，天很热。余非背着书包静静地站在老师身后，面容带着“飘飘乎遗世而独立”的超脱，老师却一脸兴奋，滔滔不绝地罗列了他过去的种种辉煌，大有“老子怎么就没见过这么优秀的娃啊”之架势。

然后，他轻轻地点了点头，露出一个浅浅的笑，不知怎么就被常笑看出了“宠辱不惊”的味道。

余非。她说了，她记得这两个字。个头并不算高，清秀的眉眼，连浓淡都恰到好处，眉宇间透着一种闲淡悠然。嘴角的笑容总是淡淡的，很有韵味。

大致是因为身高，他被安插在前几排。而那个时候，她是班上最高的女生，也没多少男生需要她仰望，所以坐在最后面。

一下课，她也顾不上其他，冲上去往他桌子上豪气地一拍，兴奋地说：“我记得你！”然后就在全班同学探视的目光之下吼道：“我戳过你！”

他表情竟然没有过多的变化，点点头，似笑非笑道："我也记得，你叫着救命被拖了出去。"

"啧，我不叫救命好多年了，我叫常笑。"

"哦。"

"咦？上次你拿了奖，怎么不跟我说谢谢？"

"谢谢？"

她忽略掉他疑惑的表情，笑了笑，大声说："不客气！"

缘分真的很奇妙，放学之后，常笑走了一段路才发现，他和她居然住在同一个小区。只是他和她，又因学校地理位置的关系，竟然从未相遇过。

又过了很久，某天下午，他背着书包说："要来我家吗？"

她欢快地点头，又花费了一天时间和他父母混得烂熟。印象中一直到上大学前，她经常在他家鬼混，以至有时临时换个灯泡、修修水管什么的，也都是她动的手。至于他，顶多坐在沙发上翻翻报纸，喝杯茶。余妈逢人就说："我有两个儿子。"

然后，不知怎的，常笑就习惯了在街上看到某样东西，突然兴起余非会喜欢的念头。只是，她买的东西，他虽从未表示过不喜欢，但也没明显表露欣喜的表情，总是泰泰然地接受，不显山不露水的。

倒是余非一番话点醒了她，之前直觉四万字文档被吃了，现在想想，是可以想办法修复一下C盘的，或许真的还有一线希望。

余非没有因她的质疑而恼怒，而是轻轻地说："那我在楼下等你。"然后就把电话挂了。

于是，常笑开始拔电源，觉得自己真听话……

捧着主机下楼的那一刻，她的心情很复杂，一来没想过自己也会有今天，二来体会了一下依赖别人的心情，三来她还是有一点点怀疑余非的能力……

这也不怪她，她真没见过他修电脑！

其实倩倩说得对，大多数男人都有好胜心，有表现的欲望，尤其不想输给女人，他们总是嫌女人啰唆。但是，余非真的不一样，无论她多聒噪地阐述一些众所皆知的道理，他都安静地听着，从未表示过不耐烦……

挺好的，她想。

常笑一眼就瞥见余非在老地方，他在那棵大树下站着，目光游走在面前的种种事物上。他喜欢细细打量所有的东西，仿佛一切他皆看在眼底。她觉得他对任何事都了然于心。

在她出寝室楼的那一瞬间，仿佛心电感应，他已别过头来，四目交接。阳光在他身后，洒了一地金黄。

看到她，他迎了上来。察觉到他没有主动去接她手中主机的倾向，她开口："我来拿。"

她力气比较大。

余非突然笑了笑，没有表示异议，那笑容里藏着些她并不懂的意味。很温暖。

两人并肩走着，走了一会儿，她锲而不舍地再次问："你真的会？"

"小美最后怎么选择了英俊？"他不紧不慢地转移话题。

常笑先是顿了一下，蓦地反应过来，捧高了主机遮住半边脸，力求淡定地装傻："什么？"然后暗自咬牙，心里窘得直想飞天遁地。

为什么他知道她上部小说主角的名字……

"电脑里有存稿？"他又问

"嗯？"她坚定不移，继续装傻。

"你都病急乱投医了。"

是说刚刚那些电话吗？"那个……"他怎么会知道？喀，常笑心里郁闷得一塌糊涂，哪是求医？她是求姻，姻缘的姻……

"你鞋带开了。"他突然轻轻地道。

"哦！"

这句话也为她解了困局，她想看下是哪只鞋子的鞋带开了，可手里捧着的主机挡住了视线……他便不声不响地接了过去。

她赶忙低头一看，鞋带好好的。再抬头时，他已经捧着主机领先了好几步。

她突然也笑了笑，有一瞬觉得他的背影好高大，挺帅气的。

走到余非寝室楼下的时候，常笑停住脚步，虽然心里清楚以自个儿的外表，宿管大叔根本不会拦她，但她还是很有女性的自觉。

余非也停了脚步，笑了笑，回头看她，说："晚上一起吃夜宵。"

她先是点了点头，然后想起容兰的教导，说："晚饭吧，吃夜宵会胖。"

"胖没关系。"他不介意。

"不对,胖了就不好看。"常笑接着耸耸肩,"不好看就找不到对象。"

余非神情突然变得莫测高深，问："你想找什么样的对象？"

她顿了一下,迟疑了……她老说要找个男人,还真没想过这个问题,或许她其实是感官型的女人吧，看中第一感觉……

"找个不会嫌你胖,不会嫌你不好看的。"见她犹豫,他善意地建议。

常笑豁然开朗，一打响指，点头："没错。"

"那好，"他淡淡地笑笑，"晚上出来吃夜宵。"

"好！"

常笑应完话尚未发现不妥，见他迈了步子，赶紧补上一句："电脑弄不好没事，给我打电话，我来拿。"

余非回眸一笑，然后想到什么又站定，转身面对她，突然喊她："常笑。"

"嗯？"

"弄好了就答应我一件事。"

"你说。"她还是觉得可能性不大。

卖身吧，他淡淡地想，再次转身："到时再说。"

"哦——"常笑声音拉得长，怕他听不见。

然后，她走在校道上深深地吸了口气，动了动还有些酸痛的手臂，开始拼命回想自己当初的本意：小美为什么选择了英俊？

因为……想了想，一时也说不出个所以然，因为她是作者吧，她比较大。

难怪人们常说，冤家路窄。还有句什么话来着？不是冤家不聚头。

事实证明，季晓桐果真是她的冤家。此时，他正和几个高高大大的男生，从校道那边迎面走来。

他们显然也发现了她，原本欢快的气氛突然沉了下来。常笑花费了好些时间去思考究竟要擦身而过，还是哼一声示个威再过去，余光瞥见季晓桐眼眶边还未散去的瘀青，一不小心乐了，话已脱口而出："哎哟喂，季大帅哥——"

此语调容兰调戏她那群学弟时常用，她竟已不知不觉被潜移默化，连神韵也学了个八九分。

居然有人因她阴阳怪气的声音扑哧一声笑了。这彻底激怒了季晓桐，他脸色阴沉地憋出一句："客气了，常大霉女。"

常笑对"美女"这词敏感，都是余非害的。她假惺惺地应了一句："哪里话！季帅哥眼睛不疼了？"

身旁突然有人反应过来，问："是她弄的？"

有两人轻声议论："她就是传说中的常笑？"

"那是，两万米，牛。"

"还黑了季大帅的吃饭宝贝。"

"气得他这几天茶饭不香。"

"接着连电脑都不开了，报仇无路……这招高。"

季晓桐没理会，只觉得丢了面子，却又无可奈何。毕竟对面站着的也是雌性，他总不能真的动手。最后，他隐隐咬牙，说："做人别太得寸进尺。"

她听完顿了一下，点点头道："有道理。"心想的确不能做一个小心眼的人，于是笑了笑："那我大方点，就不送你第二拳了。"

旁边又有人窃笑，季晓桐冷眼睨了他们一眼，突然想到什么，双手慢悠悠地插进牛仔裤前袋，朝她缓缓逼近两步，微微躬身压向她，嘴角含笑，在她耳边轻轻吐气，用仅二人能够听见的声音道："还是你……另有图谋？"声线里透着魅惑的磁性，一双桃花眼电力十足。

人贵自知。但凡雌性生物，面对季晓桐此举通常都会有呼吸困难、面红耳赤、大脑缺氧等综合症状，种种迹象，让他对自己那张俊脸的杀伤力想不自知都难。

所以今儿个他采取进攻式逼近法，哪怕常笑是泡在男性荷尔蒙里长大的，面对他“颠倒众生”的微笑，只要她还残存着一丝女性自觉，绝对是杀无赦！

“死了都要爱——不淋漓尽致不痛快——”

“你……”在悲恸的手机铃声中，常笑终于开了口。

怎么样？怎么样？季晓桐心中冷笑，尴尬了吗？害羞了吗？还是面如火烧？

“请让让。”常笑面不改色，心不跳，君子坦荡荡。

季晓桐当没听见。

“我说让让。”常笑睨了他一眼，啧，心肠不好就算了，耳朵还有点背！

然后，她掏掏耳朵，手一摆，示意他安静，瞄了眼来电显示，接起电话唤了句“仙姑”。

其实……她上辈子真是个男的吧……季晓桐有些受挫地想。

常妈在手机那头中气十足地吼道：“死小子！老娘寿诞都没打个电话，死没良心的。”

她猛地想了起来，点了点头，笑了笑：“那祝何老太何仙姑越老越风骚，把德哥迷得死去活来。”

“怎么说话呢！什么叫老太？你老娘我永远活在十八岁！臭小子，干吗呢，现在？”

“没，碰上个人，蛮讨厌的。”常笑这绝不是告状，只是和仙姑关系好，母女俩没什么可隐瞒的，叙述事实。

她家里头有三个哥哥，常喜，常欢，常乐。兄妹四个都管爸叫老德，管妈叫仙姑。因为仙姑打小开始唱戏，刚好姓何，又扮演过仙姑，称呼就一直沿用了下来。

所以常笑说练过嗓子并非乱吹，她小时候跟着仙姑学了点唱大戏；说乐理略懂一二也绝非大话，军训吼两句真不是什么事儿。她偶尔还会用丹田说话。

季晓桐还没走，听到那句“蛮讨厌的”，更是走也不是，留也不是，感觉面子上过不去，且她聊起电话来完全无视他，他一时极为不快。他从未被人这么忽略过，还一次性被忽略得这么彻底！

再一瞧几个兄弟也不急着走，都含着笑待在一旁准备看戏的模样，他索性冷着脸在一旁等，看她嘴巴里会放出什么毒箭来。

“嗯，男的。”她突然又抬头看了他一眼，“一般般。”

季晓桐有点反应不过来。不用想也知道她在说他的长相，一个不男不女的家伙凭什么对他的相貌有诸多评论？

那夜在酒吧猜拳输了，被指明要亲她一下。那时她穿着宽大的T恤，胸前一点波涛起伏都没有，加上那张脸，俨然一个小伙儿，回来后他恶心了好几天。

后来有好事者将此事放上论坛，时至后来翻了天，才知道她是个女的……但女的又如何？他无丝毫庆幸的心情，女人做到这分上何其失败。

季晓桐不知哪来的火气，不由得瞪她一眼！后者不以为然地瞄他一眼，显然没有再和他纠缠的打算，聊着电话，招呼也没一个就走了。

季晓桐难得无言地愣了愣，竟目送她走远。

几个兄弟突然凑了上来，有一个笑得奸诈，叫着他的外号：“大帅。”随后望着常笑的背影，眼眉一挑：“咱们打个赌如何？”

5.

要不要出来喝两杯水酒？

常笑一直很热情，但凡班级活动基本从不缺席，苦累也不怕，若忙完还有什么要收拾的，她都自愿留在最后帮忙。关键是她从不邀功，顶多就摆摆手说没啥，笑得很……爽朗。

容兰原本看她不顺眼，觉得她完全不懂婉转的艺术，有些时候说的话太直接，让人不爽。容兰也算是交游甚广的人，认识的朋友各式各样，但唯独没有常笑这样的。虽然两人同一寝室，低头不见抬头见，但也就是点头之交。

直到大一时有次碰上麻烦，容兰原本属意而一直暧昧着的对象，居然是外校某女的男朋友，那女的发觉后竟带人闹到寝室里来。容兰被那男人骗了本来就窝火，还碰上个蛮不讲理的人，什么淑女气质都顾不上了，一言不合就扭打了起来，什么都被拿来当便利武器。

常笑原本还在电脑前赶稿子，寝室空间小，被挤攘得不像话，她刚站起来，就瞥见一女的手操起搁在桌子上的饭盒往容兰身上砸。倩倩在旁边急得直跳，常笑脑子一热，就发弘扬团结友爱的精神，硬生生地替容兰挨了这一记。

只是这一记下来，常笑腰板仍挺得笔直，也不叫痛。紧接着，她回头凭着身高优势一把揪住那女的，夺过饭盒往桌子上狠狠一敲，只听一声巨响，不锈钢饭盒硬是被敲得严重变形。

气势震撼全场后，她凛然肃声道："我要生气了！"接着她拨了拨头发，袖子一撸，指了指那个带头的："我说，再不滚，我就用脚踹你屁股。"

估计常笑说得太认真，围在寝室外边自个儿班上的女生，有人忍不住笑了，胆子也大起来，嚷嚷着"赶紧滚"。估计那几人面对这阵仗也有点蒙，再看一眼常笑一米七的身高杵在那儿确实有威慑力，甩下几句狠话就走了。

容兰当时有些感动，轻轻说了声谢谢，蓬头垢面地问了句痛不痛。常笑却蓦地想起什么，比了比自个儿那变形的饭盒，说："这个你会赔的吧？"然后就笑了笑，又坐下码字去了。

容兰突然就看明白了——常笑的笑容其实很诚恳，只是弧度摆得有些嚣张就是了。

这事之后，倩倩也对常笑改观了。容兰拖着她俩说是要拜把子，三人就义结金兰，相亲相爱了。

认识久了，她们才发现常笑这人其实挺憨，没心眼儿，偶尔会有股傻劲儿，看她和余非那个人精的相处模式就知道了。所以，后来常笑再说那些“气人”的话，听起来就蛮好玩的，因为她的出发点都很认真。

同时，常笑也在坚持着自己的原则，譬如每次联谊，她总是坐在一堆女孩子里边锲而不舍地强调自己是个女生。总而言之，常姑娘是个怪胎就对了。不过，她怪得还蛮可爱的，虽然一开始不讨人喜欢，但属于常笑的那份独特，需要时间慢慢品味。

还有，其实余非是在欺负她吧……怎么会有人被欺负得这么后知后觉且无比快乐……

“笑笑，电话。”

常笑还拿着容兰的笔记本在敲字，听到叫唤从床上爬下来，噔噔噔地跑来接起电话。奇怪，她手机接电话不用钱，通常认识的人都往她手机上打。

“是我。”声音稍显压抑，却力求轻松。

她听得莫名其妙，“嗯”了一声，问：“你是谁？”

对方明显不悦：“就是我。”

她还真没听出来，又问：“谁？”

“常笑！”

“开玩笑，你要是常笑，那我是谁？”隐约听见对方在吸气，她想了想又说，“有事打我手机吧，拜。”然后就把电话挂了。

下一秒，电话又如火如荼地响起来。常笑刚接起来，听筒那边的人有些暴躁地喊：“我叫季晓桐，来讲和的！”

讲和？来求和的吧。常笑自动理解为此，挑了挑眉：“行吧，那你先道歉。”

季晓桐在电话那端明显迟疑起来，常笑隐约听到有人说“忍”还是什么的，她倒也没想太多，心思都在新开的小说上。所谓旧的不去，新的不来，她被迫割舍后，反倒是茅塞顿开，思路豁然开朗。

“道歉？”他像是被人怂恿，语调明显不悦。

但常笑也不知是不是心不在焉，把疑问句听成了陈述句，把道歉听成了抱歉，直截了当地说了句：“原谅你了，那拜！”然后又利落地把电话挂了。

其实容兰说得对，有时候她是个窘人。她脾气来得快，去得快，快则数分钟，慢也顶多四五天，对朋友基本也是来者不拒，除了她直觉性说不的——她很信赖自己的女性直觉。

昨天和仙姑聊了聊，放松了心情，她回头想想又觉得四万字也没什么，跑了两万米也没什么，被喷一喷更是没什么，那酒渍还是能洗干净的嘛！且她在论坛上说他不外如是，虽然是事实，但也挺伤人面子，既然他道歉，她就决定冰释前嫌了。

反正她之前写的几部长篇小说，也没多少人看，空有一腔热血，如今又找到新的感觉，只想为钟爱的小说事业继续抛头颅，洒热血！

没想到，常笑刚往床上爬了两步，电话又锲而不舍地继续闹腾。她迟疑了一下，还是跑过去接了，却是先声夺人：“有什么话你不能一次说完？”

季晓桐差点摔电话，心想挂断电话的明明一直是她，深吸两口气，语气有点公式化：“为加强联系，问你要不要出来喝两杯水酒！”

“哎？”常笑有点迟疑，就抬头问容兰，“季晓桐请喝酒，去不去？”

“季晓……桐！？”容兰从厕所探出个头来，蓦地瞪大眼睛，“去！当然去！”

“那行，”她又对着电话说，“水酒就不用了，喝啤酒吧。”然后她急急地把电话递给容兰：“你跟他约时间。”

她就这么华丽丽地把季晓桐抛在脑后头，接着兴冲冲地构思情节：接下来男主角要怎么行动才好呢?

常笑读的是经贸系，上统计学时脑子还挺好使，所以教授也挺喜欢她。教授看着她，扶着眼镜说：“好端端一个小姑娘，咋中意把自己打扮得像个小伙？”

她就笑一笑，说：“没办法，我穿上裙子，倩倩就说我是妖孽。”

——妖怪的妖，孽障的孽。

常笑从床上挪到桌子上，又捧着笔记本走了几圈，绞尽脑汁，终于又完成了几千字。她长长地舒了口气，心想这回谁要敢再放毒害她，她就跟谁斗争到底。

倩倩是话剧社领导，容兰是系学生会干部，两人有事忙，下午都不见了人。而常笑自己，当初抵不过体育部部长的极力邀请，点了头，常常奔波在系里边各大球类赛事上，给人递水，当裁判，在圈子里也小有名气。如今好不容易媳妇熬成婆，她可以使唤新人干活，才难得空闲了些。

她一摸肚皮，刚觉得有些饿，手机铃声就闹了起来。常笑一瞅是余非的名字，乐了，声音与先前简直有了本质上的区别，嚷嚷着："余小非！"

余非轻轻笑起来："常大笑。"

常笑笑得更甜蜜，然后中气十足地吼道："汝且空出腹来，今夜餐桌上见真章！"

"喏。"他又笑笑，语速不紧不慢，语调沉稳，"今夜月上柳梢头之时，小娘子梳妆打扮一番，吾自当上门迎接。"

"吾盛装静候，"她学着武侠剧里的场景，肃了脸，自顾自地一抱拳，凝眉道，"请啊！"

"请。"他声音里笑意浓浓。

"且慢！"常笑吼住他，"哎呀呀"地吊了把嗓子，然后唱道，"月上柳梢头是何时哇？"

"小娘子等我便是。"

"好。那——"她耸耸肩，继续学着武侠剧大侠的粗犷声音，"我挂电话了哇——呀呀！"

常笑挂了电话，猛地在寝室摆出个黄飞鸿的标准姿势，吼道："请啊！"然后傻愣愣地笑。

月亮还没出来，余非就来电话了，说是在楼下等她，此举深得她心，她蹦跶着就出去了。

余非隔着老远瞥见她笑得春光灿烂，微微挑了眉："常小弟今日这般高兴，所为何事？”

“常小妹。”常笑不厌其烦地纠正他。

余非将她从头到脚打量了一番，说：“没有说服力。”

她瞪了他一眼。

她青春期时某次仙姑巡演回家，刚进屋就惊了一身冷汗，因为她一个夏天身高拉拔了五六厘米，胸部却还是没长。

嗯，她决定了，今晚甜品就点碗牛奶木瓜羹。

扒饭的时候，余非一直从她碗里夹葱花。她早让余非提醒老板炒菜时别放葱花，可是余非不理。她窘窘地想着他大概只是享受夹葱花这个过程……

不过，葱花吃多了会有口气吧，这个不会影响接吻吗？常笑望了他一眼，近距离看他，发现他的眼睫毛很长，还扑扇扑扇的，又莫名地有些害羞，就认命般把葱花都扒进口里了。

吃完，两人闲聊了下家常。常笑思来想去，还是决定不提电脑的事——她觉得他应该还没弄好，现在提或许会伤他的自尊心，反正看在大家关系这么铁的分上，她就耐心点等候吧！

下一刻，余非却像是清楚她心中所想，用牙签戳了个小番茄递到她嘴边，也不管此举看起来究竟有多暧昧，多……别扭……

接着，他慢慢地说道：“最近得罪了什么人？”用那种毁灭式病毒程序，C 盘连个渣也捞不到，连带其他盘的东西也都遭到毁坏。而且……他直觉此事没完，对方指不定只要她恢复上网就会一直攻击。

她没想太多，一口咬下小番茄，说：“没有。”然后转念一想，又说：“有。”

他又戳起个小番茄，重复喂食动作，不经意道：“不是他。”上次他攻其不备，进去那人的电脑，里边并没有这个程序……但作为小小的“回礼”，他就顺手献了朵……嗯，鲜花。

“不是谁？”常笑不明所以。

“没什么。”他笑笑，已无意再纠缠，倒是他准备了一份小礼物，打算慰劳一下那位“黑客”同志，“文档修复不了，但电脑弄好了。”

她拍了拍他的肩膀，表情略带安慰，一副心知肚明的样子：“行了，我去拿。”她早预料到会有此结局。

余非戳了第三个小番茄，自己先咬了一小口，再把剩下的递给她，堵住她的口。他淡淡地想着这会儿倩倩应该已经把她的主机搬回去了，偶尔也得让他家常笑放松一下。他轻轻咀嚼了几下，说：“这个周末等我电话。”

履行承诺。

常笑爬楼梯回寝室的时候，突然反应过来：余非说“不是他”，难不成那个“他”是指……季晓桐?

嗯，下次问问他本人吧，免得冤枉了……好人。

她进门时瞥见桌子上自个儿的电脑主机，可惊喜了——难怪她刚刚说拿电脑，余非说不用，原来是这个意思。

瞥见倩倩坐在一旁，脸都是黑的，常笑就问：“怎么了？”

倩倩恨恨地咬牙：“你去跟余非说我讨厌他！”他居然为了常笑，抓住她的把柄威胁她……常笑是一根筋的角色，指不定还真跑去开口，她怕被打击报复，沉默了一会儿，又说：“算了，你还是别说了……”

再一想又不放心，她又补充道：“不准说！”

第二部分

1.

无事献殷勤，恐怕非奸即盗。

容兰还真和季晓桐约了时间，就在这个周末。

常笑觉得自己有必要学习下容姑娘的交际能力，倩倩也颠颠儿地说要参与，说还没正面见过计算机系传说中最珍贵的兰花草。她见那两人兴致高亢，再一想对方也是来求和的，觉得再去会会那家伙也无妨。

出门前常笑还隐约惦记着一件事，但被两人催了催，她就什么都忘记了。

走在路上，倩倩突然有了疑问，说：“无事献殷勤，会不会非奸即盗？”

容兰说：“没事，今儿个我不喝酒。”

倩倩点头：“那我也不喝。”

常笑心想反正也不会有人对她起色心，无所谓地耸肩：“我喝！”

三人进了约定的包厅，季晓桐正坐在台前的单脚高椅上，悠悠地唱着情歌。那是一首很老的英文歌，她听过，却又叫不出名字，一进门就被吸引了，很仔细地听。

而倩倩和容兰直接醉了，倩倩还毫不矜持地小叫了一声，觉得歌声甚为惊艳。容兰则望着他的侧脸一副兴奋陶醉的样子，眸子都是亮晶晶的。

季晓桐唱得很认真，柔和的男中音，偶尔会有些低哑的音色，让人觉得奇怪，明明就是那么一点点哑，却扯得听歌的人心都是痛的。直到最后的伴奏结束，他才放下麦克风，轻轻睨向她们。

常笑大致酝酿了一下，突然啪啪啪地拍手，大喊："好！"她一向是个很实在的人，好就是好，不好就是不好。

罢了，她又点点头，还颇为严肃地又强调了一遍："很好！"

见她如此，倩倩和容兰都有些窘……

而原本坐在沙发上的另外三个家伙也都站了起来，一个理着平头、挺帅气的人直接凑了上来，目光先停留在容兰和倩倩身上，随后再看了常笑一眼，道："我叫陈华，大帅的室友，他们分别是阿标和老虎，你们好。"

容兰率先回应，笑了笑，道："你们好，我叫容兰，她叫倩倩，跟笑笑一起过来凑热闹的。"

年轻人嘛，相互笑了笑，都没提今晚的重点，事实上是小心地躲开重点。

一旁的老虎弄了一下点歌机，然后抬头问了句："谁要点歌？"

"我！"常笑突然有种迫不及待想表现的冲动。

倩倩和容兰立马黑了脸，倩倩还赶紧在常笑身后偷偷冲老虎摆了摆手，示意老虎兄弟不要冲动，先忽悠过去。可他还是傻愣愣地问了一句："什么歌？"

常笑笑了笑，说："《青藏高原》！"

容兰和倩倩不死心，继续摆手。

可老虎也瞥见常笑期待的笑容，他脸色窘了窘，还是手贱地点了歌，尽管他很想说没找到。

"插播。"常笑又建议。

然后，她在音乐前奏中接过麦克风，恭恭谨谨地说了句谢谢，顺着音乐张嘴就来："是谁带来远古的呼唤……"

于是乎，除了常笑的两位室友，在场的人全部被她惊到了：她长着男性化的脸，出口却是标准的女子美声……唱得确实挺有水平……

众人再望过去时，估计想起先前那首柔情英文歌，无一不是干笑着。

"那就是青！藏……大家一起来！"常笑平白冒出这一句，季晓桐还坐在高脚椅子上，刚想下去，动作不由得一顿。

"高哦嗷嗷……"声音高亢，可高音还没亮两下，她没把持住，一不小心破了音。几人顿了一下——都拼命憋笑，毕竟还不是太熟。

倩倩和容兰十分尴尬，她也没理，倒是回头瞄了一眼季晓桐，表情并未显尴尬，说："我今天没开嗓，下次切磋吧。"

季晓桐望着她顿了一下，两人又僵持了一会儿，他突然扬了扬嘴角，说："下次就免了吧。"难得不再针锋相对，他从椅子上帅气地跳下来，想了想，伸出手："季晓桐。"

她没理会那手，点点头："我知道。"

倩倩立刻从一旁跳过来，从后边偷捏了她一把，咬耳朵："这个时候，你应该先握手，再自我介绍。"

她纳闷："没必要，他知道我的名字。"

闻言，众人皆沉默。

"咯，坐吧。"陈华又出来圆场。

桌上摆了一打罐装啤酒，他突然开了两罐，一只手一罐，分别递给常笑和季晓桐："来来，大帅，你是爷们儿，主动敬一杯，大家以后交个朋友。"

季晓桐看了看陈华的脸，像是在斟酌着什么事，然后接了过来，没吭声，举起了酒杯。

常笑也接了过来，想了想，开门见山道："对了，我的电脑是不是你下的毒？"

季晓桐突然眯了眯眼，轻嗤了一声，举啤酒的手也收了回去。

一旁的阿标突然坐不住了，开口道："常同学，你这么说就不对了，应该是你找了个高手先黑的大帅吧！之后连电脑也不开，还不是做贼心虚？”

倩倩也是个火暴脾气，平时人挺爽快，而且护短。闻言，她很是不服，直接顶了回去：“什么呀！是你们最先动的手，笑笑整部电脑都瘫痪了，重要文件也弄没了。四万字啊！你知道四万字是什么概念吗？用你的鸡爪子一个字一个字敲，不知道要敲到什么时候，还恶人先告状！就是这样，才有人看不过眼，拔刀相助。”

“电脑瘫痪了，不能是她自个儿去哪个乱七八糟的网站弄回来的病毒？”阿标猛地和她杠上了，“她那会儿在论坛上叫嚣，我们大帅也就睁只眼闭只眼，没跟你们一般见识，结果第二天她还踩上门来要求道歉，你这才是恶人先告状！当初在酒吧，我们见你们那桌也玩得疯，才挑的你们，没想到被记恨到现在，女人啊，果然心眼儿小。”

倩倩迟疑了一下，说：“你们现在当然可以把黑的说成白的，黄的说成蓝的！你们要不是做贼心虚，他怎么会跑那两万米，还跑到一半就开溜？丢人！”

“那是他要跑一跑，我们说他傻乎乎的，别跟着瞎折腾！”明知输了还跑完，明明没做错还得道歉，就更没必要，阿标望着季晓桐突然感慨，“我们大帅真是个单纯的家伙啊，当初叫他亲就跑去亲了，回来脸都红彤彤的。”

季晓桐突然脸一僵，微微泛窘，蹙眉道：“你闭嘴！”

阿标扬唇一笑，睨着曾倩倩说：“白痴也看得出吃亏的是我们家大帅！”

“屁！”

两人还欲争执，常笑突然迸出一声：“等等。”她理了一下思绪，望着当事人轻轻蹙眉：“这么说，黑我家小电的不是你？”

季晓桐哼了声：“你们家那玩意儿我没什么兴趣。”模样看起来像被弄得没什么兴致。

“你早说嘛。”常笑突然扬扬嘴角笑了，笑自个儿白跑了五十圈。下一刻，她就举起了手中的啤酒，比了个“干杯”的手势，笑道：“那就干了吧！”她歪头回忆了下刚才一行人叫他的外号，唤道：“嗯，大蒜！”

季晓桐静静地瞄了眼常笑，在众人还未笑出声之前，冷着脸纠正道：“是大帅。”

她嘿嘿一笑，说：“干杯。”然后就仰头一口干了，转眼手中只握着一个空罐。

老虎突然在旁边嚷了句：“牛！”随即也拿起一罐啤酒啪的一声打开喝了一口，说：“敬青藏平原！”

“是高原。”她认认真真地纠正，又笑了笑。

倩倩原本还沉浸在刚刚和阿标争闹的气氛中，僵了一下，深吸一口气，猛地往常笑后脑勺用力一拍，暗暗吼道：“有你这么当姐妹的吗？临阵倒戈！”

常笑摸摸头，傻笑。容兰连忙跑出来打哈哈，绕过在场之人，冲到台上唱起了《恋爱 ing》，调节了气氛。

常笑已是乐在其中，一只手搭上倩倩的肩膀，笑道：“小兰这歌还唱得不错哈。”接着无比认真地接话：“就唱得比我差一点。”

倩倩没好气地白了她一眼：“猪。”

季晓桐望着态度突然逆转的常笑，面容有一点点抽搐。

他不懂，不懂这个之前和他那么针锋相对的家伙，为什么可以在一瞬间态度改变得……这么亲切……真是不可思议。

其实，他们根本不熟吧……他晃了晃手中那罐啤酒，瞥了眼随着歌曲摇头晃脑的常笑，回头发现陈华在位置上给了他一个眼神，提醒他们之间还有赌注。于是，他轻轻眯眼，拿着那罐啤酒迎上去了。

常笑轻哼了两句之后，心想今天容兰、倩倩不喝酒，自个儿也无须当护花使者，所以必须喝得很豪迈。啤酒一打毕又一打至，陈华索性又点了一瓶白兰地和几瓶绿茶，摇一摇，晃一晃，混饮。

常笑终于喝得面红耳赤了。

席间，倩倩临时接了个电话先走了一步，容兰心想常笑能喝，没多加阻拦，也没往心上去，和陈华、老虎侃上了。

孰料常笑突然愣愣地瞅着季晓桐，傻愣愣地一笑，猛地动作极具豪气地一把揽住他的肩膀，用力将他揽向自己。季晓桐整个人都蒙了……

而常笑近距离望了望他后，竟无端用手大力捏了捏他的脸蛋，笑眯眯地吼道："小样！模样生得真水灵啊！"

季晓桐心里直冒黑线，脸竟倏地涨得通红，一边挣脱，一边大吼："放开！"

一旁几人愣了愣，扑哧大笑。

这头容兰终于意识到事情不对，心想常笑八成喝醉了，再一想自己绝对没本事将她搬回寝室，赶紧窘窘地迎了上去，想趁她还有一丝意识，先扶回去。

不料常笑还有意识，良知却所剩无几，丝毫不予搭理，几番拉扯，容兰根本奈何不了她——这家伙喝醉了，性子还是倔得很。

季晓桐尚未从震惊中回过神来，脸也不知是因为喝了酒还是因为被她捏那一下，抑或是因为她说的那番话，依旧余红未褪，颇有种人面桃花相映红的奇妙韵味。他瞪了一眼常笑，咬牙切齿地说："这怪胎究竟从哪个石头蹦出来的！"

常笑嘿嘿一笑，说："我知道，大蒜是地里长的。"

"是大帅！"他没好气地纠正。

"好吧，大帅。"她从善如流，又是一笑，"来，我们来对唱情歌。"

这番调侃把几人乐得兴致大起，完全一副准备看好戏的模样。

容兰只得忙着给倩倩打电话，她根本搞不定发酒疯的常笑。她平时喝醉顶多倒头就睡，哪像常笑有如一匹脱缰的野马，豪情奔放，还有心思调戏男人……写小说写多了吧，关在笼子里太久了吧。

"啊，电话……"常笑突然歪了脑袋，从牛仔裤口袋里摸出振个不停的手机。

她刚要接，容兰已经抢过手机，说："行了，你歇着。"便走至门口稍微安静的地方，堵着一边耳朵，"喂？你好，喂？"

对面一片沉默。

容兰意识到对方已在听，又说：“我是常笑的室友，她现在不方便接电话，如果不着急，我待会儿再让她打回去吧。”免得常笑又胡言乱语。

“喂？”毕竟是找常笑的，容兰虽然着急，但还是等对方回应。

“哦，是容兰。”对方应了句，那声音不紧不慢，和她的着急形成鲜明对比，还带着若有若无的疏离。

容兰顿了一下……嘿，是余非！

老实说，她不大喜欢他。其实，说不喜欢吧，不如说有点怕，这个男人，一双眼眸看似无害，实则看穿百物，关键是你永远不知道他心里在打什么主意。有时会觉得他自己就是一个世界，就应该那么一个人悠悠到老。可是，他身边偏偏有常笑。

容兰还是不喜欢他，明明看到他还笑着和她们打招呼，只是偶尔转身，会不小心瞥见他眼底的淡漠和疏离。其实他一向能成功地捏造其人温润易处的假象，无奈她和倩倩都是直觉太敏锐、脑袋很精明的女人……

对那个家伙来说，唯有常笑不同吧。容兰不禁白了自己一眼，居然会觉得他看着常笑时的笑容，是明媚的，竟也会让人有种春花绚烂的错觉。也只有常笑那种少一根筋的女人才受得了他……

“那……有事吗？”说罢，容兰突然不知如何是好——在常笑喝醉的情况之下。

老实说，她和倩倩都怀疑过他们之间的关系，但常笑说得太坦然，落落大方，无一丝暧昧，直率得甚至让人怀疑不起来……

“嗯，没什么。”余非语调依旧彬彬有礼，随后淡淡道，“请告诉她，我在老地方等她。”

“呃……”

“她忙完了，让她直接过来吧。请问，”他轻轻一笑，听着从电话那边传来的奏乐，以万事好商量的语调问，“方便吗？”

容兰沉默了三秒，镇定万分地开了口：“我还是让常笑接电话吧。”

2.

他好像，从未被忽略得这般彻底。

容兰说完就迁怒于常笑，瞪了眼她，随即像扔烫手山芋般把手机递了过去。

常笑问：“谁啊？”

容兰语气有点冲，说：“你们家那位。”

她“哦”了一声，接过手机就问：“你是我们家哪位啊？”

余非顿了一下，仿佛能嗅到她语气里的酒味，反问：“你们家有几位？”

她迟疑了一下，掰了掰手指，认真道：“爸妈加三个哥哥，五个。”她还残留着一丝理智，把手机拿到眼前看了下来电显示，看到“余非”两个字就笑了，回头又对着话筒说，“没你的份。”

“喝酒了？”他微微挑眉，算是明白了容兰的苦心。

“不多。”她笑，然后想了想又说，“我要唱情歌，没空接电话。”

“然后呢？”

“然后也没你的份。”她笑笑，因为他不在现场。

他显然沉默了一下，又问：“今天周几？”

“周六。”

“那我就没记错了，”他淡淡地说，“在老地方等你。”

“老地方？”

“嗯，那……”他的语调意味深长，“拜。”

常笑听着耳边的嘟嘟声愣了愣，又蹙了蹙眉，问容兰：“老地方是哪里？”随后耸耸肩说：“没事，咱们先唱歌。”

季晓桐自然不肯陪她唱，模样有点赌气。

容兰管不住常笑，索性由她去。陈华说没事，至少会帮忙把人送回去。

容兰这才略有所思地偷偷打量了一番季晓桐。尽管相处时间不长，但这个男生把什么都写在脸上，倒也让她认定他是个心思简单的家伙。还有那张脸，上帝又一次发挥了他的创造能力和想象能力，真是成功的作品啊！想到这儿，她又是啧啧称赞。

这头常笑唱了几曲，突然拍了拍脑袋，说："不对啊，我有地方要去。"

容兰挑眉问："你还能去哪儿？"

她说："老地方！我去找找看。"常笑眯眯眼，笑得欢心，像是想起了好些个老地方，脸依旧是白里透红，竟有几分憨态可掬。

容兰白她一眼，继续劝说："你行吗？都醉成这样了，就别去了。咱们先回寝室，你给他打个电话。"

常笑哼哼了一声："我可以！"

容兰瞪她："臭小子，你今天真是活得不耐烦了！要去你自己去！"

"好！"常笑轻嗤一声，表示不屑，猛地拍拍平平的胸脯，"自己去就自己去！"

容兰无语，突然意识到电视里的人为什么会说那句"出来混，迟早要还的"。今天，她真是把什么都还给常笑了。

陈华突然开口："没事，让我们大帅陪着去。"

季晓桐直接嗤了声："关我鬼事！"

陈华挑了挑眉，又使了个眼色……不懂？又使了眼色……

季晓桐终于看明白了，才咬了咬牙道："你记得到时别后悔！"他有些不耐烦地望向常笑，嚷嚷着："你要去哪儿？"

让季晓桐陪常笑去找老地方……容兰本是不放心，然而常笑使了蛮力横冲直撞，凭她一己之力根本无能为力，只能暂且托付，就这么办了……

不知道为什么，她多望了季晓桐几眼，所有的疑虑居然也消失得差不多了，觉得他可以信赖，或许她真的太依赖自个儿的直觉。

容兰留了个手机号码，又抄了份寝室地址，心想大白天的，人家季晓桐也不会饥渴到这种地步，对一个醉酒的男人婆做出伤天害理的事情来。加上他也给了她保证，她这才放心。

可她回头想想又觉得有些不对劲，陈华已凑上来咬了一番耳朵，望向两人离去的背影……乐了。

“你到底要去哪里？”

季晓桐无奈又抓狂地看着常笑。她蹦蹦跳跳，一路踩着人行道上的绿色格子前进，她那身高那身板那动作，他怎么看都觉得很别扭……一个头两个大。

眼前突然出现一大片红色地砖，下一刻常笑已不受控制地退后，他还未反应过来，她居然就助跑加速，然后起跳，一跃而过。

落地后她有几分踉跄，季晓桐想起势在必得的那个赌注，咬咬牙迎了上去，扶住她的手臂。

“我头晕！”明明撒娇的话，听起来偏有几分豪爽。

“真巧，”季晓桐假假地一笑，顺便偷偷掐了她的手臂一下，“我也头晕。”

常笑不痛不痒，摸了摸后颈，突然说：“去东沙街23号店。”

“干吗？”

“余非很喜欢那里的蛋糕。”她突然笑了笑，“育南路35号店，余非喜欢吃那里的雪球……春风大道2号，那里的蒸米粉很出名，余非也喜欢……”过了好一会儿，她突然露出一些不安的表情：“我感觉余非在生气。”而且她突然想起出门的时候忽略什么了，她因为余非帮她修电脑那事，答应他今天把时间空出来……

“余非是谁？”他抱胸站在她面前，居高临下。

“兄弟，”她说，然后按了按太阳穴，补充道，“最铁的兄弟……”

手机铃声又突然响了，她再次摸出手机，望着闪烁着的那个名字愣了愣，才按下接听键。

电话那头的声音温润如昔，他问：“在哪儿？”

常笑愣了愣，脑袋有些空，便抬头问季晓桐：“在哪儿？”

“延边路。”

“延边路。”她答，而后听着电话那头的声音点了点头，重复说着“我头好晕”。

同样的话，在季晓桐听起来，终归多了些撒娇的味道。

电话那头不知回应了些什么，常笑嘟囔了一句：“哪里活该了……”她抿起嘴，大致是觉得窝心，反而笑了，随后乖乖地补了一句：“好，等你。”

季晓桐有些不习惯眼前的常笑，她和之前气势逼人的模样截然不同。而后自讽般笑了笑，他又凭什么“不习惯”？

如今，他只想赶紧脱手这烫手山芋，走人。

也不知道过了多久，一部的士在面前停下，车上走下一个眉宇间透着几分舒适闲淡的男子，他朝他们慢慢走来。

那个女人瞄到他，隔着老远就抱怨了起来：“你好慢。”

男生没应话，一双朗目始终看着她。终于走近了，他一声不吭地在她面前侧身蹲下。

见状，常笑顿了一下，大大咧咧地趴上他的肩膀，嘴角扬着笑容，居然有几分小鸟依人。

接着，她便在他耳边絮絮叨叨着什么，他起身，双手紧紧反扣在身后，稳住她的身子，细细地听着。说着说着，她又把头枕在他肩头，安心地合上了眼睛。

季晓桐想，他好像，从未被忽略得这般彻底。

余非的背很宽，居然比她的宽，她心里迷迷糊糊地想。的士行驶在马路上，两边车来车往的呼啸声吵得她不得安宁。

像是到了目的地，感觉他扶她下的士，接着又自觉地躬身，简单明了地示意她趴上他的背。她这才稍微清醒过来。

刚才她喝过了头，像打了鸡血般，整个人很亢奋，而今酒劲过后，头晕乎乎的，很是难受。但她好像还有几分意识，也懒得管自己的嘴巴，说：“余非，这好像是第一次，你第一次背我。”

“嗯。”

她看不到他的脸，皱了皱眉头，接着絮叨：“我重不重？我应该可以自己走……你怎么走得慢吞吞的……”她叽叽喳喳地说了一大堆，瞅着他，心想他或许在生气才没应话，突而又有点烦躁，猛地冲他的肩膀拍了一下，凶他：“走快点！”

坏人，为什么不理她！

等了等，他还是毫无反应……哼，算了，她无所谓地耸耸肩，蓦地想起了从前，将手垂直往下一比，“我第一次背你的时候……”她把手压得低低的，神情无比骄傲，“就这么一丁点高！”

余非将她的身子扶正，大概是怕她掉下去。然后，他随意瞄了一眼那高度，淡淡地回了她一句：“你记错了。”哪这么矮？嘴角却含着笑意。

“哼！哼！”她哼了两声，“我记忆力比你的好多了！”关于他的事，她好多都记得！

他沉默，依旧背着她前进，然后轻描淡写道：“好汉不提当年勇。”

“嗯……”常笑沉默了下，耸耸肩，口吻无比妥协，“那好吧。”因为……他已经长得比她高了呢。

常笑眯了眯眼，想起那该是一次郊游吧，他是怎么把脚扭到的，她忘了，只记得当时和老师走散了，只记得他一甩平时生疏有礼的模样拼命挣扎，只记得她拼了小命将他从山顶背下来，只记得背下来后口干舌燥，热汗淋漓……

只记得，后来她就和他很熟了。

现在想想，那真是一件相当痛苦的事情，若现在让她再背着他走一次原路……那她还是先跑下山求助吧……

常笑放心地把头枕在他的肩膀上，笑道：“我记得当时我还很热血地想，你要是残疾了，我就干脆拜托我妈多照顾你一个，嘿嘿……”顺带摸了摸他的头发，突然又产生一丝委屈：“你以前的样子小小的，多可爱，可是你一转眼就这么高了！”又将手倏地往上一举：“这么高！”

他又淡淡地睨了一眼，说：“你看错了。”他又不是姚明。

“余非……”

“嗯？”

“没事了。”她就想问问他是不是在笑。不知怎的，她仿佛看到他嘴角越发加深的弧度，还想问他的声音怎么会变得这么温柔……

过了一会儿，他平淡地开口：“我以为你问我要不要以身相许。”

“嗯？”她顿了一下，声音轻了下来，“才不是……”她不敢……

好累啊……她轻轻地打了个哈欠，闭上眼睛，逐渐陷入对往事的追溯。

上高中之后，男女关系好像在瞬间变得扑朔迷离，神秘无比。某人和某人开始暧昧，某人对某人若即若离，某人与某人亲密无比……偷偷拖小手的情况也多了，几个女同学聚在一块儿就是聊聊哪个男生。

她其实很奇怪容兰和倩倩为何对他敬而远之，因为那个时候，他……好像总是被提起的那个。

连带着老师也敏感了起来，那时他和隔壁班的班花不知因为什么事，在走廊上单独站了几分钟，就被老班请进办公室品茶，反观她……

其实老师是觉得他和女生单独站在一起比较危险吧。哼，她现在想想隐隐觉得不服气，她那会儿明明天天和他勾肩搭背，老师居然一直不闻不问，全然相信她是品学兼优，不懂情事，不食人间烟火的——二愣子。

事实上，她桌子里常常偷放着几本言情小说，有空就细细品味，可面对爱情，她依旧是一无所知。

她隐约听见有人唤她：“常笑，常笑……”

“嗯……”她模糊地应了一声，随之困意来袭，渐渐失去了意识。

她又隐约听见他在轻声问“要不要我……以身相许？”

哼……她闭着眼睛轻轻呼吸，不可能！

自己是什么时候被送回寝室的，常笑全然不知，但她爬起来时已经是第二天早上，阳光透过阳台照进来，金灿灿的。

睡着之前的事，她倒也记得清楚。先是喝醉了酒，然后不理容兰的拉扯，放声高歌，后来余非背着她，她又胡言乱语……没了。

这也没什么丢脸的，她又不是唱得不好听。至于余非，和他太熟了，小打小闹一下也没什么了不起的。

就是嗓子不知怎的痛得厉害，声音嘶哑，说话发音都困难，只得躺在床上给大哥打个电话，问问要吃些什么药。

电话好不容易通了，那家伙第一句话就是："怎么，怀孕了？"

呸！她从心理到身体，全部很保守好不好？

她就想不通了，大哥是位妇产科医生，平日里谦和有礼，总是谈笑风生，怎么对她总说不出几句好话？不过，他们家的人大凡伤风感冒的，还是习惯给他打电话，尽管他在妇产科。

她撇了撇嘴，道："嗓子疼……"

"哦。"他像是在忙着什么，心不在焉，过了一会儿才说，"除了怀孕以外的事，你都去找余非哈，乖，哥忙去了，拜。"

没良心。她瞪了一眼挂断的手机，一瞅寝室里，大白天的居然一个人都没有……真委屈啊。

可是嗓子疼是一回事，肚子饿又是另一回事。昨天她三更半夜蹲在厕所里排泄肥料，现在想起来脚还在发麻……

于是，她简单洗漱了下，顶着乱糟糟的头发下楼买白粥和枇杷膏。

3.

难道这就是缘分？

C大的地盘其实很大，各类店铺林林总总，从饮食店、精品店到报刊亭，甚至是服装店，但凡说得出的是应有尽有。可常笑没想到，这么大的学校，这么多的店，她居然会在药店又遇上了——季晓桐。

老天爷就是这样，有这么一个人，不认识之前，你和他永远擦肩而过，可认识了之后，他就好像无处不在了。难道这就是缘分？

常笑盯着他慢慢走进药铺，等他发现自己。

终于四目交接，她友好地扬了扬眉，不料他脸色当即沉了下来，也没和她打招呼，就直接越过她，走近柜台，哑着嗓子对药店老板说：“枇杷膏。”

哑着嗓子……她注意到了重点。

常笑莫名地乐了，掂了掂手里那瓶老板刚递给她的枇杷膏，直接递过去，说：“给。”然后笑了笑，宛若鸭叫般主动开口，“你也哑了啊，真巧啊。”

他愣了愣，没忍住，脸色应该是窘了。

老板这时拿出第二瓶枇杷膏来，她接过来，然后越发觉得相见是缘，于是笑眯眯地说：“要不要一起去喝粥？我请。”

常笑一句“我请”说得热情洋溢，然而季晓桐仅回望了她一眼，情绪似乎不大好，总之没理她就对了。然后，他出其不意地一把夺过她手里那瓶枇杷膏，压根不接她先前递给他的，掏出皮夹，准备付钱。

她一瞅那皮夹又乐了，赶紧摸出自个儿的，两个皮夹一对比，还真的一模一样。于是，她觉得应该表达一下自己的兴奋，哑着嗓子乐道：“真的好巧啊。”

他自始至终黑着脸，像是死忍着，铁了心不搭理她，直接问了老板一句：“多少钱？”

她抢先回答：“十九块八。”

“你闭嘴。”他回头瞪了她一眼，声音果真沙哑得厉害。

她并不在意他的语气，反倒因为轮番巧合而一脸兴致勃勃。

季晓桐睨她一眼，掏出一张二十元的纸币，哑着嗓子说：“不用找了。”

常笑也迅速摸出一张二十元的，往玻璃柜台上一拍，颇具豪情地吼道：“我的也不用找了！”接着无视老板窘窘的脸色，回头看他，说，“走吧，请你吃早餐，我是说真的。”

季晓桐无语。

“走啊！”

“不用了，谢谢！”他假假地一笑，转身就走。

发现他“谢谢”两个字说得很重，常笑笑眯眯地点点头，往他肩头上重重一拍："哈哈哈，不客气！"然后乐呵呵地跟在他后面。

"我不去！"季晓桐停下脚步，指了指相反的方向，"我记得女生寝室在那边。"明摆着一脸的不高兴。

她撇撇嘴，接话："也没事，不去就不去。我要去荣记喝白粥。"

季晓桐没话说了。

"你寝室不是在那边？"她又指了另一个方向，随后想起什么，哑哑地接着道，"所以说，你也是要去荣记喝白粥？"

"好巧啊！"

这下，季晓桐整张脸都黑了。

见他一脸憋气的模样，常笑也没放在心上，一脸了然地拍了拍他："没关系，白粥就一元钱一碗，我请得起！和我斗气饿肚子就不好了，我记得昨天你陪我走了一段路，而且你还请我们唱卡拉 OK……"

"你嗓子不痛吗？"他突然打断她，语气有些冲，言语中分明夹带着讽刺。看来他是不想因为她而刻意改变行程，而且情绪不佳，不愿有人惹他。

"痛啊。"她眨眨眼，耸肩，"难道你嗓子不痛？"

"痛！"他吼，"跟你说话，我嗓子更痛！所以，你不能闭嘴吗？"

"啊？"季晓桐的意思显然未能传达清楚，常笑一脸疑惑，"可是这点小痛我还忍得住啊。"

季晓桐那模样像是被气得七窍生烟，努了半天嘴没憋出一个字来。

走了两步，他蓦地停住脚步，又似是不服道："那个是男性皮夹吧。"

"是啊，不过我觉得好看。"她不喜欢那些花花绿绿的，又问，"你买的多少钱？"

他沉默了一会儿，脱口而出："一千二。"

果然！她得意地笑了笑，说："我买的四十二！"然后又把皮夹掏出来，横竖摆弄了下。

"你现在的声音真难听。"

她呵呵一笑，又拍了拍他："彼此彼此啦！"说完抬头看看他气闷不已的模样，这个叫什么来着？报复？

“老板，来两碗白粥！”除了上洗手间，她还是提倡男女无差别对待，请客当然不是男生的特权，她理所当然地在他选的位置旁坐下，扬手一吆喝，又想到什么，回头教育他，“我们现在嗓子不好，要多吃点清淡的东西，好好保养喉咙。白粥就最符合我们现在的需求。”

季晓桐沉默。也不知是不是错觉，他觉得面对她，自己全身都处于一种乏力的状态。

常笑看着他问：“怎么，还有哪里不舒服？”他怎么把拳头握得铁紧？而且从坐下开始，他面部就不停地抽搐。

他突然道：“你智商这么高，怎么会屈就在我们学校？”

嗯，常笑想了想，C大怎么说也是本省综合排名最高的大学之一，不屈就。而且仙姑和老德不想她离家太远，毕竟是唯一的闺女。

于是，她望了望他，轻而易举地转移话题：“啊？我突然发现你眼睫毛很长！”

“过奖。”他咬牙道。

“没过奖。对了，你有没有试过在上面放铅笔？”

哦哦，他脸色又变了。这男人怎么这么善变？相比之下，余非EQ明显高些，泰山崩于顶而面不改色。

白粥很快就被端了上来，因为肚子饿了，她马上闭上嘴，舀了一调羹，吹了吹送进口里。

常笑用余光瞥了季晓桐一眼，抬头看着他略显惊讶地问：“咦？你吃葱？”

他大概是觉得她大惊小怪，没搭理她。她就笑了笑，说：“余非不吃葱。”

“余非？”他突然挑眉，应该是对这个名字有印象，紧接着，他又嗤了声，像是想了起来，“昨天那个。那你不去陪他吃？”

她坦率地笑了笑：“我现在嗓子哑，余非会担心。”况且她也不能一有什么事就给他打电话，兄弟不是这么当的，便又舀了羹白粥送进口。

他终于将注意力从白粥移到她的脸上，突然不以为意地哼了一声：

“你倒是挺为他着想。”停顿了一下，想起她昨天说的余非喜欢这个啊，喜欢那个啊，便说：“挺了解他啊。”

常笑顿时得意地说：“那当然。”

季晓桐就忍不住想泼她冷水：“你确定那些是他喜欢的，而不是‘你认为他喜欢’的？”说罢哼了一声：“就像这些葱，我吃它们，你就以为我喜欢吃它们。”

那个男人，看起来，哪是那么好琢磨的男人？

常笑听完埋头想了想，突然抬起头望着他那张精致的脸庞，暗暗咬牙，说：“最毒妇人心。”她决定否认他的这番话微微打击到了她，哼了一声，接着又想了想，坚定地点点头：“我就确定是他喜欢。他又没否认过。”

“听你这么说，他也没承认过。”

常笑想反驳什么，可是……这白粥黏稠软绵，入口香滑，若不是周末大清早的，没到用餐高峰期，一般还买不到。但每次叫余非一起来，他确实从未表示过喜欢，大概只是不反对？

她突然吐了口气，看着他，转移话题：“我觉得你说话有点冲。”

“本来如此。”

嗯，那是她在论坛上形容过他的话。她这才意识到这个人或许真的不喜欢她，不过也没关系，有些人刚开始就是不喜欢她，譬如倩倩和容兰。于是，她给自己打气，柳暗花明又一村，一切皆是注定的。

埋头吃了几口，常笑又没忍住，问：“你是不是不想和我交朋友？”

“恭喜你，终于觉悟了。”他搅拌了两下，故意没看她，又吃了一口粥。

常笑耸耸肩，两三下扒完碗里的粥，然后从皮夹里掏出两个硬币摆在桌子上，慢条斯理地站起来，道：“那行吧，不打搅你了。”

“告辞！”见他没啥反应，她抱拳行礼，然后从碗的边沿弄了点煮烂的米饭，出其不意地抹在他鼻子上，然后就跑了。

她边跑边哑着嗓子扔下一句话：“有缘再会啦！”

季晓桐愣了愣，才伸手去抹鼻子上的白粥。他不由得有种眩晕的错觉，这女人的脑子到底是什么构造？

昨天下午那人接走她之后，他也不知是不是闲出毛病来，居然又回去和陈华那行人继续高歌，接着估计还是吃饱撑着了，竟不自量力地点了首《青藏高原》……结果显而易见——太过用力导致伤了嗓子。

带伤高歌的直接后果是，今天一早起来，他的喉咙就火辣辣地痛……想想，这一切都是拜她所赐呀，思量之下决定不再与她亲近，他宁可让那狗屁赌注见鬼去！

想到这儿，季晓桐又琢磨了下常笑远去的背影，嗯……着实一点女人样也没有……

其实他从早上开始就想让嗓子休养下，今天如非必要，不开口说话，结果竟和她扯淡，现在喉咙都还是刺刺地痛。

真是想起来就憋气，不过这个女人也够自以为是的，一直嚷嚷着余非喜欢这个，喜欢那个。啧，他就不喜欢别人插手他的事，讨厌什么，喜欢什么，他自己心里清楚，该添置的，该进食的，他也能自行打理。

却每每有人揣测他心中所想，为他准备这个，准备那个，磨磨叽叽的，将种种妄想强压在他身上。他厌恶这样。

余光瞥见她搁在桌子上的两元钱和落下的枇杷膏，还有手指上的白粥，想起她与外表极端矛盾的行为，他愣了愣，突然嗤了声："疯子。"

紧接着，他不由得笑了。啧，眼睫毛上真能放铅笔？

"哟，你嗓子泡过镪水？"

直到中午，倩倩和容兰才回来，顺便给她打包了一份饺子。常笑这才想起容兰友情出演了倩倩的话剧，本来她也说要去帮忙当后勤，大概是因为她昨天喝了酒，今早睡得香，两人才没叫醒她。

她嘿嘿一笑，接过饺子，哑哑地说："会好起来的。"

"不知情者还以为你是怎么折腾的。"

"啧，流氓！"她抿嘴，知道容兰是记恨昨天她冥顽不灵，死不肯走，"余非什么时候送我回来的？"

"晚上八点多吧，你睡得迷迷糊糊的，怎么叫都叫不醒，把宿管阿姨郁闷得……我们又抬不起你，只得让余非把你背上来了。”

倩倩插嘴：“你牛，那小子居然挺任劳任怨，还不让我们插手。”

那是，余非可是她拜把兄弟！常笑脸都没红一下。

不过，下午到晚上八点那段时间，他们干吗去了？她窘窘地想……嗯，没印象，回头问问余非吧。接着，她就端着饺子开了电脑。

重装之后，系统运行比以前快，桌面黑色系，仅右上角一轮蓝月，幽幽发着光晕，左下角一个回收站，简洁大方，居然真营造出了静谧感，她很喜欢。常笑不禁感叹余非居然还藏了一手。

“那条鱼救回你的存稿没有？”倩倩问，顺便捏了个饺子扔进口里。

“没。”

“哼，我还以为他多有本事。”

她瞄了眼倩倩，难得有些不高兴：“人要是懂得太多就不真实了，人家小非已经很不真实了，非得把他弄得跟外星人似的。”想了想，气死人不偿命地补了一句：“你这样老老实实当个人不挺好？”

“呸！你去死！”倩倩鄙视她，不知道想起什么，突然乐了，“来来，跟你说个事，昨天余非把你背上来，先把你放在凳子上，结果你东倒西歪的。我上去扶你，结果没扶好，让你脑袋撞桌子上了，你猜怎么着？”

“怎么着？”她摸摸脑袋，刚才不觉得，现在倒觉得有些刺痛了。

“你的那条鱼，他居然瞪了我一眼！”

她并没有看明白倩倩不明所以的兴奋，问：“所以呢？”

“他瞪我啊，你不觉得这是一件很新奇的事吗？那种敢恨不敢言的表情……啧，兰兰你说是不是！”

容兰呸了一声：“你看常笑写的小说看太多了吧。”

4.

她听着一半一半，觉得这场景怎么这么狗血。

常笑撇撇嘴，哼了哼，她才没这么写过。她写的小说很直接，对男主角不会有这么复杂的描写，顶多就是“虎躯一震，心头一惊”而已。

容兰突然又接话：“对了，之前不是说季晓桐找你有预谋吗？”

她送了个饺子入口，嚼了嚼，回头问：“什么预谋？”

“陈华说他们兄弟几个打赌，说是想象不到你穿裙子穿网袜的样子，看季晓桐有没有本事哄骗你成功，都下重注了，限量珍藏版汽车模型。那家伙昨天和我聊得挺愉快，让我也搅和一份。”说完，容兰就嗤了声，手臂搭上她的肩膀，“拿咱们姐妹打赌，脑袋不好使。我是间谍。”

常笑尚未想明白，回头瞄了眼一脸坏笑的容兰，倩倩已抢先发话：“我觉得你在打什么鬼主意。”

“嘿嘿……”容兰卖了个关子，“反客为主！笑笑，你出马，去哄骗季晓桐穿裙子！”她整个人压在常笑背上，“然后你未来人生的所有联谊我都包了，一直包到你找到命中注定的男人为止！”

常笑耸耸肩，说：“没空。”

她咬了口饺子，突然诡异地笑了笑，啊……她比较想看到余非穿网袜。她还要拍照留念，拍的时候，还要比个“Yeah”，嘿嘿……

“哇，常笑你又偷出绝招！”容兰揉了揉双臂，每次看到常笑这笑容就全身发毛，接着重重地一嗤，“我不管，要是不答应，你一年不准写小说！”

“为什么？”常笑不解，她岂不是很无辜？

“我好奇呗，我蛮横无理呗。最关键的是，你脸皮厚呗。”

“我……”常笑刚想说些什么，突然手机铃声大作。

一瞥是余非的名字，她迟疑了一下……毕竟她现在是鸭公嗓，昨天她去唱卡拉OK，他就好像有点不高兴，这下他一定又要说她活该，要不，当听不见好了。

倩倩估计嫌吵，嚷嚷了一句：“接电话。”

常笑握着手机瞎看着。直到手机趋于平静，又再次吵闹不已，她才觉得事情不对劲，接起来“喂”了一声。

余非开口就来，柔柔地唤了声：“宝贝……”

要死咯！她听此一言，全身鸡皮疙瘩纷纷举旗抗议。

无奈常笑刚想抗议，余非却不给她“澄清”的机会，再接再厉道：“小心肝，你家的第六位被人觊觎了。”

小心肝……她抖了一下。

第六位……她又抖了一下，她家就五位，爸妈加三个哥哥。

她当即听出余非在电话那边引起一番骚动，闹哄哄的，嘈杂不堪。第一感觉就是那边应该有很多人，如今更是因为他一句“小心肝”炸开了锅。只是，这三个字从余非嘴里说出来，听起来不猥琐，反而有几分暧昧。

她想了想，突然弱弱地开口：“我们家加上我，刚好六位，没别的位置了……”

晕……

“听听你那嗓子。”余非先是顿了一下，大概因为他今天情绪不错，并未介意，然后，他直接切入主题，透过电话的声音虽然平稳，她却还是听出了当中藏着的兴致，“位置什么的，挤一挤就有了。在我寝室楼旁的篮球场等你，等你来。”

“我还没吃完！”她赶紧插话。

他笑了笑，说：“你不来……”语气虽轻，却言带威胁，“我就背叛你。”紧接着，他又叮嘱了一句：“乖，该换鞋了。”

常笑拿着手机发傻：“背叛谁？”接着就开始换鞋了……

容兰说，现在出去就代表常笑答应了那个事。结果常笑还是出去了，窘……

估计容兰坏毛病又犯了，那女人大概自个儿和人家赌上了，赌注又是她……常笑脑海里突然浮现出容兰嗑着瓜子，看她和季晓桐穿网袜打架的场景。然后，她就开始想象季晓桐穿裙子的样子……

呃……晕，她怎么就这么配合？

话说回来，余非这么急，到底所为何事？

去余非的寝室要经过季晓桐的寝室楼，之前常笑来这里大闹过一番，因而以往走在路上，还会有人投以异样的目光。

不过容兰说得对，她要对自己有自信，她的照片无论从哪个角度来看，都是很英气的！

只是今天情况不同，路上隐约听到好些人在大声议论，说是计算机系十年来最艳丽的一朵花，直接踩上门跟人表白了，又说什么可惜名草有主了，方才人家还打电话给女朋友呢，现在正在等女朋友出场。她听着一半一半，觉得这场景怎么这么狗血，然后热血澎湃地琢磨要不要去现场观摩一下，写进小说里，但又有余非的皇命在身……她只得认命地往前走。

好不容易到了操场，除了正中间围了一大堆人，她根本没瞥见余非的影子。

手机又折腾了起来，她一接，余非笑道："亲爱的，人到了没？"

不对劲，真不对劲，常笑想了想，决定忽略他的称呼，再度左右张望了一下，说："看不见你。"

"乖，往人群的最中间走。"

人群最中间……啊，好多人！好难挤……还好她够苗条。

不过，这么多人，这种阵仗，不会是要打群架吧？学校的保安还没有恐慌吗？

常笑艰难万分地挤开一条血路，终于瞥见目标人物，摇摇头，叹了口气，迎了上去。

余非也瞥见了她，一副好整以暇的样子。

孰料，下一刻，耳边又响起沙哑却具有穿透力的声音："让让。"

接着，季晓桐也穿过人群走了过来，模样却没有半点狼狈。紧接着，他依旧带着不耐烦的神色看着她，伸出右手，递给她一瓶枇杷膏，说："你的。"

今儿个他也是把余非忽略得一干二净，旁若无人的样子。而他的左手里，分明还握着另外一瓶一模一样的枇杷膏。

常笑自然而然地接了过来，哑哑地说了声"谢谢"，目光就落在周遭的若干闲杂人等身上。

见此架势，不晓得是不是心理作用，她竟又觉得喉咙刺痛得厉害。

如果她没猜错的话，她现在应该是众人视线的……焦点。

焦点？！她心里一惊，种种目光，大多是不以为然，也有难以置信的，甚至不屑一顾的，多少让她不安。

当下，她也懒得再理会季晓桐，自然而然用目光去寻找余非。

余非恰好从“无关人士”季晓桐那儿抽回视线，望着她轻轻一笑，便轻易地安抚了她此刻的焦躁。接着，他迈步朝她走来，轻轻睨了一眼她手中的枇杷膏，不着痕迹地将其转移到自己手中，另一只手突然交握住她的手，往上一举，恣意展示在众人面前，目光轻轻扫过某人，道了句：“就是她。”

轰隆——宛若晴空霹雳，整个场子先是空气一窒，随即炸开了锅。

常笑有些茫然……什么“就是她”？她怎么了？

她被这句突如其来的话弄得莫名其妙，下一刻突然意识到自己的手被他握着……被他这般厚实的手掌有力地握着……心跳猛地扑腾了一下，随之而来的，是一种惴惴不安——

她脚上的帆布鞋已经大半年没洗了，穿的T恤也已经被洗得发白，沙滩裤用倩倩的话来说是像咸菜干一样。还有，头发是两周前才理的，如今依旧像潮湿的墙上铺着的一层青苔，太短了，要拔出来还没个施力点……她那久未相逢的女性自觉，竟在众人的目光之中逐渐苏醒。

余非像是清楚她的不安，突然紧了紧握住她的手，然后嘴角含笑，那般轻柔地唤了她一句：“常大笑。”

余小非……她顿了一下，随即也是不自觉地扬了扬嘴角，余光瞥见季晓桐似是毫无留恋地离开，她也只是抿抿嘴，没放心上。

常笑刚想抬头问问余非事情的起因和经过，了解一下她此刻所处位置及所应扮演的角色，那粒季大蒜突然回过头来，又望了她一眼，勾勾嘴角，唤了声：“喂！”

她分了点神，他突然抛出一样东西，在阳光下亮晃晃的，一闪便至——她条件反射般刚想伸手去接，余非突然抢先一步，帅气地临空一握。

他们二人终于对上视线。这一刻，她竟无端有种错觉，情势宛若电视剧里英勇侠士和终极大 Boss 的相遇场景，两人眼神交汇在空中，竟是噼里啪啦，疑似一阵电流碰撞。

不过……实不相瞒，常笑怎么看都觉得余非那抹笑容更像……咯，是奸笑就对了……噢，请上天原谅她的诚实！

不过也纠缠不久，季晓桐已将视线转移到她身上，手里抛掷着的像是……硬币一样的东西，他哑声道："这餐先记着。"

她尚未做出反应，余非未明缘由之下，已是悠悠一笑，面向常笑："从我账上扣。"一句话已分清主与客。

回头，余非又指了指老早就站在一旁的一个女生，一副忽视季晓桐到底的模样，浅浅笑道："喏，墙外桃花。"

常笑顺着他所指望去，心又是一扑腾，好一朵粉嫩桃花！

只见那女生星眸红唇，神采飞扬，嘴角也是含笑，自是一副自信满满的模样，如今瞅着她和余非的视线也是充满着兴味。

可下一刻，常笑稍微分了点心，只见那"墙外桃花"旁边还站了一个女的，相貌也是清秀有余，就是瞪着她的目光里，充斥着怨恨的敌意……

咯……常笑被瞪得有些莫名其妙……呃，小姐哪位啊？

"你们当真是情侣关系？"

也不容常笑走神，突然听见一声莺啼，那"桃花"已走到眼前，笑意盈盈地将她从头打量到脚，然后偏头直勾勾地望向余非，显然也是要忽视她。

常笑便自然而然地望向余非。他自始至终虽未再看她，但握她手的力道倒是丝毫未减，如今他沉着地浅笑着点了点头，看不出一丝假态。

"我不信。"女生笑容未减，却是笃定的样子。

围观的人群便又炸开了锅，你一言我一语地讨论起来。常笑慢半拍地捕捉到个中精华，情侣……

情侣？她不由得想起方才在路上听到的议论，贯串前后再一深思，想起那随手拈来的小说情节，最后扫过围观一众……难不成她成了余非的挡箭牌？

啊……她一惊，一愣，一歪头，一琢磨……乐了，嘿！她常笑居然也有成为挡箭牌的一天！

可常笑再深入思量又不免担忧，顾不得细听，突地拉扯了一下男主角，附于他耳边轻声道："我的确欠缺了一点说服力。"今天若是倩倩或容兰，肯定更能胜任，至于她嘛……从以前到现在，相熟之人，无不将她二人以兄弟看待。

余非侧脸低头瞄了她一眼，突然点了点她的头，也凑近她的耳朵，用应该只有他们两个人能听见的声音说："只要你一句话。"

闻言，常笑就突然热血沸腾了，倏地拍了拍胸，表示愿意义无反顾！她当即反客为主，箍住他的手臂，整个人贴上去，厚着脸皮哑着声音喊了一句："心肝儿！"

喊完，她尴尬地想，怎么自己听起来都有几分……咯，视死如归。

然后，她抬头偷瞄了一眼余非的笑容……嗯……她顿了一下，用她写小说的词来形容，应该是……宠溺。她心一暖，轻轻柔柔的涟漪在心湖里翻开来，一圈一圈，酥麻得让人禁不住颤抖。

听她喊完那句心肝儿，余非已是无所顾忌，回头跟那标致的桃花小姐说："你的好意我心领了。"笑容已是疏离，他拖着她的手往人群外边走。

常笑边走边抬头看了看他的侧脸，再回头匆匆瞥了眼那个告白对象，看着那女生站在原地巧笑嫣然，并未有生气的模样，她突然意识到余非拒绝其实挺暴殄天物——瞧那个笑容那个美啊。

她心中竟又涌起一股不同于方才的不安……只是不安之余又有些兴奋，还多少有点期待，不禁又感叹起"女人心，海底针"的至理名言来。哼，她早就说了吧，她是个女人！

就是……她望着余非空荡荡的左手突然纳闷了，她花了二十元买的，上一刻还被余非握在手里的那瓶枇杷膏，哪儿去了？好像连硬币也不见了……

于是，她，常大笑，自那日之后，成了某人名义上的女友。

想她这辈子扮演人男朋友的情况不少，当人女朋友还是头一遭，尽管是假的。

为了养好喉咙，时常保持温柔体贴、让人神清气爽的声音，常笑决定早睡晚起。

夏天天亮得早，常笑被手机振醒的时候，天才蒙蒙亮，看不出大概的时间。她迷迷糊糊地纳闷着自个儿好像没有调闹钟，应该是抱着“睡到自然醒”的念头躺下的。

风扇还在床上嗡嗡地转着，凉凉的，她不大清醒地拿起手机接听，听到同样嘶哑的声音自手机那边传来——

“起来！跑步。”

5.

奇了，我刚刚有一瞬间终于觉得你是个女人。

常笑心里第一感觉是，啊，怎么会是季晓桐？第二感觉是，啊，跑步啊……

啊……季晓桐叫她跑步啊。常笑还没应话就不小心挂了电话，内心更是天人交战，进退失据。

打从她和这家伙历经那一役之后，仿佛找到了一个很好的理由，光明正大地偷懒了好些日子，掰掰指头一算，二哥恐怕会掐死她。

二哥体校毕业后就去中学当了体育老师，强健不失匀称的体格，据说是不少情窦初开少女的心头好，他却总是板起脸，一副不留情面的样子。如此，他居然依旧是她们的心头好，她真是没想明白！

手机很快又闹了起来，常笑蹙了蹙眉，突然从床上弹起来坐好，把电风扇关了，决定还是保持优良传统，为以后照顾未来老公强身健体。于是，她接起电话回应了一声好，小心地下床，免得吵到倩倩和容兰，就开始洗漱。

下楼梯的时候，她重复最初的疑惑，季晓桐为什么要找她跑步？嗯，她和他好像不是很熟。

手表显示时间为早上六点十五分，挺早。

如今开学已经一个多月，已逝去了酷暑的闷热，早晨的风多少有了点凉意。她吸了吸鼻子，刚踏出寝室楼，已瞥见穿着白色 T 恤，搭配着黑色篮球裤的季晓桐。那副百无聊赖中夹带着不耐烦的样子，颇具他的特色，前额的刘海微微随风飘扬，侧脸迷人，深邃的五官果真居功不小。

不巧今天她也穿的白色 T 恤和黑色短裤，也是意识到这点，她迎上去就冲他肩头重重一拍：“嘿，真巧。”

他回头瞄了她一眼，有几分无言地望着她的装束，说：“开始吧！”说完，他就毫无预警地迈步，跑在校道上。

她跟上，开口问：“你失恋了啊？”不然举止怎么会这般失常？

他回头瞪了她一眼，说：“来雪耻。”说完就迈开步子跑在前头，一副不与她计较的骄傲姿态。

常笑愣了愣，咬了咬牙，拨了拨头发，帅气地拔腿超过他，然后把头一甩，睥睨道：“手下败将。”

季晓桐愣了愣，加大步伐，一声不吭地追了上来，将她甩在身后，以实际行动证明他才是领先者。

常笑自然不高兴，加速追上。结果，她追上，他反超；她强行抢道，他疾速超车，你追我赶的，很快就较起真来，在无人的校道上狂奔。

两人竞相追赶了一段路，大概是男女在先天条件上有所差距，至少他腿比她长，也铁了心不会相让，她和他的距离居然越拉越大。望着他的身影，她突然自胸腔爆发出一声——

“啊——”

仿佛武林高手被醍醐灌顶，常笑脚程加快，眼看又超出了他一点。

季晓桐那浑蛋居然有样学样，也“啊”了一声，也加了速度，丝毫不体谅她不过一介柔弱女子。常笑怒了，大吼一声：“不跑了！”

接着，她一个急刹车，就冲到一旁冰凉的大理石凳上狠狠坐下，被刺激得浑身一激灵。她一抬头就看到季晓桐在旁边畅快地大笑，他一边笑还一边咳嗽，但少了平日眉宇间的讥讽，多了几分爽朗帅气，看着还蛮顺眼的。

她重重地哼了一声，喘着粗气道：“胜之不武。”毫不犹豫地决定把一切归在男生先天条件所占优势之上，毕竟输了，她不服气，哼了一声又开口：“你要是双腿绑两个沙袋还能赢我，就是你有本事。”

季晓桐望了她一眼，说：“奇了，我刚刚有一瞬间终于觉得你是个女人。”学会无理取闹了。

“不识货。”她是货真价实的女儿身，不过没必要让他验明正身就是了。

啊，好热。跑的时候还好，如今一停下来，整个身子都在冒汗。再望向季晓桐时，她心里不知怎的突然有一丝感慨，她好像……从未见过余非像他这般大笑。余非也从不会在这样一个清晨，和她发了疯似的在清冷的校道上狂奔……余非总是太冷静。

突然，她又想起昨天那件事，想起他握着她手心的触感，想起他那修长好看的手指，脸颊余温不散，猛地摇了摇头，哑声又“啊”地大吼一声发泄焦躁的情绪。

突然，她又记起了余非家客厅里摆放的那台钢琴。她从小特别羡慕会弹钢琴的孩子，因为仙姑一直坚持让她拉二胡，说是承民族文化，展民俗风情。

她还想起刚去余非家那会儿，她还请不动他，他说弹得太多，腻了。她记得那段时间她常常会想象他坐在钢琴前，手指在黑白琴键上游走的情景，那时他一定很小，脸上是放松而陶醉的神情。

后来不知怎的就没了这回事，她果真也没听过他弹奏那台钢琴的声音，除了她偶尔会用食指在琴键上跳跃性地“哆来咪”几下，再没下文。她其实幻想过，有一天他会出其不意地将她拉到钢琴前，为她弹奏一曲，什么曲子都好，说“常笑，这首曲子送给你”。

她吸了口气，剧烈运动之后，心跳还未平复，扑通扑通的，再抬头看看季晓桐，他似是若有所思的模样。突然，他看着她笑了笑，主动开了腔：“你上次穿的那裙子呢？”

常笑心想他应该是想到他和朋友的那个赌，因而愣了愣，猜他下句话会建议她搭配网袜，于是嗤了声："被你喷没了。"那天穿回去，倩倩果然心疼死了。

就知道他突然叫她来跑步是另有所图！常笑想了想，捶了捶大腿，摸摸肚子，说："饿了，吃早餐去。"然后叫了一声"哎呀"，才装模作样地摸了摸口袋，"我没带钱。"

季晓桐顿时无语。嗯哼，看吧，敢在速度上超过她，他活该请客。常笑昂了昂头，笑着说："哎呀，好饿，我今天早上应该要吃很多很多。"

季晓桐在她身后白了她一眼，拖着酸痛的四肢，看着她修长的背影，居然有种又好气又好笑的混乱感受。这男人婆说话有时语不惊人死不休，非要气死他才罢休……

两人一前一后来到面店时，刚刚七点，太阳已是拨开云层透光芒，金色光辉铺洒在地。小店开门应该不久，来买早餐的人也不多，看样子只有几个早起背英文单词的勤奋学生。

常笑想起初中那会儿曾疯狂时兴"疯狂英语"，每个人也不管读不读得懂，老是用老外听不懂的语调和语速，把一大段英文强行背下来。她也曾拥有过那样的年华啊，啧啧。

余非喜欢这里的云吞面。嗯，喜欢吧……

常笑吃完伸手问季晓桐拿钱，要给余非打包一份并给他送去。她早上还有课，跑完步果然神清气爽，连呼吸也是畅通无比。

季晓桐瞥着她，没说话，还是把钱掏出来搁在桌上，但是没走，像是想等她。于是乎，常笑再次敞开心扉，决定交这个朋友。

去余非寝室楼的路她已经很熟了，闭着眼睛都不会走错。季晓桐大概是想弄清楚让他"大出血"的真正缘由，反正没走，跟在后头。再想想也不对，因为这个方向，也通往季晓桐的寝室楼，就在余非那栋的后面。

不料走到余非寝室楼下的时候，她瞧见一个很面熟的女生手里提着一个速食饭盒，背着手在他寝室楼下的草坪里转圈。啊……是墙外桃花。

常笑顿了一下，下一刻，那女生像是发现了她，微微一笑，直接迎了上来。她长发披肩，穿着粉红色的短袖上衣，白皙的皮肤在晨光的照耀之下居然有些透亮。

对比起自个儿带着汗臭的T恤，常笑心里突然有些不是滋味，略为不安地咬了咬下唇，只能眼睁睁地看着那个玲珑剔透的女生靠近自己。

那女生瞥了眼她手中的云吞面，突然晃了晃自个儿手中的饭盒，笑了笑："据我所知，余非比较喜欢吃炒面哟！"然后向她伸出手，"我叫孙恬恬。"

孙恬恬。常笑细细琢磨了下这三个字，就条件反射般伸出手："我叫常笑。"接着直入正题，"炒面的事，你听谁说的？"

炒面！别的不说，她当真不喜欢那股味儿，干巴巴的，又容易冷，若厨师处理不好，底部会沉积一层油，所以和余非相处这么久，她从来不点炒面。虽说人各有所好，但常笑直觉他不会这么……性情大变。

想到这儿，常笑稍作肯定，却又听到那甜美的声音说："听余非说的。"

听余非说的……她顿了一下，顿时笑意全无，望向孙恬恬，想在对方脸上找到一丝一毫撒谎或者开玩笑的痕迹。然而孙恬恬坦然回望她，无丝毫退缩，甚至带着某种势在必得……两人一时无言。

常笑的沉默像是在孙恬恬的意料之中，她大致自觉身居上风，此刻神态已恢复自然，轻轻抿嘴一笑："不信？你问他去。"

常笑不喜欢这个女生笑容中的笃定，像是有多熟悉余非似的。

余非还说过这话？不知怎的，尽管还是怀疑，她的呼吸却莫名地有点紧，连带手里提着的云吞面也比往日沉，心里揪着揪着，有些不舒服。她不由得蹙了蹙眉，说："他没跟我说过。"

这是事实……她所以为的余非喜欢的，只是从他的不拒绝判断的，可是，好多年了吧，他竟从不拒绝。

孙恬恬听完又笑了笑，突然转移话题，问："柳雪丹是不是你们的高中同学？"

她愣了愣，这人的话题怎么转得比她还快？她点点头："嗯。"

“她说，你和余非绝对不可能是情侣。”

闻言，常笑没来由地讨厌“绝对”这两个字。

她其实想说她和余非都跟柳雪丹不是很熟，想说凡事是没有绝对的，就像她也从未想过会有男的找她扮演女朋友。她还想说孙恬恬的脸蛋真的很美，笑起来也很漂亮，名字果然没起错……

那么接下来呢？她反问了一下自己，也不知道要怎么处理了，心想，万一……如果……或者……孙恬恬其实就是余非命中注定的人，她会不会因为搅和而耽误了他的一段美好姻缘？

只是……她又不明白心里为什么像是被块大石头压着，闷得难受。

突然，她撞了撞还站在一旁没走开的季晓桐，踮起脚凑近他耳边轻轻地问：“你们男生是不是都喜欢长这样的？”她怎么就瞅着这么讨厌？

季晓桐睨了常笑一眼，突然拍了下她的后脑勺，答非所问：“我不喜欢吃炒面。”

“啊……”听完这话，她突然笑了笑，点了点头，没再刻意压低声音，“我也不喜欢。”然后就看着孙恬恬，挺了挺胸，吸了口气，问：“你要把炒面拿给他吗？”

不等对方答话，常笑紧接着伸出手，又说：“我帮你拿给他吧。”

孙恬恬突然望了眼季晓桐，再望向她时嘴角仍是轻扬的，只是神色多少透露着不悦。随后，孙恬恬笑了笑，忽略她伸出来的手，笑着说：“没事，不劳烦了。”又随意地套了套近乎：“大清早的，你和季大帅一起去买早餐啊？”

她点了点头，觉得孙恬恬和季晓桐应该认识，也没正面回答，就抬头问季晓桐：“几点了？”

他侧头望了她一眼，看了看手表，说：“七点四十。”

难怪周遭的学生开始多了。她想了想，突然把自己手中的云吞面递过去：“那还是你帮我把这个给他吧。”

孙恬恬显得有些意外，望着她的眼神多了几分探视及疑惑。常笑也不理，笑了笑，说：“我早上还有课，先回寝室了。”八点二十上课，她得回去赶紧洗个澡，换身衣服。况且今天嗓子哑，在楼下喊不了余非。

孙恬恬看了看她手中的云吞面，蓦地笑了笑，接了过去，道：“好啊，我帮你。”

她放手之后又愣了愣，拍了拍手，扬了扬嘴角：“嗯，谢谢。”然后转身回寝室。

常笑走了两步发现季晓桐还在身后跟着，不知怎的觉得有些烦，就指向一边，说：“你寝室在那边吧。”

他神态仍是有些不屑，但语气还算诚恳，说：“把你叫出来，至少得把你送回去。”

她目光穿过他，又停留在依旧等在余非楼下的孙恬恬身上一会儿，又望向他，说：“你又觉得我像个女的了？”

“嗯哼。”他也不正面表态。

常笑耸耸肩，蹙眉，肃然道：“炒面其实真的不好吃。”

因为出去跑步，常笑没把手机带在身上，回寝室后发现倩倩和容兰居然还在睡，喊了一句“起床了”，就从柜子里掏出她那件斯文秀气的内衣进了洗手间。

大清早洗了个冷水澡，冷水刺激得她浑身上下一激灵，然后她接了一大桶水，当头泼下，醒神无比。用毛巾擦拭头发的时候，她又心有不甘，直接给余非打了个电话，开门见山地问：“你喜欢炒面还是云吞面？”

余非在电话那头刚“嗯”了一声，已有个女子的声音传来，大致是笑着说了句：“兴师问罪来了？”

一字一句她都听了个清清楚楚，就声音辨识度而言，明显是姓孙名恬恬的某女无疑。

常笑突然不高兴了，干脆利落地把电话挂断了。

第三部分

1.

即便不是孙恬恬，也大概会是孙酸酸，或者孙辣辣吧！

常笑长这么大从未对余非发过脾气，如今在她看来，平白挂断电话就是发脾气的一种体现。事实上，她脾气一直很好，也极少与谁争得面红耳赤，除了季晓桐那个意外。

平白挂断余非的电话，是一件大事，因而在完成这个举止之后，她就开始心神不宁了。可体内倔强因子作怪，她不肯再拨号过去解释，于是又发展为害怕听到他声音的状态……

恶性循环之下，她索性关了机，决定暂且化身为缩头乌龟，不去看，不去理。

倩倩和容兰都在洗漱，并未察觉她的不妥，就是多嘴问了一句她今天早上干吗突然洗澡，像是未发觉她出门晨跑的事。她不禁又有点羡慕，能睡得跟死猪一样又何尝不是一种幸福？

想了想，她决定暂且隐瞒今天所发生的事情。

接着，她傻愣愣地和那二人又去了趟餐厅。吃饱后走进这种地方，空气里都是油腻的味道，但在打餐窗口前走了圈，她突然就冲动了，破天荒地点了份炒面……

饭堂的炒面干瘪无味，又油腻得很，那味道吃得她想吐。她却硬撑着都吃完了，口眼耳鼻胃都不舒服，尤其是心里堵得难受，再撇撇嘴，发誓从此再也不碰这个东西。

早上一二节是管理会计课，述课的老教授平板地讲着各个理论，常笑原本还听得仔细，可听着听着没来由地一阵心慌，竟开始坐立不安。她悄悄低头看了看手机，发现原来仍没有开机，心里还是揪得紧，觉得好像……好像有什么被抢走了一样。

被抢走的，会是余非吗？

她和他太熟悉。熟悉他的音容笑貌，熟悉他的言谈举止，熟悉他的一切，可谁说过，青梅竹马的两个人，世界太狭小，走出去才是海阔天空。

但其实，他从来就不是她的。

她也曾少女怀春，偷想过谁会是她的永远，偷想过某人骑一匹白马，款款而至，马蹄下鲜花绽放，满地繁华。可是在最容易暧昧的年纪，周遭都没人能在他们之间看出暧昧，于是就那么理所当然地，认定了她和他，终归没有这个缘分。

甚至在奔走联谊的大一，遐想被谁牵手的那个时刻，她在他脸上，始终见不着吃醋的痕迹。而更多时候反而是她，偶尔某个男生破天荒地坐在她对面打量她的时候，她基本都是不加考虑就直接先把对方砍掉了——他哪比得过余非！

不如他。

不如他……

后来，常笑觉得日子大概便是如此，不会再有惊喜。于是，她笔下的小美，就在英雄的不明不白之下，最终选择了英俊。

自古美人配英雄。其实不一定吧，正如青梅颜色不一定是青的，也不一定只是绕竹马那么简单。更何况，她和他不过在半途相识，免去了稚龄无知时期手牵手的那个过程，早错过了两小无猜。

所以，她其实知道某一天他会牵着他的那位走到她眼前，说“常笑，给你介绍一下”。

所以，她也设想过他会离她越来越远，她不能再肆意地上他家串门，给他换个灯泡、修修马桶盖。

他或许会成为某个小家伙的父亲，而她或许一辈子也嫁不出去。

或许白发苍苍的时候，她还是听不到他为她弹奏一首《安魂曲》。

这些常笑都想过的，她只是没想到，会这么快。

即便不是孙恬恬，也大概会是孙酸酸，或者孙辣辣吧！人苦苦追寻着的，不就是红线那端的那个他或她?

啊，早餐吃得太多，还是没办法消化，心情难过，也还没有复原。

她抬头看了一眼教授，手指偷偷长按开机键，觉得还是顺其自然吧，或许余非还需要她帮忙来拒绝孙恬恬，尽管她好像并没帮上太多忙。

开机那一瞬间，她又想，上课时间他应该打不了电话，但在她挂电话的那一刻，他应该会担心或者产生疑虑，至少询问的短信还是有的。

可一整节课过去，在“网络滞延”这个理由已没办法说服自己之后，她的手机依旧是一片安静，没有收到任何短信。

三四节课是经济法课，老师无情地宣布了期中考试选择闭卷的方式，讲课时总是穿插着“我讲的是考试重点”此类话语，她也无心装载。

常笑不想主动发短信过去询问，然后一直胡思乱想，竟莫名地想起他带着暖意的眼神和嘴角如沐春风般的笑，趴在桌子上有点无所适从。

最后，她又不经意地打开某个夜晚他给她发的那些短信……

睡不着?

废话，想你想的。

常笑竟慢慢地湿了眼眶……狠狠吸了吸鼻子，指尖摁到今天早上吵醒她的那个陌生号码，鬼使神差地发了一条信息，问：“要不要去跑步？”

其实，她几乎是不抱希望的。

但没多大会儿，手机在桌面上吱的一声振动，告诉她的其实只有简短的两个字："现在？"

"嗯。"她回复。

"跑道上见。"

常笑瞄了眼手机上的时间，十点二十五分，离下课还有段时间。突然，她了然似的勾唇笑了笑，拿了张纸迅速在上边写了"配合我"三个字，往倩倩和容兰的方向推了推。然后，她就捂着肚子往桌子上重重一拍，引起注意后嗷嗷一叫："哎哟喂，我的妈啊！这肚子怎么就这么痛呢？"

众人沉默：您叫疼的语气也这么中气十足、郑重其事吗？

倩倩不愧是话剧社的，在旁边似笑非笑地抽抽嘴，平时被常笑的雷人雷事雷出了经验，耳濡目染之下多少学了几招，立刻问："哎呀，是大姨妈来了吧？"

常笑重重地点了点头："痛煞我也！"接着朝老师眨巴眼睛，"老师——我痛——"

老师和众人一脸无语。倩倩继续："要不你请假去校医室吧？"

"好主意！"常笑"哎哟哎哟"地捂着肚子，朝老师挥挥手，含泪朝在座的同学送去秋波，"我去也。"大家好好学习啊，而她哧溜一下就没了人影。

教室里沉默了很久，很久……很久很久。

跑道上见啊，跑道是哪儿？常笑直觉性地去了第一次和季晓桐打赌的那个操场。

因为同时有几个班在上体育课，人很多，绕着操场，一片喧腾。视线环场一周，她居然很快就找到了目标人物。

谦谦君子，翩然立于球场之中，所有青草在他身后都黯然失色……常笑想，季晓桐果真是个帅哥啊。

其实，她没想过他真的会来，或许也只是来碰碰运气，但他竟然还早她一步到了。

季晓桐也看到了她，径直朝她走来，酷着一张脸。不过，靠近后他又哼笑了一声，脸上写着：看吧，你速度果然还是没有我快。

早到了不起？她顿了一下，蓦地扬唇笑了笑，突然伸出手，有样学样，说："常笑。"

他看看她，又看看她的手，沉默了一会儿，才把手伸出来，回握住她的，道："季晓桐。"

他的手掌也很大，暖暖的。可是，和余非的……终归不一样。

常笑一边跑，一边问季晓桐："早上为什么突然找我跑步？"

季晓桐听罢只感觉脚步一个踉跄，尴尬地掩饰好，突然加速超前。却不知怎的，心底又是一股酣畅感，大致因为这种宣泄般的、不要命的跑步方式。

早上那个梦让他突然惊醒，梦中他突然回到第一次见面的那个酒吧，嘈杂的音乐震耳欲聋，而他咬着牙冲她脸颊撞击了过去……在她脸突然放大的那一瞬间，他就惊醒了，竟有种惊魂未定的感觉，再躺下居然就睡不着了，他宁可梦到鬼，也不想梦到她！

辗转之下，他突然火大，岂能容她这个罪魁祸首逍遥自在？索性一个电话把她挖了起来。他本来打算放她鸽子来着，居然鬼使神差地出了门，然后就……发展到了这一步。

想了想，他突然回过身来，瞪了她一眼，哼了一声："你管我！"接着又转回身去，继续跑。

光是回想起梦境中的真实感，他就会有种羞愤难当的复杂感觉，他这辈子做得最错的事就是——招惹上了她。

常笑望了望他的背影，或许因为真的吃了不少，胃因跑动而胀得发疼，她倏地止住脚步，说："哎呀，我又没带钱。"

他回头瞄了她一眼。她接着问："啊，你又要请我？"

他先保持无言状态一会儿，随之扬起嘴角："借的，连本带利，翻个两番就好。"

常笑点点头，说："你不是很大方。"

季晓桐也停了脚步，很快又倒退走，重重地哼了一声："我们还不是很熟。"

闻言，她笑了笑，就冲他这句话怎么也得混个滚瓜烂熟啊！

笑完，常笑又想了想余非，还想了想孙恬恬。

"你喜欢吃什么？"坐在校外一间小饭馆内，常笑拿着餐牌问季晓桐。

"女孩子别问那么多，不然我会以为你想追我。"他说话倒也不会拐弯抹角，也懒得理会女士优先，瞪了她一眼，"你点一个菜，我点一个菜，外加一个汤，不够再说。"

她点了点头，和他各翻各的餐牌，然后两人又同时放下，异口同声地说："糖醋排骨……"

她愣了愣，又抿嘴笑了笑，刚想开口，他也不顾帅哥形象地白了她一眼："我知道，好巧啊，是吧！"接着，就望着服务员说："再上个酸炒土豆丝。"

啊，她也喜欢，于是又努努嘴笑了。

两人安静了一会儿，常笑无端叹了口气，没来由地感慨起来。突然，她很仔细地盯着季晓桐的脸看，打发时间也好，毕竟赏心悦目。

然后……她就一个不小心看得太久了点。季晓桐大概被她看得尴尬了，蹙眉吼了声："看够了没？"

真没耐性，她送上门的恭维都不要。常笑撇撇嘴，突然发现旁边几桌的女生，都志同道合地小贼眼眨巴眨巴地往季晓桐身上偷瞄。和这家伙针锋相对久了，她都快忘了他有这资本……啧，有什么了不起！她常笑以前也收到过女孩子写来的情书！

可她再想想心就痛了，因为她没收过男生写的情书。

等上菜的时候，常笑隐约觉得周遭视线的走向有些偏移，似乎……慢慢转到她身上来了，紧接着就是源源不绝的议论声……

"喂……你说那人是不是女的啊？"

"女的吧。"

好眼光。常笑刚满意地点了点头，那人又补上一句：“不过真的有点像男的。”

嗷嗷！

“喂，你觉不觉得有点眼熟？”

“嗯……”那女的便秘般“嗯”了半天，突然惊天一吼，“是常笑！”

这一下，把周遭所有人的视线都吸引了过来。

众人像是对“常笑”这两个字有非常大的反应，原本弹珠大的眼睛睁得跟开过光的夜明珠似的，心里大概都唱着同一首歌，常笑在哪里啊？常笑在哪里……真是百家米养一家八卦之人。

常笑其实对这场面不意外，这辈子她最意外的是接二连三地成为八卦女主角，从季晓桐那个透着狠劲的“亲吻”开始，她便成了“复仇女神”，然后是余非的冒牌“女朋友”和孙恬恬的“情敌”……反正打她英姿勃发的军训照片曝光开始，她就做好心理准备了。

别以为她不知道，刚开始还时不时有些同楼的女生偷偷从她们寝室窗口偷窥过，容兰、倩倩恨得差点想弄个铝合金来把窗户封死。

“真的是她！”

“她怎么跟季晓桐在一起？她不是余非的女朋友吗？”

“噗……她哪里像‘女’朋友了？”有人特意强调了个“女”字，接着又不以为然地开口：“听说是假的啦，你要是个男的，看见个‘同性’站在自己面前，你还有心思谈恋爱？”

常笑彻底沉默，心里燃起了一把火，忽明忽暗，她有些生气，又有些难过……却找不到任何话去反驳，她也知道她跟余非站在一块儿不配啊！可是、可是她就长这模样啊，她有什么办法？

“喂，她身边那个是季晓桐吧？”

“嗯，C大还有谁有一张那么招摇的脸？”

“不对啊，她不是和季晓桐水火不容吗？怎么坐在一块儿吃饭？”

“看见没有？这就是手段。”

“啊……她看过来了。”

常笑直接白了那一桌女人一眼，说话这么大声音，讨论毫无顾忌，难不成以为她是聋子听不到？她真想过去把那桌子掀了！可是……她没钱赔……

服务员把热腾腾的糖醋排骨端了上来，看模样大概是学校的工读生，把菜放下了也不走，一个劲儿地往她身上瞄。常笑火气上来了，皱眉，冲那个女生一假笑，说：“你再看下去，我会以为你想追我。”

“咳咳……咳咳……”季晓桐听了这话，一口茶呛得差点断气。

常笑白他一眼，稳坐如山，哼，呛死活该。

“喂，话说回来，余非是谁啊？”

显然，八卦仍在继续。

“太低调了，没怎么露脸。”

“白痴啊！”又一个女生插话了，“虽然他很低调，不过你想，孙恬恬那模样的女生看中的人，能差到哪里去？”

“对哦。”

“喜欢常笑这类型的，你说余非那男生性格会不会很软弱啊？”

常笑深呼吸，再深呼吸，强令自己憋下一肚子火气，却听到旁边又一句：“啊……我也想跟季晓桐一起吃饭。”

常笑猛地咬咬牙，平白瞪了季晓桐一眼。季晓桐啊季晓桐，这群女人的眼睛都被狗屎糊住了！

虽然通过这几次接触，她偶尔也会产生“这家伙其实性格还不错”的错觉，可是……这个节骨眼上，只能算他倒霉了！

都喜欢季晓桐是吧，哼……常笑蓦地一拍桌子，站了起来：“什么，你请我吃饭就是想追我？”

季晓桐一脸僵硬地眨了眨眼睛，表情难得显现出一丝茫然，这女人又是哪两根神经搭错了？

眼看旁边的人，早有人偷偷拿出手机做好了拍摄准备——带照相功能的手机早让这群八卦之人初步迈入全民狗仔队的世界。

常笑又抿抿嘴，哼了声：“你放弃吧，我和你是不可能的！”说完朝有镜头的地方稍微摆了摆姿势，免得上镜效果太差。

接着，她用手指蘸了“很多点”糖醋排骨的酱往季晓桐鼻子上一抹，然后光速俯下身子，小声而迅速迸出一句：“经此一役，我们所有恩怨就一笔勾销！”

说完，她昂首挺胸，又大声补了一句：“哼，痴心妄想！”说完赶紧脚底抹油，眼看着人就跑出了小饭馆。

2.

你是我女人，她不是。

季晓桐感受到鼻尖有点热，对方才的事还没回过神来，常笑居然又噔噔噔地跑了回来，并且干了一件让人匪夷所思的事情——

她抬头挺胸，双手比成机关枪的形状，朝在座的人“哒哒哒”地一番扫射，接着比了个蛋的形状，凑到嘴边一咬，“啾”一声，又补了一声“嘭”，然后，她就在男男女女的惊愕眼神中……华丽退场了。

季晓桐本来还气得七窍生烟，无奈侧前方一桌的女人嘴巴张得太大，愕然了半秒，突然哈哈大笑出声，他也笑了，有一瞬间居然觉得这女人很可爱……

常笑一跑远，心情就瞬间跌到了谷底……

好丢脸好丢脸，她的脑子真是被狗屎糊了！余非的电话还没打来，她也更深刻地认知到一个事实：确实，她和余非根本不相配。

容兰说她小时候也有个青梅竹马，也是拉扯辫子、玩泥巴，一路厮混过来的。可是，世界太大，距离太近，两个人突然都想呼吸下外边的空气，就这么渐行渐远。再见面时，两人熟悉却又疏离，就轻易错过了。

常笑觉得自己现在顶多就是占据了余非身边的小位置而已。

常笑无奈地长叹一声，偷偷跑去余非的寝室楼下守株待兔了一小会儿，又苦笑不已，这是孙恬恬今天早上待过的地方……

闲逛了一会儿，她才耷拉着脑袋回寝室。可是，刚到寝室楼下，她就错愕了。只见余非双手插在裤兜里，站在老地方，一副闲适的模样，也不知站了多久，没有一丝一毫的不耐烦。

他在等她。他一定在等她……她无端肯定了这个想法，心扑通扑通跳得厉害。

她暗自握紧了十指，握得生疼，才敢这么愣愣地望着他。

午休时间一般几点？她迷糊地想着，一点十分？一点二十分？或者一点三十分？他一直在等她？什么时候开始等的？吃完饭之后，还是刚刚才到？

她想上前，然而迈了一步还是迟疑了，又不想上前。

接着，仿佛是有心电感应，他就那么突如其来地回头，就那么轻易地与她四目交接——

随后，他轻轻一笑。她当场全身僵硬，无法动弹。

“在千山万水人海相遇，喔，原来你也在这里……”她突然想起一首歌是这么唱的。

他保持微笑，慢慢地一步一步向她走来。靠近到某个距离的时候，他轻轻站定，又浅浅一笑，说：“早上吃两份早餐，胃不好受吧。”

她也不管他怎么会知道的，莫名地感觉委屈，拼命地点了点头。

“活该……”他似是轻瞪了她一眼，然后回归重点，“早上不高兴？”

她轻哼一声，又是点头。

“谁让你不高兴？”

“孙恬恬。”提起这个名字，她顺带皱了眉头，“还有你。”

他笑了笑，突然问道：“知道我为什么喜欢吃云吞面吗？”

啊？她一时没反应过来，好突然的问题。她分明还在脑子里纠结问题该怎么组织，该如何开口……然后她脑子有些空白，还有些不明所以地紧张。

他淡淡地笑，说：“因为你喜欢啊，笨蛋。”

“啊？”常笑大脑依旧没反应，双颊却有意识地泛红，猛地退了两步，尚保持了一丝理智，嗫嚅道：“可孙恬恬说你亲口说的，喜欢吃炒面。”

他若有所思地望着她此时低垂的眼睑，不以为然地反问道：“那你说了什么？”

她回忆了一番，如实说：“我说你怎么没告诉我。”又抬头偷望了他一眼。

见他逼近，常笑不自觉地再退了两步，和他保持稍微安全一点的距离。可何谓不安全，她一时也道不出个所以然。

他因她遮掩不住的抱怨而轻笑，语调突现几分调侃：“你再问一次早上那个问题。”

“哪个？”

“炒面还是云吞面。”

哦，常笑疑惑着乖乖问道：“你喜欢炒面还是云吞面？”

“云吞面。”他答得毫不犹豫，又接着道，“好了，还有问题吗？”

呃……常笑愣了愣，突然，骨子里的女性细胞全部活了过来，她条件反射般皱了眉：“你回答得这么快，以犯罪心理学理论来看，完全没有思考过程，绝对是事先准备好的说辞，一点诚意都没有。”

“行，”余非只思考了一秒，好整以暇地说，“你再问。”

常笑撇撇嘴，嚅嚅道：“炒面还是云吞面？”

“嗯——”他“嗯”了七八秒之后，见常笑沉默了，才抬眸看着她说，“云吞面。”

常笑嘴巴一张一合，别扭得不得了：“你居然考虑这么久……”

“行，”余非微微耸肩，“你再问。”

“炒面还是云吞面？”

余非望着她，稍作停顿，状似思考，无比认真地说：“云吞面。”

常笑在那眼神的注视下，一时间无法言语，好不容易才拉回心思，又问：“那、那你喜欢它什么？”

“喜欢它既有云吞又有面。”

“然后呢？”

“只收一碗面的钱。”

“没了？”

“确实是一碗很有中国特色的面。”

“意大利人不会在面里加云吞。”

余非微微一笑：“再问我为什么喜欢。”

“为什么？”常笑完全被他牵着鼻子走。

“因为你喜欢。”

“啊，停停！停！”绕了个圈，她现在脑子有点乱，蹙蹙眉一想，还是捕捉到了重点，“那孙恬恬说的是怎么一回事？”

他持续微笑，接过话头，说：“她嫉妒你。”

“啊？”

“你是我女人，她不是。”

“啊？”

“你在吃醋。”他云淡风轻地笑了笑，笃定地说。

“哼！”她昂首挺胸，倒是回答得坦坦荡荡，“没有！”

“没有？”他蓦地倾身上前，捏了捏她的下巴，调戏般微笑着问，“这样呢？有没有？”

常笑满脸通红，猛地后退一步，接着伸出双手，做了个伸懒腰的姿势，然后似模似样地打了个哈欠，顾左右而言他：“我有点困了，要去午睡了。”说完转身就想逃。

背过身去的那一瞬间，常笑不得不承认，心里有某种掩藏已久的强烈情感正欲破土而出，这种认知在她心中直掀波澜，惊得她无法正视……

“等一下，”余非突然一把拉住她的手，笑着说，“‘看’得出来你很困，但先陪我吃午饭。”

“啊？”常笑窘了下，“又吃？刚刚我和季晓桐……”那事的余温还没散呢……又被拍照的话，她这次跳进尼罗河都洗不干净了！

“季晓桐？”余非的神色突然暗了下来，却是不动声色地问，“你最近和季晓桐很熟？”

“熟。”她倒也不是故意气他，只是认识越久，越发现和季晓桐那家伙存在着某种奇妙的磁场。

啊……他、他居然拉着她的手！常笑蓦地反应过来，偷偷瞄了下周遭，生怕还有什么熟人经过，脸无法抑制地红了起来。她赶紧说：“总之你别管，我、我走了！”再对上他的视线时，她不自在地避开，怕被他看穿心思，想赶紧抽回自己的手。

余非这才真正敛了笑容，若有所思地看着她……你别管？

两人又在正午的烈阳之下稍微僵持了一会儿，他才勾起一抹淡得看不见的笑，慢条斯理地耸耸肩，说：“好，我不管。”他堪堪地看她一眼，转身走了。

哎？她愣愣地望着他的背影……他、他有必要这么配合吗？

然而，除去她自己心甘情愿的时候，他从未勉强过她。常笑咬了咬下唇，满不是滋味地转身往寝室狂跑……脑子依旧有些空白。

容兰等到常笑回来，交代了两句，就去帮倩倩搞话剧排演。她下意识地捂了捂脸，怕被容兰看出端倪。

接着，她左摸摸，右摸摸。打开了电脑，麻木地玩了会儿游戏，完了又打开文档，看了看那些她“十分有感觉”的时候写的文字……如今却觉得一字一句，所体现的感情竟是那般苍白无力。

“因为你喜欢啊……”脑中不自觉地回味着方才余非所说的话，她甩甩头强迫自己忘记这句话，脸颊不禁泛红，这些她曾经在小说里写过的句子，早就已经泛滥，不应该太当真。

她认识的余非，明知她知道事情真相，还能说谎不眨眼，把她糊弄得一愣一愣的；带着她一起翘课，然后在老师和余妈妈跟前还能面不改色；总有理由不参与跑步，但在她运动完大汗淋漓时，会从旁边递给她一瓶矿泉水，与她并肩同行……

他是一个把一切都规划得很好，按部就班，习惯掌控的男人。

他会在考试前把题目看一遍，清楚各大题所需的时间，再不偏不倚地在临交卷前一分钟放下笔。

他一定会在六点三十五起床，花十分钟如厕，五分钟刷牙，五分钟洗脸，五分钟着装完毕，最后在七点钟准时打开手机。

甚至他刷牙会先从上往下刷，再从左刷到右，穿鞋也必先从左脚开始……

十几年如一日。

就这些方面而言，她的确很了解他。而且，她还了解他的家人……

余妈妈时不时会和她窝在沙发上，突然指着电视里的某个广告女模特说："笑笑，你说我儿子喜不喜欢这种类型？"或者问："笑笑，小非有没有恋爱对象？你有没有恋爱对象？"

没有人觉得他们会是一对，尽管她了解他。

她又有些失落地想，他们不可能是一对，那么她的失常，是不是以为自己喜欢余非？或许,她只是陷入了某种误区,以为自己喜欢罢了。

常笑叹了口气，把自己从胡思乱想中拉扯回来，一时兴起，又跑去论坛里看了看——

有没有人可以告诉我："他"到底是男是女 HOT

（讨论）这个女人的魅力在哪里？ HOT

C 大是不是没有美女了？？山中无老虎，猴子称霸王！！！ HOT

下午在校外某饭馆看到雷人的一幕了……（有证据哦）NEW

火星女惊现！！

有没有考驾照的同学啊？ NEW

芙蓉姐姐退出娱乐圈的真相……

季晓桐是不是 C 大校草？

关于计算机系系花孙恬恬的告白对象，知情者请进！

常笑有些窘，居然觉得很多帖子和她有关……

只是，尽管早有心理准备，她还是不得不佩服这些业余狗仔速度之快，真叫人望而兴叹，自愧不如啊……

雷人的事常笑也不是第一次做了，反正 C 大牛人辈出，这些日子防火墙都提示她的电脑被攻击过无数次了，她索性就活得坦率点，懒得披马甲，直接用真名把首页的帖子回复一遍吧！

好，就从第一个开始——

回复：常笑：

我是女的！纯天然无杂质！

有没有人可以告诉我，楼主的眼睛到底近视多深？

回复：常笑：

讨论好了请告诉我。害羞。

回复：常笑：

爆你 IP 哟！

回复：常笑：

感谢主，楼主你的手机像素一般般。鬼脸。

回复：常笑：

我这就回火星！

回复：常笑：

支持非八卦原创帖！！

回复：常笑：

路过。

回复：常笑：

继续路过。

回复：常笑：

我只知道后半段，有前半段详细经过资料的，请加 QQ123456 详谈。人格保证本人资料完全正确，详情请参照之前热帖。

回复完，常笑觉得自己……真无聊。她顺势瞄了眼自己“投弹”照片下的留言，呃——

减肥胶囊：哦哦哦，我看到勇者再世！

云南白药：十三楼的，推荐个好减肥药啊！！我拿白药跟你换……我要减肥要减肥要减肥要减肥啊啊……PS. 季晓桐干吗跟个人妖去吃饭啊？还不如我呢。

常笑重重哼了声，复制，然后粘贴——

曝你 IP 哟！

3.

难不成沟通内容还是……

眼看时间快到两点半了，常笑还是恹恹的，不想去上课。她刚想给倩倩打个电话问问她们现在人在哪儿，手机就闹起来了，正是倩倩打来的。

接通后，手机那端并没人说话，但可以分辨出那边环境很是嘈杂，倩倩似乎情绪不好，正在和谁吵着架，一边争执着什么，一边很大火气地“喂”了一声。

她迟疑了一会儿，刚应了一声，就听到倩倩怒气冲冲地说：“我跟你说，忍你很久了，一个片段排了这么久就没成功过！告诉你，今天就算没你扮演这个角色，我曾倩倩一样找得到第二个！”

“倩倩？”这话劈头而来，常笑窘窘地想着自个儿应该不是倩倩这番话里的女主角……

那头声音依旧火药味十足：“常笑，下午我不去上课了，你帮我和容兰请假！”

紧接着，电话就被挂断了。

常笑拿着手机愣愣的，手机竟又十万火急地响了起来，“容兰”两个字在屏幕上闪烁。

电话接通后，容兰直奔主题：“常笑，我在学校一教学楼的架空层大厅，倩倩刚刚又跟人吵起来了，你要不要过来看看？”

“哦。”常笑几乎只是条件反射般应话，根本没有时间想太多，就愣愣地开始穿鞋。

左脚的鞋刚套上，倩倩又来了电话，依旧怒火冲天：“常笑，我在学校一教学楼的架空层大厅，你过来，咱们女主角你来当！”

常笑听着电话里的嘟嘟声，试图找到事情的关键，下一刻手机却丁零零地继续喧闹。她接通电话，容兰的口气居然带着几分嬉笑：“快，笑笑，倩倩拿人头担保，向社长推荐你当女主角，你赶紧过来哈！”

常笑尴尬地穿好另一只鞋，呃，发生……什么事了吗？

常笑还是担心倩倩会和人打起来，所以在郁闷了一番之后，姑且将女主角的问题抛开，去了现场。

一见到倩倩的争执对象，常笑就彻底郁闷了，因为倩倩的争执对象及所谓的“女主角”是个男的……

她又上上下下将其打量了一番……没错，就是个男的。

但凡校园话剧，有三部历久不衰：《灰姑娘》《罗密欧与朱丽叶》，还有《梁祝》。

常笑是写小说的，所以特别崇拜各大校园“编剧”在对白及情节处的推陈出新，该是泛滥的场景，居然没有过多重复感。

倩倩这次的剧本就是三者的糅合版本，错综交杂，狗血雷人。

首先，灰姑娘的两个继姐分别是朱丽叶和祝英台，然后朱丽叶要和灰姑娘抢王子，接着罗密欧就因爱生恨把朱丽叶毒死了。其实罗密欧原本是祝英台的未婚夫，因为祝英台逃婚，朱丽叶来安慰，他才移情别恋的。这个时候，祝英台女扮男装，已经和梁山伯好上了，导致梁山伯以为自己不正常，结果真的精神失常，变成“马景涛”了。谁料灰姑娘就爱“马景涛”这调调，不要王子，要梁山伯，祝英台就去抢婚了，哪知道朱丽叶没死，罗密欧又自杀了……

反正，最后常笑看剧本看得都快晕了。值得一提的亮点是，所有角色皆为反串。

也就是说，演梁山伯的是女的，演罗密欧的是女的，演王子的还是女的，演朱丽叶的才是男的，演辛德瑞拉的也是男的……那么，演祝英台的，应该也是个男的……

但问题的关键是，她常笑是个女的。是个女的啊，女的啊，请重复一百遍……

常笑向来就一根筋，所以被这种错综复杂的关系弄得有些神经大条，却不知怎的铁了心不肯接任此角色，无论容兰和倩倩如何劝说。

直到倩倩说岔了气，她才憋着劲咬死了一句话："我要是演了，那就跳进黄河也洗不清了！"

于是乎，事件的另一主角——因一直没个正经而惹怒认真对待此事的倩倩同学的男生，便在一旁幸灾乐祸地笑。此贱男不但不走，还时不时在旁边说上几句欠扁的话，什么"哪儿找来的男人啊""看起来脑子不好使啊""哟，倩倩你说话没分量啊，都这分上了，人家也不给你面子""你要不再求求我，请求我的原谅"……

倩倩越听，脸就越黑，生着闷气，只是没撕破脸，咬着牙说常笑死脑筋。常笑本就情绪不佳，沉默半晌后，突然往那男生面前英姿笔挺地一站，中气十足地吼道："笑屁！认得季晓桐不？"

不得不说"季晓桐"这三个字在C大名人录中颇负盛名，现场难得安静了几秒。然后，常笑便雄赳赳气昂昂地哼了一声："本剧女主角！知道不？"然后重重喷了口气："看来你知道！脑子没看起来那么不好使啊！"

倩倩和容兰沉默了……然后狠狠地笑出了声。但事实上，她们非常不明白，常笑这种莫名其妙的自信……究竟来自哪里。

那个是季晓桐，是艺术系千请万请都请不动他参与走秀的季晓桐。

是美术系好说歹说都说不动他当静物模特的季晓桐。

是他们社长苦求死求都求不来他当主角的季晓桐……

是季晓桐啊！季晓桐啊……

这时，常笑平静地回过身来，像突然发现什么似的笑了笑，说："对了，这个理由可以光明正大地让他穿裙子！"

闻言，容兰整张脸都莫名地抽搐——所以说……一直坚定地拒绝那个赌约的常笑，一直皱着眉说她们无聊的常笑，一直表现得置身事外的常笑，如今不但加入了赌局，想让季大帅哥穿裙子，而且想让他在千百名观众的注视下穿？

"常笑同学……"容兰开腔了。

倩倩心领神会地接话："你的笑容好奸诈……"

世上最奇妙的事，不是季晓桐亲了常笑，也不是常笑跑赢了季晓桐，而是季晓桐当真接受话剧社的邀请，成为了话剧社一颗冉冉升起的新星！

事实上，在这之前，倩倩一直以为常笑是在开玩笑。而她只是忘记了常笑这个人从来不开玩笑。她也来不及问为何常笑真的敢拨打季晓桐的手机号码，她还很纳闷——为何常笑不是落得个“无人接听”或“通话中止”的下场……

回想起常笑那天的表现，倩倩和容兰总是啧啧称奇。

常姑娘先是开门见山地说：“喂，季晓桐，我想邀请你演祝英台，你看这事成不？”

然后，常姑娘似乎并没有像各位前辈一样遭遇拒绝，居然还有机会发表第二次感言：“季大帅，你看你也长得挺踌躇满志的，为何要暴殄天物呢？”

语毕，她竟还能与季晓桐进行第三回合沟通：“祝英台。”

接着，常姑娘又说：“那我陪你穿裙子成不？”

倩倩当时心里想，这算哪门子……诱惑？

但是，季晓桐居然没有挂线！他没有挂线！反而像是提了什么要求，总之换来常姑娘的一阵沉默。

然后，峰回路转，她又道：“可以是可以，但你保证只穿给你一个人看。”

闻言，容兰也激动了，难不成沟通内容还是……

“你心动了。”少顷，常姑娘是那般笃定地道。

“你答应了。”片刻后，常姑娘又做出如上结论。

最后，她还抛出甜言蜜语：“放心，我绝对说到做到，你为艺术牺牲的精神，也会为世人所赞许的。拜！”

事情就这样完美落幕了。这番话自然惹得倩倩和容兰心痒难捺，几番追问之下，常姑娘终于娓娓道来……

“你看这事成不？”

“自然不成。”

她动之以情，他说：“别人找我扮演的是英俊潇洒的王子，明媚忧伤的王子，吊儿郎当的王子，你说你找我演……”

“祝英台。”

他回以“没门儿”。

于是，她老神在在地抛出诱饵，冲那赌约而去。他开始犹豫，又以“网袜”加码。

她便点头答应，并笃定他心动，迅速强行结案。

这种淡定的魄力，不得不让倩倩和容兰佩服得五体投地，常笑却不以为然地笑——当然，笑容的弧度依旧有点嚣张就对了。

不过，常笑并不像表面那般无忧无虑，初识情滋味，总归是爱也还休，恨也还休，落花流水两悠悠。

她决定暂且不去想余非的问题，也懒得去看季晓桐排演——毕竟喜剧这种东西，看得多了，就少了惊喜——索性抛开杂念，奋身投入学业之中，期中考啊期中考！

倩倩和容兰偶尔晚上还是睡不着觉，说是想不通季晓桐为什么就真答应了，还真参与表演了。

然后，倩倩忍不住说起她大一时亲眼看到的原话剧社社长亲自邀请季晓桐出演而苦无结果的事件，最后一脸纳闷地问：“笑笑，你什么时候和他这么熟了？”

常笑想了想，说不知道，然后闲着没事也会和季晓桐打电话闲聊，问演梁山伯那小姑娘长得怎么样。

不得不说，除了一开始不打不相识，他和她确实在某方面有种一见如故的熟悉感，聊起来无所顾忌，因而挂电话时，她提议：“要不有空的时候把另外半边脸给我揍揍？”

于是乎，时光若水流，又是两周过去了。

余非一直没再给她打电话，她也没有打过去。两个人不知为何僵持着，无人点明，自然未明。

常笑心里虽隐隐有些失落，但细细一想，也还好，她对二人的亲近原本就只是习惯吧。

上大学之后，两人虽然是同一个系，但专业不同，班级不同，各有各的交友圈，也多少有了这样那样的距离。

因而忙起来的时候，两人就突然三两天不联系。也就是偶尔想起来了，他们才打一个电话，出去撮一餐，叙个旧，如此而已。

唯一值得庆幸的是，他们从未疏离。

会不会……从此疏离？她不敢想。

唉，又或许，是因为最近事故频发，她才自乱阵脚。她不免自嘲。

4.

常笑，你可以尝试依赖我。

很快就到了艺术节开幕式，常笑满怀希望，很是期待此次表演。倩倩说季晓桐不愧是个人才，演起来驾轻就熟。

此女还说得甚是煽情，说这次演出在C大绝对是前无古人，后无来者，别有韵味。

当天下午，季晓桐就给常笑打了电话，让她先把裙子穿好，否则绝不上场。

她也不说二话，再次问倩倩借了裙子。不同于上次，她这次借的是灰白格子大码裙。

常笑站在镜子前拨弄了一下头发……嗯，每次开学前她总习惯把头发剪得极短，如今一瞄，才发现头发的长度已经及耳，刘海也微微盖住了眉毛，配上裙子，居然也能寻找到一些女性味道。

穿着，果然很奇妙。

她也懒得上妆，斜挎上一个小包就出了寝室，去看演出。

已是入夜，礼堂里人山人海，好在常笑有后台，倩倩惦记着她这功臣，给她留了空位。

很快，轮到话剧社的表演，果然轰动。

可她还真没发现，辛德瑞拉的两个继姐祝英台和朱丽叶，“祝”和“朱”的发音，经过配音后听起来还真是一个样。加上演员绘声绘色的夸张演出，这个话剧打从一开始就笑料十足。

只不过，她很快就发现事件的重点——演祝英台的那个虽然是男性反串，但绝对不是季晓桐……

倩倩这女人保密工作做得还挺好，但想想，大致是奉季大帅哥圣谕，哪敢有违？

随后，某大帅终于款款上场，其俊美扮相立即引起前排观众一片尖叫。

常笑心想，虽然某人之帅不可否认，但是灯光一照，至少从后排看过去，猪排也能像芙蓉花一样绽开吧。

“不！我不可能爱上他！”

某大帅的配音员，原本还好好的，平和而安静，突然夸张地一吼，全场爆笑。

常笑也是忍俊不禁，季晓桐此番出演梁山伯，是唯一的特例。

随后，帮他配音的那个家伙突然全面爆发。

常笑心想那家伙或许是临场发挥式人才，声情并茂，好不煽情，甚至可以想象得到他在后台唾沫横飞的样子。

这和季晓桐尚属收敛的演出方式极为冲突，极具喜感。只道是，面对男儿装扮的祝英台，梁山伯正“内心纠结不已”。

梁山伯咆哮：“不可能！我怎么可能爱上他！”

咆哮进行中：“那个该死的小妖精！他无情，他残酷，他无理取闹！我恨他，我恨他，我恨他！恨他挖走了我的心！”

咆哮依旧进行中：“英——台！”

咆哮暂停。

咆哮继续：“什么？你竟然是女的！？哦，老天，你为什么要骗我？你骗我，你骗我，你居然骗我！”

梁山伯震天咆哮：“老天！你怎么可以！怎么可以如此可爱，如此纯洁，如此让人着迷不已！”

"啊哈哈……"观众爆发了哄堂大笑。

季晓桐可怜了，到后来竟完全被那配音小子抢尽了风头！小伙子是个人才啊，到后面完全是脱缰的野马，全面投入角色之中，声嘶力竭了！

这惹得季晓桐突然把假发一摘，重重往地上一摔，毫无演员道德地转过身去，冲配音那家伙怒吼："你给我冷静点！"

孰料观众以为这是特定桥段，笑声更重。

常笑无疑是最配合的观众，笑得濒临崩溃，跟失心疯一样。一转头，倩倩却递给她一大捧花，让她在待会儿谢幕的时候，去给季晓桐献花。她抹了抹笑出来的眼泪，狂点头。

谢幕时，演员全部上台后，常笑看到了帮季晓桐配音的那个家伙——长得果然有点抽象，她笑了笑就跑上台献花去了。

不过，不知是因为台上人太多太乱，她没留心，还是有人故意为之……脚下突然被人一绊，她整个人就失去平衡，狠狠扑倒在地！

疼痛侵袭的时候，她懊恼地想起今天不巧穿了裙子，糟糕……

"嗯。"她撇撇嘴，轻哼了一声。

可就在疼痛侵袭的时候，灯灭了，全场突地一片漆黑。仅礼堂上方的天窗处，透进一点幽幽的白光——校道上的路灯还是亮着的。

主持人高亢热情的声音突然卡住半，常笑隐约听到她"喂喂"地试着音。

台下的观众，有的还算镇定，有的人极为兴奋，一群人在那里胡乱起哄，大多从位置上站了起来。

工作人员在维持秩序，台上台下夹杂着紊乱的脚步声……

常笑没来由地想起幼年时看的林正英的经典电影《僵尸道长》，幻想着黑压压的周遭，会从哪儿蹦出一排白脸僵尸来……当然，这当口她还不忘扯扯裙摆，拉扯到安全的长度。

于是，她在心里感叹着难怪有人说当女人难，要忙着胡思乱想，还得防止走光。

参演话剧的同学待在一片漆黑的台上，依旧活蹦乱跳的，显然仍很兴奋，而帮季晓桐配音的家伙更是兴致高昂地学起了人猿泰山……常笑很诚挚地认同了季晓桐的倒霉。

还是怕被人踩到，她忍着痛赶紧爬起来。膝盖处果然刺刺地疼，大概是蹭破了皮。尽管如此，她也没忘夹着臂弯里的那束花。

灯光很快又亮了，也就一瞬间的事。音响突然受了刺激，发出尖锐刺耳的声音。主持人赶紧拨弄着麦克风的位置，待缓解后还算镇定地示意大家安静，又发出指令，让台上的同学继续谢幕。众人笑笑，继续鞠躬。

常笑还记得自己的任务，刚想上前将鲜花献出，却发现季晓桐在极短的时间内，已经从场中间向她这边移过来，目光正落在她身上。常笑从他的神色中辨认出一丝担心。

可灯一亮，观众在下面，季晓桐身旁的“主演”们拉扯着他，不让他离开，他的“祝英台”竟是故作忸怩。

看到那极不协调的一对，她又抿抿嘴，想笑。突然，她听到有人唤她声——

“常笑。”

在如此喧闹的礼堂里，她居然听清楚了。她挑挑眉，不知怎的心跳陡然慢了一拍，是他的声音……

是余非的声音……

回头一看，她的心当即一软——那个“笑而不答心自闲”的男子，那个任由“桃花流水杳然去”的男子，就那般款款地站在舞台下边，款款地望着她。

他此刻轻抿着唇，微蹙着眉，目光游走至她的穿着打扮，再移到她手上捧着的花，一直移到她的伤口处。紧接着，他眼中带着显而易见的愠气，明白地告诉她，他现在不高兴。

“好了，要献花的同学赶紧了！”主持人开始催促，“同时，让我们再次感谢话剧社同学的倾力演出！”

台下又是一阵热烈的掌声。

余非在掌声中走向她，她站在台上，无法动弹，而后愣愣地看着他有力却不失温柔地拉住了她的手。包裹手心的温热，直接透过感官酥麻了她全身……

他的出现毫无预兆，竟让她如此措手不及，加上他此刻的动作，让她根本不知如何是好……

主持人方才的话，明显让众人的目光落在常笑手中的鲜花上，或许众人也想让她动作快点。

只是，余非不理，仅是深深地看了她一眼，在众目睽睽之下。接着，他空着的那只手迅速又不容拒绝地夺走了那束花，准确无误地扔向帮季晓桐配音的那个家伙。

常笑条件反射般顺着鲜花回头，那抽象男蓦地一脸惊喜，夸张而放肆地笑着。

随后，主持人提示退场，她便被余非牵着往通向台下的阶梯走去。

退场时，台上的灯又暗了，仅留一两盏晕黄的小灯。腿还是很痛，她没有回头，没来得及调侃下季晓桐，或许原本他们还可以合影。

她想，或许在灯光下，在观众的眼中，她的模样不过就像一块看不清五官的豆腐。她想，余非为什么会在……

从舞台一侧的楼梯走下来之后，余非带她走到一旁，突然在她面前半蹲下，借着晕黄的灯光细细地看了看她的伤口，顺带不经意地拉长她的裙摆，然后抬头看了她一眼，转个身换了角度。

他在等她爬上他的背。

她喉咙里卡着一句话，一直没能开口，耳旁却响起主持人抑扬顿挫的声音，介绍着接下来的节目。

她想余非和她应该已经隐藏在了舞台以外的黑暗中……她想她要是不上去，他会不会就一直这么蹲着……心心念念间，她便顺了他的意，轻轻地趴在他的肩膀上，有一丝小心翼翼。

常笑怕压坏余非……

然后，他背起她，沿着礼堂一旁的通道一步一步往外走。

出门的时候，身后又响起激昂的音乐声，新节目开始了。她也不管声音会不会被湮没，轻轻地呼唤他的名字："余非。"

也不知他听见没有，常笑浅浅勾唇，心底不知何处变得异常柔软。她问：“你说……我现在还能不能背起你？”

他只问了她一句：“伤口痛不痛？”

她点点头，说：“痛。”

他沉默着，只是搭在她臀下的双臂缩紧，像是……一辈子都不会放开她。

直到出了礼堂走在校道上，将礼堂的喧嚣扔在身后，他才蓦地轻声说道：“常笑，我早就比你高了。”

“嗯。”她撇撇嘴，轻哼了一声。

听她一言，他的目光，便轻轻糅合在那一轮朗月的银辉之中。

他说：“所以，你可以尝试依赖我。”

她无端地沉默，只知道贴近他背部的胸口扑通扑通地跳，她依旧小心翼翼地，生怕被他发现。

余非也没逼迫常笑答话，直接背着她去药店买碘酒和纱布。灯光之下，她突然有种无所遁形之感，加上穿着裙子趴在他的背上，那滋味……还蛮害羞的……

她索性不下来了，把脸埋在他肩窝处，心想反正裙子也不是她的，背影也是和无数人如出一辙，她平时都要比今天像男人。

但同时，他身上一股好闻的男人味充斥了她的感官。常笑的脸更红了。是啊，不知不觉之间，他已经成长为一个能让她依靠的男子了……

行至校园某个清幽之处，余非才找了个石凳让常笑坐下。今夜的风有点凉，风吹裙摆摇，石凳的冰冷让她陡然一激灵。

余非又看了看她，才在她面前蹲下，开始着手处理她的伤口。

他指端传递的轻柔蓦地让她有些感动，甚至减轻了刺痛感，可她又有些不自在，尤其她现在还是这么女性化的打扮……

是裙子啊，还露了小半截大腿啊，他还捧着她的小腿啊！想着想着，常笑越发尴尬。

她借着路灯的光看着他低头时那张带着温柔的脸，想起这段时间互不联系，撇了撇嘴，先是清清嗓子，然后找话题："最近很忙？"

"不问我为什么没有联系你吗？"他依旧低着头。

她顿了一下，心想：所以我才问你是不是很忙嘛！

"你为什么不联系我？"他问。

常笑不吭声，却在心里答：你忙呗！

"英俊望着小美姣好的脸庞失神，心莫名地浮躁难安，突然在她唇上啄了一下，狠狠地抱住了她……"

她愣了片刻，惊叫出声："啊！你——"听出那是她小说中的句子，她差点一脚踹过去。

他抬头看她，似是调节了呼吸，终于又露出一个寻常的笑容："我一直很介意，夺走小美初吻的人为什么是英俊……"

常笑一脸莫名其妙。

"为什么？"

常笑人些恼："你管我！"

他望着她，决定下猛药，直接问道："常笑，我们要接吻吗？"

不待她反应，他已起身，随即俯下身来……

5.

他在戏弄她……不，这是调戏！是非礼！

当然不要！常笑条件反射般伸手挡住嘴巴，却错估他的举措，他仅是凑近她右耳旁……

紧接着，她清楚地听见他多少带着戏谑意味的笑声，还有他随之而来的魅惑说话声，他说："我想亲你。"

不给！

"好不好？"

不好！

"就一下。"

半下也不行！

瞥见他态度也不强硬，仅似笑非笑地扬着唇，常笑整个人焦躁起来，右耳因他吐出的气息而瘙痒难耐，缩起肩膀一个战栗，她赶紧缩向石凳一旁。

看见他逼近的脸，常笑闭上眼睛还在思量着要不要索性英勇就义，却又听见他轻笑出声，再睁眼时就瞥见他退了回去。

他低头用止血贴小心地粘在她伤口处，又问了一次：“痛不痛？”

哦，退回去了。她终于松了一口气。嗯……细细衡量了下内心，又觉得隐隐夹带着些……失落？

加上随之而来的脸颊上的灼热感，还有碘酒碰到伤口而引起的那种微妙的疼痛，都让她觉得百般刺激，后背都渗出了汗。

有点热，她微微启唇，想说些什么，却没办法发出声音。

她刚想深呼吸，沉淀下内心的澎湃之情，他又似不经意地抬起头来，清澈的双眼勾了她一眼，嘴角依旧带笑。

见状，她猛地意识到，他在戏弄她……不，这是调戏！是非礼！

她蓦地有几分不悦，光明正大地瞪了他一眼，把脚缩了回来。

他见伤口已处理好了，就拍了拍裤子起身，慢条斯理地在她旁边坐下。她故作不理，往旁边挪了三分。于是，他也逼近三分，不屈不挠。

直到石凳上已无退路，她才憋了一口气唤了句：“余非！”

他于是停了下来，就维持着这般亲密的姿势，抬头望了望夜空的清月。残暑蝉催尽，新秋雁带来。他突然轻轻道：“快入秋了。”

她也跟着望了上去，虽然看不出个所以然，但还是点点头，享受了一下属于两个人的宁静。

“要私奔吗？”他还是没看她，带笑轻言。

“不要。”她自然拒绝得果断，却仍为他似真似假的话语心泛涟漪，接着，她想起了什么，微微犯窘，“你不要再提小美和英俊了。”

他但笑不语，过了一会儿又道：“自古美人配英雄。”

她努努嘴，说：“美人又不止一个，你替英雄着什么急？”说完又轻不可闻地补上一句，“美人也不是非得等英雄呀……”

“嗯，是啊。”他淡淡地接道，沉默了一会儿，蓦地一勾唇，却是问，“生日想要什么礼物？”

她哼了声，才猛然记起生日临近，只是还有个把月，不急。

想想上一个生日仿佛就在昨天，而今时间流逝，居然就这么又老了一岁。往年他并不会问她这个问题，往往各自事先准备，年复一年，不过就是意料之中的惊喜。

青梅竹马便是这样，只是熟悉得懒得去改变。

转念一想，她又多少好奇他问题的出发点，想了想，道：“那么，车子，房子，票子。”

他闻言轻笑。

常笑问：“你这么问我，是有特别想要的礼物？”

她当然也记得他的生日，相遇是缘，相处是分，相知是福，她偶尔会庆幸与他相识。他大她半个年头，出生在春暖花开之际。

“你——”他别有意味地拖长音调，“猜。”

“嗯……”她不觉有他，撇撇嘴，“神神秘秘的……不对，咱先谈好价钱！”

闻言，他笑而不语：千金难买心头好，你何止值千金啊？笨蛋。

两人又坐了好些时候，突然，一阵晚风刮过，常笑搓了搓双臂，揉了揉鼻子，感觉有些冷。余非望了她一眼，起身，重复半蹲的那个姿势，示意她上背。

“不用了……”她刚说完，不知怎的也感受到了他的执意，就趴了上去。

她蓦地笑了笑，说：“余非，你老背我，腰会不会酸？”

他摇摇头，却说：“酸。”

她猛地箍住他颈部，嚷嚷：“不准酸！”

他顿时笑了。

余非背着常笑一路送到寝室楼下，才放下她。

他又转过身去望着她，突然伸手顺了顺她及耳的短发，眼神柔和。

常笑不禁有些失神。今天的余非果然还是有点不一样。她原本以为他多少会提及今晚的演出，她也有点想提，不过女性直觉告诉她，不能提……嗯，那就不提。

意识到他举止太亲昵，她又赶忙后退了一步。她紧张，多少还有些尴尬：我们是兄弟啊，好兄弟！

他也不在意，只是深深地望着她，突然喊她："常笑。"

"嗯……"

常笑的尾音，蓦地被掩盖了——余非原本的手势一转，手向下一滑托住她的左颊，然后就在她抬头的那一瞬间，倾身向下，吻了过来。

嗯，两唇相抵，触感真实。或许夜风让他的唇瓣，带着一丝冰凉，她想。

他的吻很轻柔，浅啄即止，但确确实实让她感受到那种细腻和柔软。

然后，他站直了身子，望了望还在恍神的她，又轻轻拥她入怀。

嗯，确实又拥她入怀。

她的耳边随之响起他带着浅浅笑意的声音，他说："晚上要想我，常笑。"

想谁？她还没问清楚，他已经离开，转身前低头望了她一眼。

她恍恍惚惚地目送他离开。

余非亲了她。走进寝室楼的时候，常笑才开始正视这件事。

没错，他的确亲了她。她摸了摸唇瓣，慢慢走上楼梯。

掏出钥匙开门的时候，她故意把脑袋往门板上撞了一下，反复思考着自己是不是在做梦。

会痛，不是梦。

进门时门边某个凸出处钩住了她的裙子，她动作自如地处理完毕，又把电脑打开，脑子里一直嗡嗡作响。

进入电脑界面的时候，开机铃声提醒她倩倩和容兰还没有回来。她想起应该做点什么来分散注意力，就点开了存在电脑里的经典恐怖片，并没有开灯。

看了看开头，她就觉得无趣，直接拖动进度条，一段一段地跳过。

直到那鬼在屏幕前慢慢向自己爬来的时候，她才稍微回神，却平白被自己的想法雷到了……她居然觉得那白白的脸蛋长得好可爱……

见鬼了。呃……还真是见鬼了。

余非走在校道上，转身看着那栋寝室楼一层层的灯光，整栋建筑矗立在黑暗之中，别有种喧闹之后的宁静。站在这个位置已经看不到她。

等她主动联系的日子，时间过得很慢，一天掰成一个又一个小时，再分解成一分钟又另一分钟。

可原来，她没有他想象中那么依赖自己。

她今晚会去看演出，他知道。因为对于此类活动，她一向热衷，永不落空。于是，他在老地方等她，看着她下楼。他也觉得奇怪，人海茫茫，他总能在人群中轻易捕获她的身影。

她今天穿了条裙子，他知道，不是因为他。因而他并没有上前，一路跟在她后头走进礼堂，见她无丝毫警觉，不禁叹息她对外界依旧毫无防备。

一整个晚上她都在笑，很开心很阳光的样子，目光也自始至终落在舞台之上。那个家伙出场的时候，她尤其笑得癫狂。

他双臂抱胸，站在离她不远的、靠墙边的过道上看着她，一直觉得她会回头看他，始终在等待她发现他。但是，并没有。

他或许太自信了。

这些日子，他把她发在网络上的那篇《英雄美人》细细读了一遍，才发现他或许忽略了很多细腻的地方。他想，她的初衷或许是以英雄为男主，只是出于某种原因，而选择了英俊……

但那终归是小说，结局可以改写。

看她上去献花的时候，他突然感到不悦，至少他喜欢的女人，不该对不相干的某某以鲜花相赠。

电闸拉下的时候，他未料到她会摔倒。他总说她活该，她却不该弄伤自己。

她在文字里写着——爱情没有绝对，美人不一定配英雄。

或许，他是应该先下手为强：自古美人配英雄啊，常笑。而且，我还是很英俊的，常笑。

常笑一个人看完恐怖片，洗完澡又爬上床，心里还是有些恍惚。初吻啊……没想到居然能奉献出去……啊！她真是疯了。

容兰和倩倩回来得很晚，不过多晚也都一样，她反正睡不着。那两人回来时一脸疲态，听说好像是散场后又去吃了一顿。倩倩看着她说："喂，季晓桐没来。"接着又问，"余非是不是把你背走了？"

"啊？"她装傻。

她现在对"余非"这两个字过敏，尤其是嘴唇容易过敏，酥酥麻麻的……唉，她果然是缺乏爱的女人……

夜深，常笑横躺着望着天花板，打了个哈欠，突然开口问了一句："一个男人，为什么想亲吻一个女人？"

"因为他饿。"哐啷一声，容兰洗手间放下水盆，从洗手间探出个脑袋，"心理的，生理的。怎么，你又在纠结你的小说？"

"呃……对！"她想了想，决定不否认。

倩倩刷完牙从阳台回来，突然笑了笑，说："笑笑，话说你今天穿我的那条裙子，从后面看还挺高挑的，我喜欢。"

"是吗？"

"就是前面依旧像是飞机场。"

"哦？"她有点心不在焉，窸窸地想着，余非亲她，是因为他饿……那他到底是饿了多久，才会这么饥不择食……

难怪人家说，人越大，烦恼越多，就越容易失眠……她生日还没到呢，开学后就又老了一岁，今晚已经是第几个晚上睡不着了？好悲惨……

常笑躺在床上想了很多事情，反反复复想的都与余非有关。她想起她和他一起长大，几年前初次碰到时那张青涩的脸。她每次看不穿他的做法时，他就直截了当地把自己的想法告诉她，然后她才慢慢摸索出怎么了解他的门道。

她想起常欢说过，不要老被余非吃得死死的，但她觉得没有，还是说，她只是被吃得很开心？

不过，余非那句话真的很有功效，在他说了要想他之后，她现在满脑子都是不要再去想他的念头，结果导致脑袋里塞满了他……

奸人，说那话果然是有预谋的。

后半夜，常笑终于有了点睡意，迷迷糊糊地睡着了，梦里看到一个青稚的少年，不变的是眉宇间的闲适，他淡淡地在她身后喊着："常笑……"于是，她转过身……

清早，因寝室楼贴近篮球场，常笑隐约能听到球落地发出的咚咚闷响声。不知是不是艺术节的热情未弥散，整个校园居然还有种喧嚣的感觉。

突然，手机振了振，有来电，常笑迷迷糊糊地胡乱摸到手机后瞄了眼来电显示，是"大蒜先生"。

啊，季晓桐又找她出去跑步吗……可是她昨晚摔伤了。她又动了动膝盖，竟觉得比昨夜更痛……于是，她接起电话当机立断地说："我不去了。"

他沉默了一会儿，言语有些不悦："你昨晚怎么没开手机？"

"哦，是。"她怕余非会突然打过来……因为没有心理准备，她还把寝室电话的听筒拿到了一边。直到睡觉前她才开了手机，原因……嗯，忘了。

"很明显，你昨夜那束花没到我手中来。"

他言语中有些责怪，无非是"我为你这么牺牲，千年道行一朝丧，你怎么这么没良心啊"之类的。常笑撇撇嘴，声音有种刚苏醒后的沙哑："没说花是给你的。"

"死女人……"

"你昨晚又没演祝英台。"她倒也不内疚，打发道，"行了，到时路边采朵野花给你吧。"这些日子，她还真和季晓桐找到了共同话题，厮混到现在也勉强算是熟人，感觉容兰在床上翻了个身，她赶紧缩了缩肩，用手掩住手机道，“小兰和倩倩在睡觉，不聊了，先挂了哈……”

“昨天你是不是摔倒了？伤了吗？”他抢话。

“小伤。”

“中午我送点药酒给你。”

“哦，不用，余非买了。”

他的声音蓦地又提了几个音调，很是不爽：“我买的和他买的不一样！”

“那行吧，你拿过来。”莫名其妙，不让他送还不是省他的事，生什么气？“我挂了……”

“等下，”他又叫住她，“他买的是哪个牌子的？”

“反正你们买的不一样，拿过来吧。拜！”她挂了电话之后，打了个哈欠，觉得昨晚好像根本没睡着，不过好像也不是很困，就是眼睛有点涩……

手机又在振动了，常笑接起来，蹙了蹙眉，压低声音问：“又怎么了？”

“中午一起去饭堂吃饭，到时给你。”

“可以。”

她也没想太多，刚想挂电话，季晓桐突然又说：“还有，现在快八点了，你们早上应该有课。”

常笑赶紧在寝室喊了一声：“啊，又迟到啦！”

啊，她望了望阳台上透射进来的阳光，已经是新的一天了，该怎么面对余非？

要不，还是继续当常式乌龟，缩在壳里晒太阳？

第四部分

1.

不突然，常笑，我等你很久了。

中午下课后，常笑出门就瞥见站在走廊上等她放学的余非，脸颊又不自觉地发热。容兰和倩倩自然没发现他俩之间的暧昧，两个人仅是习以为常地冲她摆了摆手，就先走一步了。

她不禁有几分别扭，还没做好心理准备，毕竟眼前的人，昨晚亲了她一下。不对，是偷亲了她一下，她在心里强调。

刚强调完，手机就响了，一瞅，“大蒜先生”又在蹦跶，或许是因为暂且的逃避心理吧，她接了电话。对方道：“我在同心园二楼，你上来应该就可以看到我。”

“哦……”她偷望了一眼余非

对方又说：“你什么时候能过来？我先帮你打饭。”

“那我尽快吧。”

其实也没事，以前她跟余非说她和容兰、倩倩去联谊，他连眉头都没皱一下，而且她朋友中也有不少异性，也不见他有何异议。

挂断电话，常笑决定一切“顺其自然”，既然他都可以面不改色地站在她面前，那她也不用扭扭捏捏。不过就是小吻一只，没什么，外国人都这样。

“有事？”他见她挂机，开口询问。

“哦，我中午约了朋友吃饭……”明明没什么，但她今天竟有一丝心虚，不太敢正眼看他，大多还是因为昨夜那个……吻。

“朋友？”他微微挑眉，“谁？”

“季晓桐，你不认识的……”

“好巧啊！”就在此时，一个笑意盈盈的声音插入他和她之间。

常笑只觉得胸口一扑通，转头过去就看见了孙恬恬的脸。她立刻觉得自己的脸部肌肉有些僵。

“季晓桐我认识啊，你约了他吃饭？”孙恬恬也不知将方才的对话听去了多少，自动接话。

常笑不由自主地点了点头，这女人怎么这么自来熟?

“呵呵，常笑你红杏出墙哟！”孙恬恬的话，分明满满都是开玩笑的成分。

常笑瞄了她一眼，突然斜眼看了看余非，说：“嗯，某人也看似在拈花惹草。”

余非听了这番话便看着她轻轻一笑，又不经意地瞄了眼孙恬恬，突然问：“这位是你朋友？”

闻言，孙恬恬眼神明显一黯。

常笑怎么也是写小说的人，一点就明，顺水推舟地摇摇头：“不是。”接着反问：“咦？不是你朋友？”

余非又是一笑：“不认识。”

常笑余光瞥见孙恬恬嘴角的笑意险些挂不住，回头看见余非居然摆出一脸无辜的模样，一时没忍住，轻笑出声。她真邪恶……阿门。

紧接着，余非走过来，与她并肩，华丽丽地将孙恬恬抛在身后，问道：“刚刚你说谁看似在拈花惹草？”

哼，常笑微微抬头看他，说：“据说是一条会飞的鱼。”

他从容不迫地笑道：“倒贴的不能算。”

她意识到他这句话的杀伤力，瞬间有些无言，尤其当事人还是这番云淡风轻的模样。常笑赶紧又偷瞄了一眼孙恬恬，只见她正在努力调整呼吸。常笑觉得余非真毒……

“你对某飞鱼的表现可还满意？”他眼眉都没挑一下，完完全全忽略孙恬恬，望着她问道，顺带接过她手中捧着的书。

常笑没忍住，眼睛继续往孙恬恬那儿瞟，心想她一定是干了什么事得罪了余非，缠得太紧了吧，废话太多了吧，长得太漂亮了吧，啧……

常笑勉为其难地点点头，嘚瑟了一下：“还行。”

“和谁吃饭？”他再次问。

“季晓桐。”

他点头，似笑非笑道：“你果然在红杏出墙。”

嘁，她乃顶天立地大丈夫，身正不怕影子斜。于是，她说：“一起去呗。”然后耸耸肩，“不过没人帮你打饭。”

他扬扬嘴角，说：“我和你吃同一份。”

她原本好不容易才忽略了他昨夜的举止，结果……

“不给。”待会儿又要间接接吻了，她晚上还要不要睡觉了？“你自己打。”

“余非，”孙恬恬突然开口插入他们的对话，脸上难得没了笑容，面带严肃地开口，“我以为我们至少是朋友。”

闻言，常笑愣了愣，望着余非。

他却依旧忽略孙恬恬，疑似一种特殊的耍赖，继续他们的话题：“那我就饿着吧。”

常笑差点没办法接话，只能微微犯窘，道：“算了，等下我帮你打……”然后瞄了眼快哭出来的孙恬恬，干咳了一声，轻声问：“你要不要……理理她？”

“好，你帮我打。”他旁若无人，置若罔闻。

“余非！”孙恬恬正了色，大跨一步挡在他二人之前，直勾勾地望着余非，“我在跟你说话！你这样非常没有风度，你懂不懂礼貌？”

余非这才淡然地将视线转了过去，望望她，扬嘴笑了笑：“如果每天纠缠不休，就是你所谓的礼貌，那么抱歉，我不懂。”

“哼，她还不是每天和季晓桐相约跑步？这个我们整个计算机系都知道。你这个笨蛋！你所谓的女朋友在脚踏两只船，你知道不知道？”

常笑窘窘地想，这话听起来好像她真的红杏出墙了一样……可那是因为倩倩和容兰都不晨跑，而她原本就有这个习惯，又刚好季晓桐想找个人作陪而已……

她皱了皱眉，不过，这件事为什么整个计算机系的人都会知道？

算了，知道也没关系。因为问题的关键是，她根本就不是余非的红杏，余非也不是她的墙。

“那就青菜、红烧茄子加蒸蛋。”余非开口，突然又绕了回来。

“啊？这么素？”她条件反射般作答。

“饮食要均衡。”他笑笑，像是完全不在意孙恬恬的话，“个人认为，你那朋友帮你打的菜，会很荤。”

常笑无语地瞪了他一眼。

孙恬恬冷笑一声：“绿帽子都戴在头顶上了，你还这么镇定。不过也是，她亲口说的，和你不是情侣。”

闻言，余非的剑眉轻轻一挑。

常笑愣了愣，突然蹙紧了眉头望向孙恬恬，正色道：“你很烦。”她不喜欢孙恬恬说话的措辞和口气，吸口气，继续道：“你这样子很像在挑拨离间，很不讨喜。你是不是很喜欢余非？”

孙恬恬显然有些吃惊，望着她，并未答话。

“那就是一般般。”或许他们这个年代的年轻人，已经很难再找到某种程度上的刻骨铭心，寻寻觅觅，很多爱情还是流于平凡，归于平静，“理论上，你应该是碰了一鼻子灰导致自尊心受挫，有些恼羞成怒，对吧？”

常笑不自觉地搬出写小说的那一套。孙恬恬还是没说话，但看样子是有些后悔说了方才那番话，她或许有她的骄傲。

“我亲口对谁说的，我和他不是情侣？”

孙恬恬撇了撇嘴，哼道：“你对季晓桐说的，不是吗？”

“哦……”她又蹙眉，“然后是季晓桐亲口告诉你的？”

孙恬恬像是想了想什么，问：“你有没有说？”

常笑回忆了下，她隐约记得季晓桐问过她余非是谁，她当时回答是好兄弟。于是，她点点头：“是说过……”

余非突然一只手抱书，一只手揽过她的肩膀，说：“去吃饭吧，有人等到花儿都谢了。”

常笑没有挣扎，低头若有所思。孙恬恬倒也没有跟上来，也没有喊话，只是表情多少是不甘心的。

常笑走了两步又抬头看了看同样沉默不语的余非，不知道为什么总有种对不起他的感觉……好奇怪。

过了一会儿，她抿嘴道：“算了，我以后不和季晓桐去跑步了。”

他没有应话，也许在想着什么。

“算了，我再给他打个电话，不去吃饭了。”

“我和你不是情侣，对吧？”他突然开口问。

她点头。

“以前你就很喜欢追肥皂电视剧，你那时疯狂追的一部，柏原崇和佐藤蓝子主演的那部片子叫什么来着？”

“《一吻定情》……”原来这片子主演叫柏原崇和佐藤蓝子啊，他居然会知道……但她答完就沉默了。

“嗯，我们也吻了，定情吧。”他倏地停下脚步，回过头来看她，神情少了往常似笑非笑的戏谑，多了一抹认真。

闻言，她有一瞬间的窒息，好像连心跳也停滞了一下……一时间没办法言语。

“还是说，你要像直树一样，跑着让我追？”

“啊？”她干笑，莫名地胆怯起来，“太突然了。”

“不突然，常笑，我等你很久了。”

“我……”常笑张了张嘴，声音却卡在嗓子里。她清了清嗓子，挤出一个笑，心想自个儿看起来应该还算镇定，就说：“抱歉，我只是有点紧张。”

他轻轻“嗯”了一声，说：“我明白。”然后又微微扬唇，轻声道：“我也是。”

他也……是？她又动了动嘴角，原本好像漏跳的心开始扑通扑通有力地跳动着，一时间根本不知该怎么回应。在极短的时间内，她想了很多很多，脑子里终归只剩下一片空白。

“常笑？”他又唤她，提醒她他仍在等待着她的答复。

她猛地抽了口气，脱口而出：“我好像饿了……”

他微微挑眉，神情未变，接得很自然：“想吃什么？”

“饭。”

余非笑了笑，说：“我也饿了。”

“想吃什么？”她纯粹条件反射般接话。

“你说呢？”

常笑最终还是打了电话阻止季晓桐给她打饭，他的声音显得很不爽，说：“干吗？饭都打好了。”

她脑子一抽，很严肃地说：“发生了流血事件。”

不料他一时迷糊，竟透露了一丝紧张：“你干什么了？还流血了？”

“啊？”常笑窘了，“其实是我大姨妈来了。”

不过，她确实很少撒谎，不由得一窘，怕他不相信，忙又强调：“我真的有大姨妈的！”说完就更窘了……

季晓桐也沉默了一会儿，想到刚才居然紧张了，僵了僵，突然大吼：“你这个白痴，笨蛋！”然后又沉默了一下，恶狠狠地说：“再见！”

结果常笑挂上电话就觉得不对劲，她本来只是开玩笑，怎么现在想起来像说谎掩饰，可她根本没必要说谎……

不过，现在什么事都没眼前的事重要。她静坐在余非身旁，战战兢兢，如履薄冰，呼吸都不敢太重，安静地一直等到白米饭端上来了，才赶紧扒饭。

扒着扒着，她又没忍住，抬头偷看他……看到他在很专注地吃着饭，并未对她投以视线，她这才稍稍舒了口气，但依旧如坐针毡，有股想夺门而出的冲动。

她理不清现在心中所想，有窃喜，有慌张，有感动，有难以置信，还有怀疑，更有小鹿乱跳的点点羞怯……好矛盾。难怪人家说“女孩的心思你别猜，你猜来猜去也猜不明白”。

她又看了个仔细——是很熟悉的脸。嗯，又有点陌生。

这两天他怎么会这么反常？先是偷袭吻了她，然后来等她下课，还说了刚才那番话，他说：“我们也吻了，定情吧。”

她望着他的明眸皓齿，越发觉得秀色可餐……食色性也，她不由得微微失了神。

2.

但如果那个男生放的照片是你的……大概不正常。

余非突然夹了菜送到常笑碗里，状似不经意地问道：“好不好看？”

“什么？”她猛地又扒了口饭，嚼啊嚼，装傻。

“我好不好看？”

“好看。”她点了点头，又张了嘴，想想还是闭上了，继续吃饭。

常笑懒得问他觉得她好不好看，他肯定会说她好帅。她有自知之明……她是没有孙恬恬漂亮。

“那给你看一辈子好不好？”他大概不知道她心里的对白，又给她夹了块排骨。

“啊？”

“给你看一辈子好不好？”他竟真淡定自若地重复。

“噗——咯咯咯——”她被呛后怨气冲天地瞪了他一眼，喝了口水顺气，力图镇定地说，“我考虑一下。”

他点头，蓦地认真地望着她问：“要考虑多久？”

她心里不期然而然又冒出那句话，太突然……她不是不想，而是不敢想。

记得仙姑说过，当初生她的时候，其实想着要把她打扮成小公主来着。但当时仙姑四处登台，忙于唱戏，老德就领着他们四兄妹四处蹦跶。老德性格豪迈，为便于管理，他们四个一律都剃成小平头，干净利索，方便清洗。当时她年幼，也懒得计较这个，加上她又长得快，人前人后总是假小子的模样。

等仙姑发现却为时已晚，她大大咧咧成为习惯，难以纠正，无力回天。于是，她就以这般形态一直生存至今。

所以，他怎么会把她当成女人？想起过往的日子，她即便每天和他在一起，那么多的女生都没一个把她当作假想敌。

她突然又想起了余妈妈。余妈妈是那个年代的大家闺秀，一辈子没吃过苦，余爸爸疼她爱她宠着她，什么活儿都没让她干过。一直被这么宠着，她难免有些刁蛮。可常笑常常觉得，女人能活得像余妈妈那样，被人宠一辈子，刁蛮一辈子，会是多么幸福的事。

只是，她心里明白，余妈妈虽然喜欢她，却并不属意她做自己的儿媳。

余妈妈好面子，一辈子争强好胜。她结婚结得晚，三十几岁才生了余非，因而她那些同学的儿子大多都已成家立业。偶尔有些大妈抱着孙子出来，说起儿子怎样怎样，儿媳如何如何，眉宇间并不羡慕依旧保养得宜的余妈妈。常笑也见过那些大妈口中的儿媳，倒真有些风姿绰约的白领丽人模样，她想自己大概一辈子都做不到那样。

这种时候，余妈妈就对她说："笑笑，我家小非眼光高，挑的老婆肯定比她们任何一个都好。"

余妈妈是认真的。

就在上个暑假，余妈妈还拉着她的手问："笑笑，你没有和我们家小非在一块儿吧？"

当时，她头摇得很坚决，眼前是余妈妈放心后的微笑。余妈妈笑得很亲切，又说："我就把你当亲儿子看待。"

其实常笑一向自信，可对于爱情，她如此茫然，如此胆怯，如此畏惧。或许事实如此，她配不上他。

怎么突然又想起这些了呢？她眼神一黯，撇撇嘴："我还想吃姜丝炒牛肉干、虎皮辣椒，嗯，油爆茄子……"

余非蓦地敛了笑意，深深地望着她，说："你在犹豫，常笑。"

对，她在犹豫。她不是不想。

想着想着，不知怎的，眼眶突然泛红，她赶紧昂头望望天花板，转换话题："啊，你带够钱了吗？"她点了那么多菜，他带的钱够不够埋单……

他却只回答了她三个字——

"我等你。"

从小饭馆出来，他们彼此都没有再开口讲话。这种时候，余非的确是体贴的，怕逼得她太紧，可他似乎感受到了她意料之外的某种抵触情绪，神情也微显凝重。

她突然觉得愧疚，不知道为何会把气氛弄得这么僵……这个时候，如果他对她说一声"愚人节快乐"，她一定不会质疑这句话的真伪。

快到寝室楼的时候，她瞥见楼下站的那个家伙时愣了愣，居然是季晓桐。他怎么会在这里？

那厢，季晓桐也望了过来，大概是瞥见她和余非在一块儿，脸色蓦地变得有些难看。

常笑见到季晓桐也挺意外，一方面是觉得这个朋友在仗义上没的说，刚知道她膝盖被磨伤，就把药送了过来；另一方面，有几分受不起的感觉……她不太习惯别人对自己好，会觉得欠了别人，会不自在。

季晓桐保持着那神色，突然有些自嘲般笑了笑，率先开了口："看来你也吃饱了。"一句话就说得常笑无端地心虚了。

接着，他把手中的打包好的饭盒微微提起，还一并提着一个大概装着药的塑料袋，像是想扔出去，一时间神态有些复杂，开口带着恼怒，朝常笑吼道："过来拿！"

常笑要去接，余非却不知何时迈前一步，已伸出手去。

季晓桐见是余非，偏拽着不肯松手，两人表面看似风平浪静，可暗流汹涌，疑似较劲。一个不放，一个硬夺，就是可怜了无辜的塑料袋。

常笑在旁边看得尴尬，赶紧上前一步，伸手去抢，边抢边打哈哈：“我来拿，我来拿……”心里想：哪敢劳烦您二位……

两人又僵持了一阵，这才松手。余非睨了季晓桐一眼，突然揉了揉常笑的短发，说：“陌生人给的东西，你也好意思收，平时怎么教你的？”无须刻意，神态举止透着藏不住的亲昵。

自然也百般挑衅。

常笑又不自觉地红了红脸颊，隐隐觉得这二人好生奇怪。一见季晓桐望过来，她顿觉尴尬。也对，吃了他两顿早餐，他怎么也脱离了陌生人行列。

然而，在余非那诡异的笑容下，她硬着头皮没有解释。

余非不掩挑衅，自然而然地从她手中接过季晓桐带来的那些东西，瞄了一眼，明知故问：“吃的？”

常笑识趣地没有接话。

余非可亲地一笑，说：“就不怕毒死你！”

闻言，常笑窘得无以复加，突然觉得有些对不起季晓桐，说：“我把钱给你吧。”

季晓桐看着她，半晌后才硬生生地挤出一句：“陌生人？”

呃……不算。

他哼了一声：“我还真后悔没毒死你。”接着大掌一摊，笑容无比假，“可别忘了跑堂费。”

余非在旁边不动声色，突然镇定自若地扬唇笑笑，直接掏出钱包递给常笑，一副“我的钱就是她的钱”的样子。突然想起什么，他又笑了笑，低头凑近常笑，眯眯眼，说：“哦……别吓着。”

“啧……”什么东西吓得了她？常笑虽然有些意外，但打开钱包的动作毫不迟疑——其他人还好，对余非的钱，她某些时候很不讲情面的。

然而，一打开钱包，她就愣了愣，盯着他钱包上的照片好一阵，才猛地一声惊呼，啪的一声合上，怒指余非：“你你你……”

里边居然是她一周岁时光着屁股趴在床上的照片！

“很有艺术感。”余非像是明白她内心的独白，边笑答边有意无意地瞄了眼季晓桐，竟是要充分挑起后者的好奇心。

季晓桐遭逢忽略，脸色更黑，深深一嗤：“哼，什么呀……”

常笑果断地将钱包往身后一藏，大吼：“什么都不给看！”

余非还是很淡定，附和道：“不给。”

季晓桐顿了一下，深深吸气，望着常笑怒火高扬，怒极反笑：“算你狠。”说完就转身，愤恨难平，果真，最毒妇人心！

常笑深感抱歉，注意力也极难集中，背着余非把照片抽了出来，然后把钱包到余非手里，拔腿就往寝室楼跑。

啊啊，好丢脸，膝盖会痛！

余非望着她的背影轻轻笑着，直到看不见，才回头看了看季晓桐走远的身影。

他的笑容顿时变得疏离，眸子也轻轻眯起来，眼神似是认真，又多少带着几分不以为意。然后，他就将手中的两个塑料袋，一并扔进了不远处的垃圾桶。

常笑望着自己幼时的照片，觉得特丢脸。也不知道余非是从哪儿得到的，现在想想好像很不妥。小时候很多还不错的照片好像都找不着了，不会都被他拿走了吧……

细细一看，她这张照片还摆得挺风情，回眸的角度也特别煽情，那种浑然天成的美态，她如今是怎么也模仿不来了。真是悲哀。

常笑想来想去，又想到了他的那句“我等你”，蓦地面红耳赤，心跳加速，整个人都难以平静。

晚上，她还是辗转难眠。难得容兰和倩倩都还没上床，她只得悠悠地叹了口气，突然开口问她们：“你们说，我漂不漂亮？”

“喀喀——”两人满目狐疑地看着她，答案毫不犹豫地脱口而出，“你吃错药了？”

她多少心有不甘，撇撇嘴，说：“那男生把不漂亮女生的照片放在钱包里是什么意思？”

“喜欢她呗。”容兰看似经验十足地说。

“啊？”常笑窝在被子里震惊了一下，那看样子八九不离十了。

倩倩凉凉地开口：“但如果那个男生放的照片是你的……大概不正常。”

常笑恼了：才不是！就不是！这叫口味独特好不好？

“怎么？”容兰抬头问道“跟余非有关？”

“哼！”她不屑于回答！然后甜甜蜜蜜地想，余非等了她很久呢……

不过，很久到底是多久？她最讨厌别人不把话说清楚了。

寝室里又稍微安静了一下，倩倩随性地点着各个网页，也习惯上学校论坛逛逛。在学校论坛晃悠了一会儿，她突然拍桌而起，大吼：“笑笑，你又上热帖了！”

常笑原本还恹恹的，兀自烦恼，闻言立刻从床上爬起来。

入眼的赫然是一栏红色标题：常笑重现人间，再生陈世美，凭借傲人之姿，游戏人间，伪凤戏双珠！

她是失踪了吗？还重现？尤其后面还进行了注解：（注：双珠——余非 & 季晓桐）。

常笑恨得咬牙切齿，再度愤慨！只见主楼赫然贴着几张她的照片，百分之百的手机偷拍，前边几张是她早上和季晓桐晨练时的，还有她和季晓桐平日相处的，接下来是她和余非的亲昵照，最后两张竟然是昨夜她和余非在药店时，她小鸟依人地窝在余非肩上的照片……

拍照片的人是偷窥狂吧，而且心理真变态，哪张把她拍得丑就选那张！

下面跟帖的都好几百层水楼了……

她最气的，是每张图都有一句加上去的旁白，什么“常笑大哥神情淫荡地说‘美人你就快上钩了’”之类的话，还有人引用她的照片当签名照……

常笑气得浑身发抖，无法言语。她悲痛地仰天长啸，她要加强抗压能力啊，她要顶着压力也能睡着觉啊！

3.

第一次见你的时候，天气，也像今天这么晴朗。

一大早起来，常笑突然决定放鞭炮，因为，她毫无压力地睡着了！

体质好就是没办法，一个电话打来的时候，天就亮了，而且一觉好眠，真是好啊！只是……来电话的居然是季晓桐……

他昨天不是很生气吗？她还以为他短期内会无视她……反正，在和余非逐渐走向“不正当的男女关系”的时候，她确实得和其他男人保持“和谐距离”啊……

然而，她不得不说，季晓桐这个人其实还不错，和他共同奔跑的时候，互不相让，倒也培养出一种革命感情。

她迟疑了一下……又想起昨夜的论坛帖子……

最终，她还是接了电话：“喂？”

“吵醒你！”

接着，手机那边就传过来嘟嘟嘟的挂线声……

呃……常笑被深深雷到了，季晓桐要不要这么……幼稚？再一看时间，六点半……汗，她忘记锻炼了！

想到这儿，她突然眉头一皱，捕捉到了某个重点：没错，她和季晓桐相约跑步的时间都很早，一般无聊人士怎么会大清早的刚好碰上他们跑步，然后特地拿手机拍下来，还特地挑了角度暧昧的照片放上网？

加上几张照片上的衣服不同，并非同一天拍摄的，甚至连余非也被牵涉其中……她后知后觉地一拍床铺，是故意的！绝对是冲着她来的！

想了想，她赶紧又拿起电话回拨了过去，不料季晓桐迅速按下接听键，轻嗤：“我不接！”然后，又是嘟嘟嘟的声音传来……

常笑无语了，这人还有完没完！

她火大地拿起手机，回拨，一见通了，劈头就吼：“季晓桐！因为你，老娘的照片在学校论坛的帖子里都成靶子了！自从被你啄了一下，我就和论坛结下不解之孽缘，全怪你，就怪你！还有，我不喜欢我的照片被拿来当签名。最后，你敢挂电话就试试看！”

季晓桐沉默了一下，突然声音变得一本正经：“那我去看一下。”然后，常笑又听到嘟嘟嘟的声音。

常笑气得五脏俱裂，结果手机一振，她接起来就吼：“你浑蛋！”

对方沉默了一秒，说：“是我。”

啊……余非。常笑态度180度大转变，赶忙嗫嚅着说了一句：“早……”掩下莫名其妙的心虚。

他并未追根究底，只是问：“方便下楼来吗？”

“现在？”这么早？余大少今儿个怎么这么有兴致？

“现在。”

好吧……掐死她，她也认了，点点头“哦”了一声，就爬下床，胡乱刷了下牙，抓了抓头发，噔噔噔地跑下楼去。

清晨的阳光，清冷中带着和煦的味道，一如他。

常笑一眼望去，余非并未站在老地方等她下楼，她东张西望，寻找了一会儿，窸窣地想着她该不会碰上了他的恶作剧吧……

不料，下一刻，一个温热的东西就贴上了她的脸颊。回头时，余非对着她温温和和地笑，晃了晃手里的白色饭盒：“今天荣记的第一份早餐。”

“啊？”

余非又笑笑，突然问她：“不浑蛋了？”

“呃……”她弱弱地回道，“不是说你。”

“那是……”

“嘿嘿……”她干笑着，赶紧转移话题，“有事吗？”

“有的，”他点点头，望着她说，“想见见你。”

嗡……她脑子顿时炸了，眼睛只敢盯着那个白色饭盒，问：“什么早餐？”

“蒸饺。”他笑笑，“你等下。”一只手把饺子递给她，另一只手出其不意地突然一扬，居然不知怎么变出了一朵黄色的小花……

尽管小，她窘窘地想，但真的是花。

“送给你。”他说，“鲜花赠美人。”

“我……”

他温柔地笑着说：“我不急，你慢慢考虑。”

还说不急，昨天才说了等她，今天就找上门来了……

然而，常笑是感动得无以复加。她有些不知所措地接过饺子和小花，偷望了他一眼。

余非又笑道：“你还是不要考虑太久了。”

常笑望着余非俊秀的侧脸，突然想起这是她小说中的情节——

明媚的早晨，英俊踏着露水而来，给小美送上一朵路边的小花，还有校园旁边早餐店开店的第一份早餐，然后英俊笑着说：“早上好。”

小美便在花香中醉了。

常笑愣愣地望着余非，深吸一口气，应道：“哦……”

他笑笑，亲昵地揉了揉她的头，仅比了个走人的动作，模样迷人。

蓬勃的早晨，澎湃的心情，常笑望着他的背影久久不能回神。其实……她还是觉得不真实，也没办法相信他会喜欢自己。

她以前常常会在小说里写“做人要自信，没什么不可以。每个人都像歌里唱的，幸福和快乐是结局”。然而，真正碰上这样的局面，她除了心动，为何会这般畏惧不前，茫然而不知所措？

常笑手里紧紧握着那朵花，提着早餐回了寝室，又失了一会儿神，还是决定看恐怖片。

季晓桐又来了电话，她看了来电显示半天，还是接了。

他说：“论坛的帖子昨晚就被人黑了。”

“我不知道这事。”是她睡得太早了吗？

“是断网之后。能偷网络的人不多……”他沉默了一会儿，又说，“不过发帖的人被曝了，是我们系一个女的。我哥们说这是人品问题，得教训教训。估计她是有点喜欢我。”

听出他语气中的自信和丝丝嫌恶，常笑“嗯”了一声，果然，并不是所有男人追起来都只隔层纱。

想了想，她又直觉性地问：“孙恬恬？”

“她室友。”

嗯……不认识。常笑问：“谁？”

“孙恬恬的室友。刚刚瞄了一眼，忘了名字。”

“哦。”她想了想，又问，“跟我有什么关系？”

“那女的我不熟，要问你自个儿问去。”

恰逢女鬼突然在女主角的床上与她面对面躺着，这让人毛骨悚然的画面，令常笑微微恍了神，抽了口气。

“怎么了？”季晓桐纳闷。

“你别吵。”说完，常笑就痛痛快快地按下了挂机键……

然后，她想余非了。

余非买的饺子还没吃……她没舍得吃。

纠结了好一会儿，常笑咬咬牙，决定去重温一下自己写的小说。余非八成是疯了，一个大男人居然能硬着头皮把她写的言情小说全部看完，她光是想想都觉得别扭。再加上自个儿的文笔稚嫩可笑，她越发头脑发热，耳根红透。

通篇阅读下来，她居然觉得小美最后的选择，从某种程度上来说的确欠妥当……美人好像真的比较适合配英雄……

她这是受余非的影响吧。

她现在满脑子都是这个人，种种往事突然浮现眼前，想起两人相处好些年头，偶尔回首，总会有几分人事全非的感觉。

大一那年，初中同学聚会，听人说起，以前教英文的林老师结婚又离婚；班上看起来最木讷的一个男生，他女朋友居然怀孕了；胆小怕事的张同学学医后，常常一边手抓着心啊肝啊，一边吃猪血粥……

他却对她始终如一……思绪沉寂，常笑莫名地有几分鼻酸。好想见他……

于是，她就这么头脑一热，关电脑下了楼。

可是，路过楼梯间的消防栓时，她又照了照，还是很男性化……

走到余非寝室楼下，常笑闭着眼睛往前冲，宿管大叔果然没拦她……她靠在大厅的门柱上发呆，余非到底看上了她哪点？

“你猜我现在在哪里？”站了好一会儿，她突然给余非发了一条短信。

“有奖问答？”他的回复没让她等待太久。

这种感觉意外地取悦了她，她扬扬嘴角，决定快刀斩乱麻，鼓足勇气又问：“我们可以走多远？”

可是，她没有等到他的回复。

虽然这是意料之中的事，但她还是有些难过。看着形形色色的同学穿梭不断，她轻声自问：“这个问题很难回答吗？”

突然，她听到他喊：“常笑。”

她回头，微风徐徐，吹得他如丝的短发轻轻拂动，他眼底的笑意暖人心扉。他就那么笑着，没再说话。

他没说话，她还是在心里问自己：是不是考虑好了？

她如果现在走过去，牵起他的手，或许会被这来来往往的男生用异样的眼光所注视，或许会被十之八九的人误解，她大概还要面对余妈妈的不谅解，得跟容兰和倩倩解释……

可是……她还是想走过去。

她好像听到了自己内心的声音，她问：“你怎么知道我在这儿？”

他笑而未答，只用目光深深地锁着她，锁得她无法动弹。

她好不容易回过神来了，干笑着问：“那现在呢？”

他说：“你走过来，或者我走过去。”话音刚落，他已经走了过来，那般自然地牵起她的手，走到寝室楼外，又喊她：“常笑……”

“嗯？”她脑子依旧有几分空白，心思全在他牵起她的那只手上。

他徐徐道来："第一次见你的时候，天气，也像今天这么晴朗。"

那天早上，他一直牵着她的手，绕着校园走了一圈又一圈。她则跟在他身后，慢慢地走，连呼吸都不敢重了。她手心里渗出些汗水，心情多少是紧张的，他也照单全收，偶尔会用力捏捏她的手心，回头望着她轻轻笑笑。

记忆，便全缠绕在那一个阳光明媚的下午。

四目相对时，两人会心一笑。她很想问，他们这样，是不是已经确认了彼此的关系？因为这样的牵手，已经不止于青梅竹马的调调。

可是，她突然又不想开口了，好像这样就心满意足，她不自觉地想笑。

或许爱情，总归是需要谁先踏出一步，还需要谁后脚跟上。只要他走得慢点，无论前路如何，她都会尽力随行。何必问路程，何必问终点。

他们这就算是谈恋爱了吧。

星期一，晚饭时，余非把碗里的葱花都挑给常笑，点的菜却都是她爱吃的，两人杂七杂八地聊着些没有意义的话。

星期二，寝室关门前，她和他又跑去吃了顿夜宵，把胃撑得满满的，约好明天再见。

星期三，常笑鼓起勇气，在寝室中央并排搁了两张椅子，英姿勃发地往上一站，大吼："我，常笑！以后就是名花有主的人了！"

星期四，她打开衣柜，挑了件粉红色的上衣，搭配一条银灰色的长裤，回头对着镜子转了两个圈。最后，她蘸了点水抹在翘起的几撮头发上，才跑下楼和他共进早餐。

星期五，她和他背靠背窝在某棵大树下，胆大包天地把头枕在他大腿上，感受透过树荫缝隙投射下来的阳光……

一个星期，就这么悠悠然过去了……

过往，她喜欢在小说中编造各种夸张事件，来丰富人物的人生，然而真正恋爱，她不过只想"重蹈"无数革命先驱的"覆辙"，只要逛逛街、看看电影、喝杯咖啡就好。

偷偷牵一下手，偷吃他两块豆腐，共饮一大杯冰水，偶尔偷亲他一下……她所遐想的爱情，其实只要这么简单。

只是，常笑发现并不是每段故事都是这么简单而美好。或许是他们二人太过熟悉，熟悉到她觉得在一起散步的时候，不应该去牵起他的手，只敢跟在他后边。

所以，她只敢用一个“偷”字。

她知道这样不好，然而看见熟人，还是会下意识地想避开，兀自揣测着那些人的想法——他们会觉得她和余非般配吗……

好在余非不会逼她，只会轻轻把她从身后拉扯出来，在熟人吃惊的目光中牵起她的手，用一种轻描淡写的口吻介绍道：“你知道的，常笑。”

让她相信，有一种爱情，叫水到渠成。

4.

她看了很多了，余非的那些她来不及参与的过去。

很快又是一个周末，常笑算算日子，决定回家。

每座大城市，交通都会被诟病，往往只需半小时的路程，等车、塞车会耗去双倍甚至更多的时间。

余非不喜欢拥挤的车流，所以回家的次数不多，但这个星期，他找不到留在学校的理由。

学校在河南，他们家所在的小区在河东，路途并不太远，但两处没有直达的公交车。因而，很多个周末，和拥挤的交通做斗争，一直是常笑的心头痛，无不消磨着她的耐性。

有人做伴，滋味却大不相同。常笑和余非并肩坐着，让这城市的繁华，在窗外游走。

然而，也不知为何，离家越近，常笑越发焦躁。她望向窗外，望着车水马龙，也想不出个所以然。

直到余非的电话铃响，直到他轻轻喊了一声……

“妈。”

常笑这才终于意识到问题所在——余妈妈一直只把她……当儿子。

余妈妈嘴皮厉害，是街知巷闻的。她的嗓门倒也不大，但一些大叔大妈闲来磕牙，偶尔会说余家姓汪的女人说话真是刻薄。但常笑一直不理解，因为她所看到的余妈妈，从未对余非说过一句重话。毕竟她就余非这么一个宝贝儿子。

当常笑还在猜他们对白的时候，余非突然把手机递了过来。她迟疑了一下，仍是接了起来，电话那端的声音倒也热情：“笑笑，你也回来了？”

“嗯。”她乖乖地叫了句“阿姨”。

“乖，”余妈妈突然在电话那头神秘地笑了笑，“晚上到阿姨家吃饭，阿姨有张照片给你看，是小非他以前的青梅竹马！”

青梅竹马？哦，对了，是那一个青梅竹马。

常笑心里莫名地一揪，偏头望了眼余非，又听闻余妈妈在电话那头催促，蓦地有几分无奈地扬扬唇，点了点头。然后，她心想余妈妈看不见，又赶紧“哦”了一声，心里有点憋闷。

她其实想说她能不能不看了，如果是那个“青梅竹马”，她早就见过了，在很久很久以前。

回想起来，自打和余非相识以来，二人的合照其实少得可怜，也没什么机会留影纪念。即便是班级合照，也总是不巧，她并非和他相邻而站。所以，他钱包里的照片，在两人确定关系之后，也并非他们的合照……

然而，她见过余非书柜里那本厚厚的相册，从编号 1 开始，那些幼儿与年少时期的照片里，总是存在另外一个小女孩的身影。

那是他真正的青梅竹马，参与了他从出生到年少的成长——早在她认识他之前。

女孩有着乖巧恬静的脸，自信的微笑，双瞳翦水，娇小玲珑，和他……十分般配。

可是，那个女孩不是早已经出国了吗……她猛地发现，自个儿笔下女主角的形象，都是依照那个女孩而设定的，乍一听余妈妈又提起，越发觉得别扭。

“你应该有印象吧，以前就和你提过，她家里人前两天从国外发了张照片回来，说是过些日子她要回来看看，顺便来我们家走走。”

回来看看……常笑心里顿时被压上了一块石头，不明白为何从心底泛起一股不安。其实，人家回来一解思乡之绪，明明是无可厚非的事，她没理由这么担心。

“嘘……”余妈妈突然又故作神秘地提醒她，“保密哟，给小非一个惊喜。”

惊喜。她顿时明白自己的不安由何而生，这才回想起余妈妈对余非未来的对象打问号的同时，常常会感慨如果对方像小乔那样就好了。

据说，那是个百般乖巧的女孩。《三国演义》里的小乔美得倾国倾城，而此小乔在与余非合影里，虽稚嫩，却显现出另一种美，笑容恬美干净，明明才那样小的年纪，却闲淡得让人一看就觉得舒服。

那个年纪的常笑还打着赤脚满大街地跑，时不时还会和男生扭打成一团，傻愣愣的，没个节制。而那个女孩，穿得干干净净的，站在余非身旁安静地笑。

她蓦地又回想起一张照片，那个小乔和余非坐在同一台钢琴前演奏……她看了很多了，余非的那些她来不及参与的过去。

唉……怎么又想起来了呢？她吐了口气，再次点头，决定成全余非的这个惊喜。

事实上，设身处地地想想，与童年时的异性朋友再会，本就不是什么大不了的事。她深吸一口气，笑了笑，说：“好。”

余妈妈也乐了，又说：“那你们赶紧回来，记住啊。”

“哦。”

“嗯。”余妈妈满意地笑笑，“小非呢？”

她便乖乖地把手机递回去，靠在椅背上闭上眼睛。风口处的空调吹得脸凉凉的，嗯，凉凉的。

最终，常笑还是没去余非家吃饭。仙姑的电话打来，她几乎是怀着逃离的心情奔回了家。

她有种不知所措的复杂心境——仙姑和余妈妈不同，老玩笑似的问她什么时候能和余非凑成一对，如今虽说终成事实，但她还是没任何心理准备去禀明真相。

倒是个幸福的周末，平时住在医院寝室的大哥难得回家，如今扶着眼镜坐在电视前看新闻，二哥大概是在厨房帮老德择菜，仙姑站在客厅里简单的私人舞台上哼唱着小调，三哥估计还宅在房间里玩着游戏。

一家人，难得相聚。于是，星期六，常笑拒绝了余非的相邀，和喜、欢、乐三个家伙砌围墙打麻将。

人家说情场失意，赌场才得意，结果她赌场得意到未来三个月的生活费都有了着落，居然还做成了人生难得碰到的大四喜。她只得在心里窘窘地想，老天是不是暗示着她情场波谲云诡，风雨欲来?

一到星期天，常笑就提着一大袋苹果去了余非家。

不料他们家却大门紧闭，没人在家，余非电话占线，没打通，她犹豫了一下，还是决定等。

常笑跟整个小区的人都厮混得很熟，搬了把椅子和住余非家楼下的两三个大娘聊了起来。聊着聊着，大娘们说起昨天来余家的那个姑娘真水嫩。常笑心一紧，不明所以地有些慌。

她回过神时，已经快中午了，二哥催她回家吃饭，她才跑回家去。

明天就是周一了，常笑一般下午回学校。仙姑交代她多收拾几件衣服，说是快变天了。老德给她准备了些乱七八糟的小吃，用瓶瓶罐罐装好，还让她顺带分些给余非。

如今身份不同，她闻言多少感觉甜蜜。

常笑不知道余非应酬完了没，还想着要不要一同回校，余非的电话就打过来了，让她到他家楼下等他。于是，她就提着大包小包去他楼下等人。

她时间掐得挺准，刚到不久，听见车的引擎声，回头一看，余爸爸的宝马刚好踩刹车，在离她一步之遥的地方停下。她瞅清楚司机席上坐的是余非，倒也不意外。

那家伙还不到拿驾照的年龄时，就胆大包天地载着她兜风，她居然也把生命安全托付了。如今他开车技术过硬，倒也不枉费她的大胆牺牲。

余非打开车门走下来，直接接过常笑手中的行李，微微一笑，说："来了？"

她点了点头，就瞥见副驾驶座上走下一个女孩，手还扶着车门，脸蛋白白净净的，眉眼间清清亮亮的，嘴角含着淡淡的微笑，望着她。

常笑觉得自己瞬间被秒杀了，因为她喜欢这样的女孩——眉清目秀，唇红齿白，且气质非凡，和孙恬恬，那简直就不是同一个地平线上的。

她知道这个女孩是谁，曾尹乔，余非真正的青梅竹马……

还没打量完眼前的女孩，余非突然轻轻地揽住她的肩膀，轻笑着说："这个。"

曾尹乔就莞尔一笑，直勾勾地对上她的视线。

四目相对，常笑不明所以地有种想逃避的心情，意识到余非举措背后的用意，她心里多少畏缩了一下。余妈妈也下了车，啪的一声关了车门，拉回她的注意力。

余妈妈绕到曾尹乔身边站好，瞥见常笑时脸色明显拉了下来，却仅是动了动嘴唇，没说话。

常笑安静了一会儿，鬼使神差地把手里一大袋看起来邋邋遢遢的瓶瓶罐罐都搁在余非家宝马崭亮的前盖上，轻轻点了点头，行了个礼，说："阿姨，拿去吃吧，不客气！"

常笑坐在回校的公交车上，才后知后觉地伤心起来。余妈妈方才的神态，印在她的脑子里，挥散不去……果然是不喜欢她。

那些瓶瓶罐罐她还握在手里，余妈妈让她带回去，竟毫不掩饰一脸嫌恶，嫌东西弄脏了他们家那辆宝贝车。

她这才想起余妈妈不吃这些手制食品，觉得不卫生，只吃大商场里货架上贴满质检、防伪标签的正品。啧，三鹿奶粉以前也免检呢……

余非就是这样被教育出来的啊，街边小吃什么的，明明每一口吃下去都很幸福，难怪他之前完全就是以一副“我看你什么时候中毒身亡”的样子冷眼旁观。

常笑还在胡乱想着，余非突然紧了紧握在她手上的力道，轻声问：“等了很久？”

“没……”如果不算上午的话……唉，她叹了口气，心里掂量着，这小乔的事，要不要问呢？

余非像是看穿她的心思，轻笑道：“尹乔父母现在人都在国外，她表姐结婚，她只是回来当伴娘。”

“哦。”常笑不知说什么好。不过曾尹乔当伴娘的话，也太漂亮了点，要抢新娘子风头的。

她又想起余妈妈的那个表情，唉，人太聪明也是一种罪过啊，她多想装作看不懂余妈妈脸色背后的含义。

而且，余非今天的举措是在宣告她的身份吧。是因为什么事才得宣告身份呢？余妈妈是不是点鸳鸯了啊？

这时，余非突然倾身下来在她脸颊上轻轻吻了一下，随后将手臂绕过椅背，揽住她的肩膀，又调了调姿势，让她靠近他肩窝处，手指轻轻摩挲她的手背，问：“想过要什么样的婚礼吗？”

呃……没想过……她缩了缩，刚好更贴近他的胸膛。

其实，她还在习惯他突破性的亲昵行径，偷牵手什么的，她一直只是想想，从未主动过。因为绝大多数时候，是他，一直扮演着主动者的角色，而她，是在顾虑外人看他们是不是觉得不般配……

这样真的不好。她皱了皱眉头，不明白人家恋爱，她也恋爱，怎么她谈得这么患得患失。

“回神了。”

“哦……”她抬头望他，想了想答道，“都好……”

只要新郎……是他。

此刻，余非的胸膛随着他的呼吸微微起伏，见她再度走神，他突然叹了口气，轻声道："常笑，青梅竹马其实没有意义，所谓意义，不过是更早地碰到你。"

闻言，她脸颊泛热，心跳加速："可是……"

"她不会打篮球，"他突然说，"她不会换灯泡，不会修坏掉的椅子。她不会写小说，更不会临时起意把男主角更换掉。"接着，他轻描淡写地说："我也不会想她。"又认真望着她说："但是我会想你。"

"啊……"常笑感觉脸有点发烫。

"乖。"他轻轻一笑，问她，"今晚想吃什么？"

她抬头望他，不明白话题怎么转换得这么快……

不过……算了，她深吸一口气，从身旁掏出一瓶咸菜，大吼一声："吃饭！"

5.

乖，上去收拾两件衣服，我们私奔。

这天的风有点大，像是有变天的趋势，快入秋了吧。

常笑从寝室楼走出来，瞥见一个还属于陌生人范畴的身影向她走来，定睛一看，竟然是曾尹乔。

她蹙了蹙眉，觉得今天这风刮得很有道理，曾尹乔就被风刮得很好看，头发在风中飞舞，乱得颇具美感，加上她本身不说话时的闲淡，很有味道。

"谁啊？"倩倩瞅出端倪，问她。

常笑耸耸肩，笑着说："曾尹乔，余非的……青梅竹马。"

"青梅竹马？"倩倩挑眉，"怎么没听你提过？"

倩倩的直觉果真敏锐，在她耳边轻声问道："有被威胁感？"

"哦，有的。"她诚实地点了点头，然后就看着对方，深吸了一口气，稳住阵脚。

倩倩还没接话，曾尹乔已走了过来，落落大方地笑了笑，唤她：“常笑。”

常笑倒也不是个小气的人，忙点点头，也笑着说：“你好。”

不料，下一刻，这曾尹乔竟比那个叫孙恬恬的女人更加自来熟，眯眯眼一笑，突然换上一副我见犹怜的样子，朝常笑道：“我离开太久了，如今G市变化太大，我人生路不熟，也没有别的朋友，你能陪我逛逛吗？”

常笑愣了愣，没头没脑地应话：“你去找余非吧，他今天在三号教学楼。”

闻言，曾尹乔一时说不出话。

倩倩则觉得常笑太蠢：有你这样的吗……

曾尹乔突然一笑，问：“为什么呀？”

常笑顿了一下，耸耸肩，表示很无奈：“因为，G市我也人生路不熟……”

这年头买衣服可以网购了啊。

常笑想不通，她都说不熟了，曾尹乔为什么还是拉着她满街跑？其实，她学校这么偏，这女生特地搭这么久的车来找她逛街，真不合常理。

可是，她没办法拒绝美好的东西呢……好吧，季晓桐是个例外。

在国外泡过的多少不一样，曾尹乔看起来娇娇小小的，却是热情十足，怎么走都不累的样子，常笑不得不感叹自个儿体力也还好，输人不输气势。

只是，她不得不承认，曾尹乔其实是个很招人喜欢的女孩子，热情大方，能说善辩。加上长相讨喜，男人嘛，一迷一个准。

常笑刚捧着汉堡和薯条坐下，曾尹乔劈头就问：“你真是余非的女朋友？”

闻言，常笑愣了愣，居然犹豫了。

逛了一整天，这个小乔都像刻意避开似的，丝毫不提余非，如今竟直捣黄龙。

然而，常笑刚想作答，曾尹乔突然就垮下脸来，一脸郁闷地望着她排了老长的队伍端回来的食物，长长地叹了口气：“又是汉堡啊，我在国外吃汉堡都吃得腻死了。”

“呃……”常笑第二次震惊了……刚刚进来之前，询问她意见，她确实说好来着……

“你们谈了多久？”

见曾尹乔又把话题扯回余非身上，常笑摸了摸脸，心想：算了，兵来将挡，水来土掩。于是，她抓起一个汉堡，如实说：“不久。”

曾尹乔突然抿嘴一笑：“那如果我说，我也对余非有意思呢？”

“噗——”常笑心里狠狠一惊，紧接着被狠狠呛到，“咳咳咳——”

“你配还是我配？”曾尹乔浅浅盈笑，似真似假地问。

常笑窘了一下，喝了一口可乐，想了想还是决定实事求是地回答：“你配。”

曾尹乔便轻笑出声：“你真诚实。吓你的，我对那家伙没兴趣。”

“哦。”

“不过，我和余非从小一起长大，小时候还光着膀子睡过一张床。”

“咳咳咳……”常笑突然有种冲动，想拍桌子，心里怒吼：有什么你不能一次说完?

不料曾尹乔竟全然不理，自顾自地道：“余非小时候超级帅，不过老是欺负我，也不知道让让我，老把我气得半死。我以前还想啊，报复他，就嫁给他，然后光明正大地花光他的钱，呵呵……”

常笑默默地把汉堡放下了……

这汉堡现在不能吃，太危险了。

“所以，你记得替我报仇啊。”曾尹乔笑着说，从表情上看不出任何端倪。

常笑只好干笑。

“来，我说点他以前的事给你听。”曾尹乔单手托着下巴说，“他啊，小时候我们一起学钢琴，后来我的手摔伤了，再也没办法陪他一起练琴，他就居然为了我，打那之后再没碰过钢琴。很傻，对吧……”

常笑细细地听着，觉得心里憋得慌。因为在她的印象中，是无论如何都没办法将“余非”和“很傻”这两个字联系起来的。

“可惜，后来我们家都出国了，否则……”曾尹乔深深地望她一眼，笑了笑，后半句话，便再也没有说下去。

常笑深吸一口气，眼见曾尹乔也拿起了一个汉堡咬了一小口，突然摸了摸鼻子，说：“那，我也说点他后来的事给你听。”她抿了一大口可乐，重重地哈了口气：“他呀，老说等我，还偷亲我，又问我要什么样的婚礼。前两天，他居然还为了我，去偷摘路边的小黄花。很傻，对吧……”

说完，常笑就默默把旁边的可乐递上去。看吧，呛到了吧……

这两天也不知道余非在忙什么，总之两人聚少离多。

打从那次汉堡事件之后，曾尹乔再也没来找过她。常笑努力把曾尹乔对自己的影响降到最低，可也难免介怀，总兀自揣测那女生隐去的后半段话。

若不是他们分离，导致情感夭折，或许现在陪在余非身边的就是她曾尹乔，而不是常笑。是这个意思吧……

可世事如此，造化弄人，她毕竟还是占据了余非身旁那个位置，再多假设，终归只是假设而已。

她并不打算问余非是否也曾情窦初开过，因为她怕自己承受不起他的答案。

这天，照预定行程，余非应该去参加曾尹乔表姐的婚礼。然而，常笑刚从寝室楼出来，却发现余非居然站在老地方等她，手里提着个简单的旅行包。她不禁满腔疑问，难不成这婚礼在外地举行？

余非却朝她走来，笑道：“乖，上去收拾两件衣服，我们私奔。”

常笑很肯定自己是清醒的，知道这绝对是玩笑话，因为她不可能放下一切跟他走。而他，理应了解她。

然而，两人对视了两三秒，她居然就鬼使神差地说：“好。”私奔就私奔！

回到寝室收拾了两件外套，又随意拿了些换洗衣物，她一边觉得自己疯了，一边又有些跃跃欲试的兴奋。余非要带她去哪儿？

倩倩和容兰都不在寝室，她倒也走得洒脱，在桌面上留了张字条，申明最多最多……三天就回来，实际情况容后禀报。

然后，她把包背上，把存折也兜好，带上手机，出门后放任脑袋空白了两秒，就往寝室楼下狂奔。

下楼梯下楼梯……

疯了疯了……

疯就疯吧！或许，爱看小说的人骨子里都有几分浪漫主义色彩，加上几分冒险精神，足以构成她此行的终极原因。

常笑为自己找到理由，站在余非面前，抬头阳光灿烂地笑。他眯了眯眼睛，回以一笑，向她伸出了手。

她便上前牵住他的手，不知是因为害羞，还是因为才下楼梯，脸有些发烫。她心里突然有种豁出去的感觉，即便真的是私奔，她也认了。

这是一次没有预定行程的旅行，余非站在售票点望了望列车时刻表，说：“两张去贵阳的票。”

常笑突然就明白了他的心思，那趟列车将最快驶出。

半小时之后，他们就踏上了去贵阳的旅途。常笑本想打个电话回家，然而余非默默掏出手机关了机，她也就懵懵懂懂地学他，把尘世都放下。

后来，他们一直在聊天，她说最怀念的事是去乡下姑婆家放牛，说她跟乡下的野狗打过架，说小时候还有女生给她写过情书。她还说，她以前从未想过会和他在一起……

然后，他们在火车上睡了一晚，接着到贵阳吃牛肉粉，又跟车去了草海。

是海还是湖？别样的湖，湖面上全是草，天高云淡，蓝天如洗，层林尽染，满目流金，一群鸟儿飞上了天。常笑蓦地觉得自己醉了。

听着船夫用夹着很重地方口音的普通话介绍着，她原本还仔细地听，只是又突然察觉到余非的沉默。见他果然有几分心不在焉，想起这次突如其来的旅行，她望了望船下划开的清波，问他：“为什么？”

他轻轻地笑笑，神情又渐渐地归于认真，说：“常笑，你相不相信我？”

她点了点头。像是突然领悟到了什么，她想，或许那压力来自余妈妈。

他又笑了笑，没再说话。

她吸了口气，轻轻地起身挪了下位置，小船随之左右晃动了下，船夫嚷嚷了句什么，她也没理会。然后，她躺进他怀中，说：“这个姿势呢，其实我一直不敢想……”

他轻轻圈着她，撩拨了下她耳边的发，说：“我知道。”

哎？她侧脸看了看他的下巴，听见他又说：“可你不得不想。”

她努努嘴，说：“为什么你知道我在写小说？”

他笑而不语。

直到她掐了他的大腿，他才悠悠道：“每次来我家上网，你一定会登录那个网站，我很好奇。”

“以后不准看了。”

“常笑。”

“嗯？”

“想过要嫁给我吗？”

她蓦地心跳加速，不好意思开口，想坐回原处，可余非搂住了她，没让她动。

抬头刚好瞥见船夫盯着他俩的眼光有几分惊异，她猛地有几分别扭，轻声吼道：“我是女的！”

闻言，余非在她身后轻笑。水波一波一波划开，惊扰了水底的鱼。

断去的走婚桥，静停的猪槽船……一切都很美。

然而，这种安逸，维持不过四天。

常笑躺在床上想起她的学业，想起那通没打去交代的电话，还是背着余非偷偷地开了手机。立刻就有五六条短信让她的手机振个不停。

倩倩：“人呢？报平安的电话呢？你这浑蛋，别怀上了才回来！”

曾尹乔：“余非呢？请让他回电。”

贵州电信：“贵州欢迎您……”

倩倩：“你妈往寝室打电话了，你手机干什么关机？我帮你搪塞过去了，赶紧回电话！”

容兰：“你这个白痴。”

她这才无端害怕起来，有点慌，心脏扑通扑通开始猛跳。

可她突然没勇气回电话，咬咬牙又把手机关机，开始收拾东西。

收拾完，她放下包，噔噔噔地跑到余非的房间，说：“我们回家。”

在火车上，常笑拼命地回想，回想这些日子的乐不思蜀。

她想起旅店房间内的镜子，映得屋内的白光一圈圈柔和，想起余非温柔的笑意，耳边便仿佛还萦绕着野雀的啼叫。

她闭上眼睛，在心里轻轻地默念着他的名字：余非，余非……

她觉得自己甚至愿意为他，尽自己一切努力，变成余妈妈心目中的儿媳。

只要，他愿意娶她。

第五部分

1.

我女儿就长这模样，我瞅着非常满意！你哪儿凉快哪儿歇着去！

经过一番长途跋涉，终于踏上熟悉的土地时，常笑长长地舒了口气。

上火车前，她给倩倩回了短信，只有简单的三个字：“归途中。”

倩倩的回复更短：“好。”

这一个字突然变得分外贴心，至少她没有追问缘由。

出站后，常笑回头望着火车站上的大钟，发了发呆。是一种放松下来的疲惫。

直到的士在学校门口停下时，她还是说不出来地恍惚。

余非把她送到寝室楼下，说：“有什么事，我来解释。”接着在她脸颊上轻轻吻了一下，笑了笑。

这天的风很大，吹得他往常柔顺的短发有一丝不羁，宣泄了炎夏浮躁的秋阳，暖暖地照在他身后……仿佛天大的事，都由他来挡。

不料，常笑提着行李箱刚一进寝室门，还没反应过来，一个干练的女人，仿佛严阵以待已久，就突然踩着高跟鞋，三两步朝她走来——

啪！伴随着清脆的响声，她半边脸都火辣辣地疼。

“你在干什么？”

那声音异常熟悉，常笑被打得有些蒙，抬眼茫然望去，竟是仙姑和余妈妈……

“干什么？”余妈妈重重哼了一声，“替你教训女儿！”

常笑被这突如其来的巴掌扇得当即屏住呼吸，觉得脑子有一瞬间的空白。

仙姑火冒三丈：“我女儿我来教训，关你什么事！”

“不关我的事？”余妈妈冷冷一笑，神情无丝毫过往的亲切，冷冷地瞄了常笑一眼，轻嗤，“看到人也不叫一声，光顾着教她怎么勾引男人了？”

常笑有如五雷轰顶，全身都禁不住地发冷。一瞟气得脸色发白的仙姑，常笑生怕她动手，赶紧上前一把箍住她，憋了股气，重重地喊了一声：“阿姨！”

“这么大声做什么！”她勾了勾嘴角，说，“也不怕外边的人说你没教养。”

仙姑已被气得两眼发白，猛拍了几下常笑。即便是容兰和倩倩，此刻也吓蒙了，脸色僵硬得像岩石。常笑尽管吃痛，却怕矛盾激化，死不松手。

仙姑死命地瞪她一眼，像是更气她吃里爬外，朝着余妈妈汪臻冷哼一声：“你儿子才没教养，拐了人家闺女往外边跑！”

“你确定是拐闺女？”余妈妈悠悠一笑，瞄了常笑一眼，眼神犀利无比，“这么大的人了，不愿意还能被硬拉着去？还不是颠颠儿就跟着往外走？”

“你——”仙姑死死地拧了常笑的耳朵一下，怒斥，“叫你不争气，轮到外人来说闲话！”

“哟，真要是个外人，我可就放心了。我们家，可攀不上你这门亲戚。”

弦外之音，自然也表露无遗——我们余家，不要你这常姓闺女。

闻言，常笑身体僵硬，左脸仍是火辣辣地疼，疼到几近麻木的状态。

余妈妈却得理不饶人：“常笑啊，你呢，就当阿姨我之前瞎了眼，错看了你，错把你当男孩……总之，既然是女孩，还是自重点好。阿姨可是为你好，你说是不是？”

想常笑平时多硬气的一个女生，蓦地想起从前和余妈妈之间的亲昵，脑中又浮现和余非的甜蜜，只觉得嘴唇一抖，眼眶就红了。她只能嗫嚅着喊了句：“阿姨……”透着一股子委屈。

仙姑当真看不过眼，眼见女儿受了委屈，将她往身后一拖，直瞪着汪臻道：“那你就省了那点心，劝你自重点才好！还有，我女儿就长这模样，我瞅着非常满意！你哪儿凉快哪儿歇着去！”

汪臻竟无视仙姑的火气，并没有太多反应，又看着常笑淡淡地开口：“这些日子你们也相处够了，分开好好思考一下，看是不是误把亲情当了爱情。那我走了。”说着便朝门口走去。

仙姑火上心头，直接冲她的背影吼：“你放心，咱闺女跟你儿子没爱情！跟你们也没亲情，你省点功夫吧！”接着上前把门一摔，没再看常笑一眼，双臂抱胸，坐在寝室中间的凳子上，头侧向一边，眼睛盯着一旁，一脸生气的模样。

常笑没见过这阵仗，真说不出话来。她只觉得眼眶越来越热，开始集聚水汽，慢慢地看东西也模糊了，又看了她妈一眼，眼泪就夺眶而出，吧嗒一声落地。

倩倩见情况不对，迟疑了一下，上前说道：“阿姨……常笑才刚回来……”

仙姑吸了口气，板着脸，语气也有点硬：“我们的家事你别管。”

想仙姑平日再怎么发火，对她同学至少是笑脸相迎。常笑见倩倩脸色一僵，心里又是五味杂陈，知道仙姑这次肯定是气疯了。她乖乖地站在原地，不敢动，也不敢说话，却是抑制不住地流着眼泪。

容兰见状，轻轻拉了拉倩倩，用眼神示意她朝门口走，两人就出去了，把空间留给她们母女。

门一关上，室内便是一片令人窒息的沉默。

良久后，仙姑才蓦地问道："有没有吃亏？"

常笑拼命摇了摇头，吸了吸鼻子，不敢哭。

仙姑也是吸了口气，突然怒吼："你要是还跟他们家那小子有来往，老娘就剁你一双脚！"

闻言，常笑愣在原地，有一丝失神，没点头也没摇头，但眼泪依旧不绝。

"我说到做到！"仙姑说罢气呼呼地站了起来，就往门口走。到了门口她又停了下来，声音有几分颤抖，完全是赌气的口吻："我何研的女儿，哪轮得到别人来指手画脚……"接着，她的声音又放软了几分："你一直懂事，我养你这么大，听不听话你就自己看着办吧。"

常笑抿紧了唇，觉得全身疲惫至极，眼泪吧嗒吧嗒地掉下来。

用容兰和倩倩的话来说，常丫头这几天，是彻底蔫了。

她恹恹地躺在床上，把十年前的恐怖片都翻出来看了。最近，倩倩和容兰听各式各样的鬼叫声听得都快吐了……她们要是像常笑一样对恐怖片免疫，那以后谈恋爱，该少了多少搂搂抱抱以求安抚的亲密机会啊……

唉，想人家就主动联系呗，可常笑这家伙宁愿自己憋死闷死，也不肯主动打一个电话。

只是两家主母大人闹得这么凶，还真是让人始料未及，这当中的血雨腥风，哪是"恐怖"二字可以形容的？但让倩倩和容兰最为不满的是，那个带着常笑神秘失踪的家伙，在捅了这么大个娄子之后，居然也神秘失踪了……

这天气看起来也不错啊，在容忍常笑三五天废人般的生活作息之后，容兰火了，双手叉腰指着床上的常笑怒斥："瞧你那熊样！你的精神呢？你的元气呢？你的生命力呢？都跑哪儿去了？"

常笑垂头丧气地叹了口气，又叹了口气……

“这不……”她声音幽幽，哀怨至极，“都被余非妈那一巴掌甩没了……”

好吧，容兰深吸一口气，劝道：“但是，拜托，你是常笑啊，拿出点魄力来！你该庆幸，早点认清事情的真相。那大妈脾气那么差，你以后真要嫁过去了才难受呢。”

“就是。”倩倩搭话。

常笑又叹了口气，她这还没说嫁呢……想想自个儿恹恹的情绪确实不能再继续下去，她掰着手指一算，都四天没出寝室大门了……

她在床上滚了两下，突然强行振作，眼眸一亮，坐起来握拳作愤慨状：“想到了！为了我的精神！为了我的元气！为了我的生命力！我们去游乐场玩吧！”

“哪儿？”

“游乐场。”

“哪儿？”

“游乐场！”

倩倩蓦地变得面无表情：“不去。”

“没空。”容兰倒是显得极其镇定，微微僵笑。

开玩笑！要和第一次联谊失败后，把过山车当三轮车一样，坐了十几次还面不改色的变态一起去游乐场？免谈！

常笑把头一甩，咬咬牙，说：“我自己去！”

游乐场远离市区，却有地铁直达，常笑情绪至上，选了没什么人的星期二，请了假，就右手汉堡，左手可乐，坐了一个多小时的车，到了目的地。她再也受不了自己一个人闷在寝室里胡思乱想了。

“啊——”常笑冲着游乐场的大门口扯着嗓子大吼了一声，新世纪的女人，没有男人也可以活得很好！

决定了！她今天什么都不想，她要开开心心地玩，痛痛快快地发泄！

果然，看着零零散散的人，还有各式各样的大型器械，她深吸一口气，顿觉心情好了不少：啊，过山车！过山车！过山车！我来了！

难得不需要排多久的队，她兴冲冲地玩了一趟之后，发现并没想象中的快乐，就决意再接再厉，从头再来！

然而，她刚走上没什么人的候车区，注意力就猛地被一个熟悉到不能再熟悉的声音吸引了过去。又往前走两步，一看到那声音的主人，她愣了好一会儿，才惊愕地发出声响："咦？季、季晓桐？"

季晓桐？她竟一时想不起他们多久没见了。

季晓桐原本还是一副酷酷的样子，应声望来，面部神经一僵，"啊"了一声，指着她"你你你"了半天也没个下文。

常笑也指着他，跟着喊："你你……"他怎么会在这里？不料，话没说完，季晓桐就愤愤地抢话："你什么你！我才不是跟踪你！"吼完，他又是一僵，这不是越描越黑吗？

"啊！"常笑本来还想再说几句，目光突然被季晓桐前面的一个小孩儿吸引了去，一瞄到脸，她就抑制不住地叫出声来。这是谁家的小孩啊？长得真漂亮！

大概也有几分外国血统，轮廓较寻常小朋友更深，四五岁大小，肉嘟嘟的脸蛋粉红粉红的，骨碌碌的眼睛晶亮晶亮的，头顶柔顺服帖的软毛，身着鲜黄色T恤加牛仔裤，松松垮垮的，加上无比认真的神情，让人禁不住想揪过来捏捏脸蛋。

"这小孩是？"常笑眼神发亮……

"我堂弟。"

"你浑蛋！"常笑毫不犹豫地对季晓桐家的优秀基因表示妒忌，一家子全部长得这么好，这小家伙长大了绝对也是个祸国殃民的祸根啊。接着，也不待季晓桐反应，她迅速躬下身来，一脸讨好，笑眯眯地说，"来，小弟弟，叫姐姐。"

季晓桐咬咬牙，弯腰拍拍旁边小孩的头，说："别理她，杰克。"

杰克先是扑扇扑扇一双大眼睛，抬头乖巧地望着常笑，突然默默地像小绅士般微微躬了身，恭恭敬敬地喊道："哥哥好。"

季晓桐立刻毫不留情面地发出了"噗"的一声。

噗什么噗！这什么人啊！跟个小孩一般见识！

然而，在小孩面前不好发火，常笑假惺惺地朝季晓桐一笑，回头瞄着杰克，报复性地捏了捏他的肉脸，笑容加深，强调道："乖，叫姐姐！"

杰克平白抖了一下，望着常笑，死都不再吱声，眼底充满了困惑。

困惑什么啊！常笑憋着一股子劲，暗地里咬牙切齿。

季晓桐乐不可支，在一旁神情傲慢地拍拍小家伙的头，说："叫得真好！待会儿老大给你买糖。"

杰克对糖显然兴趣不大，很快抽回心思，拉了拉季晓桐，两眼眨巴眨巴，充满渴望地指着旁边的过山车。

一提到过山车，季晓桐的笑容顿时微微僵住，只听旁边的工作人员道："对不起，这位小朋友不符合身高标准，不能玩。"

废话，那小孩才这么小，把他带上来的家伙是脑子坏掉了吧。这么想着，常笑瞄了旁边"脑子坏掉"的季晓桐一眼，表示鄙视。

但不可否认，今天他打扮休闲自在，同样穿了件鲜黄色的 T 恤，很衬他健康的肤色，加上他过人的容颜，那眼睛、鼻子、嘴巴……人家说红颜薄命，这家伙活不长的……

季晓桐轻轻颔首以示知晓，居高临下，气势压人地说："我就说人家不给玩吧。"说着，便要拉杰克走人。

不料，乖巧的杰克突然耍赖，使着性子直喊："不要，老大！你玩！"

见状，常笑耸了耸肩。被另外的工作人员催促，她才回过神朝季晓桐扬了扬票，用眼神骚扰了一下那小屁孩，就绕了过去，在第一排外侧坐下。

来玩的人大多成双结对，她身旁的位置就一直空了下来。

杰克一副铁了心要看季晓桐玩的样子，一大一小好像还在争执着，直到工作人员开口说了什么，也许是表示愿意暂时照顾一下小孩，季晓桐才铁青着脸向常笑旁边那个位置走来。

明明是俊挺的身影，明明是沉稳的面容，偏添了一股"风萧萧兮易水寒”的悲壮之感。

2.

反正，报仇什么的一声吼哇，该出手时就出手！

常笑隐约觉得事情有些不对劲，可哪儿不对劲……她想不出来，也懒得再多想。于是，她将安全带系好，睨了季晓桐一眼，就收回了视线。

常笑有些兴奋：啊，过山车！我又来了！

不多一会儿，车子以缓慢的速度渐渐驶离站台，开始向高处爬坡。她以前特别喜欢这种感觉，大概是一种对俯冲而下的期待，会让整个人都很亢奋。

尽管这是常笑今天第二次坐，却还是扫不去那种沉甸甸的心情，当车子驶向高处的时候，那种寂寞空虚的感觉，再次弥漫了全身……好难过……

那块大石头，狠狠压在心头，她的眼眶突然有些湿润。或许，她只是在等车子俯冲下来的那一瞬间，那一瞬间的失重，会让她有种解脱的快意。

眼看车子终于爬到轨道的顶端，接着车子微微卡了一下，就直线往下冲去——

“啊——”

“啊！”

第一声“啊”是因为身后的游客激动而亢奋，后面一声是因为常笑的大腿……突然好痛！

“啊——”一个大拐弯，常笑又是一声惨叫。

这几下突袭来得太急，让常笑无暇顾及感伤，旁边姓季的浑蛋竟然在过山车冲下来的那一瞬间，突然伸出魔爪揪住她的紧身牛仔裤，而且用力地连同她的肉拧了一下。

“啊——”

“啊！啊！”

车子在高速行驶中，很快进入第一个无敌三百六十度大回环。

“啊啊啊——”身后的游客依旧配合地喊叫着。

“嗷——”常笑只觉得大腿肉也跟着被拧了三百六十度，顿时顾不上兴奋，在高速运转中，揪住了季晓桐的手臂。

他的手臂出乎意料地肌理分明，常笑能清晰感受到他此刻的紧绷，可谁料他是见鬼的胆小鬼，难怪她隐约有种不祥的预感……放手！放手！

车子沿着波浪形的轨道起伏回旋，身后的游客叫得更为兴奋。

“啊！”她的大腿！她的肉！万恶的季晓桐！

尤其可恨的是，她痛得咬牙切齿，他却自始至终咬紧牙关，一句都没吭出来。

好在整个过程不太长，结束的时候，常笑重重地吐出一口气……结、结束了？

那浑蛋竟然若无其事地松开手，力求镇定地隐隐吐息，仅稍稍泄露他的解脱。

常笑咬着牙，刚要喊他，只见伴随着安全栓解开，那小鬼就一脸灿烂地跑过来，神情写满了自豪：“老大，你真厉害！”

“嗯……”季晓桐轻声一应，没有否认的迹象。

在长达数秒钟的沉默之后，常笑终于在心底咆哮出声——胆小鬼！！虚伪！！

常笑悲愤地坐在原处骂遍了季晓桐的每一条筋骨，直到工作人员以催促的眼神看着她，她才默默地爬出位置。

这时，季晓桐像是突然意识到什么，慢慢别过头来看着她。数秒钟之后，视线再慢慢地沿着她身体曲线下移，直到看到她紧身牛仔裤上那朵被硬生生扭出来的“花”，他的神色才有了丝丝改变。

那是一种隐忍着的尴尬。

工作人员在旁边默默地围观着僵持的两人。

然后，悲剧发生了。

季晓桐突然伸手掏了掏耳朵，面不改色、心不跳地开口："你刚刚叫得真大声，"然后……然后……他居然睁着眼睛说："你胆子怎么这么小？"

常笑顿时瞪大眼睛，万分无语。她只觉得自己好像被雷劈了一下，通体舒畅……

大脑下着令：快快，常笑，骂他，讥讽他，嘲笑他，鄙视他！

可是，几个呼吸之后，她未来得及付诸行动，小杰克竟默默朝他卑鄙无耻的"老大"靠近了一步，一双明亮的大眼睛望着她，小声地指控："胆子怎么这么小？"

轰隆！常笑顿时石化了……季晓桐，季晓桐，季晓桐……

"季！晓！桐！"

季晓桐表示无辜地睁大了眼睛，不理她，笑眯眯地牵起杰克的手，转过身去："真乖，老大给你买两颗糖！！"

"小朋友，可以跟你哥哥去看看刚刚拍的照片哦。"工作人员的声音亲切体贴，插入的时机刚刚好。

那工作室里已经发出其他游客看到照片后的嬉笑声了。

小屁孩拉着季晓桐跑了过去，常笑告诉自己：公共场合，不要乱生气，不要跟卑鄙无耻的胆小鬼一般见识。

但她也十分好奇自己刚才的表情，一时冲动也决定跟过去看看。

然后，她的神经仿佛又被雷劈了！这货不是她，绝不是她！

她的脸居然在高速摄像头中，变态地扭曲着，嘴巴大张，狰狞得可怕。

而那个男人，居然一副置身事外的冷静模样，竟只是让风肆意地吹起他原本微卷的头发，更添了种潇洒的意味。

人比人气死人，老天这是存心要气死她吧……

"老大，打印出来！"小屁孩杰克在旁边建议。

你敢！常笑努努嘴，想阻止。

"我要这张。"旁边的游客已指着照片下了令。

常笑僵硬了半晌，蓦地颓然无力，只能装作不经意地，狠狠踩了季晓桐的脚一下。然后，她就当着整屋游客，“啊”地尖叫一声，百米冲刺般跑了出去。

哼！各走各路！

游乐场人不多，一不小心相遇，就会弄成缘分。

常笑揉了揉大腿，踏上征途之后，不知是因为那杰克的黄色外套太抢眼还是怎的，她逛了两圈，竟然能一直碰上那一大一小。

不过，也就是远远地看见，她去玩海盗船时，他陪着小鬼在几百米外玩旋转木马；她玩滑梯时，他陪着小鬼应该在等奶茶；她排队等着玩跳楼机时，他正好带着小鬼上摩天轮……

啧，不是她说，季晓桐那胆小鬼也就适合玩这种等级的东西，但不知道余非会怎样。想想余非那千年不变的淡定笑容……她情绪又低落下来。

这几天，余非并没有联络她，搞得她鼻头又是别扭地酸涩。只是，她默默地想着，他原本就是那样清冷的人……

他怎么就不联系她呢？或许，他只是习惯了有她在身旁，有人供他逗乐而已吧……

无可否认，在她一个人难过的时候，季晓桐这个意外，尽管闹得人烦，确实也驱散了一些这段日子缠绕在她心里的阴霾。

今天如果季晓桐一个人，她怕是根本不会搭理，偏偏他又带上了那个小鬼头。

常笑百无聊赖地含着个棒棒糖，又兜了几圈，继续漫无目的地在游乐场里转悠，还是没劲啊，索性找了个地方坐下来发呆。

直到身后传来一阵哭声，她才回了神。呃，居然是杰克……当然还有季晓桐那浑蛋……

小屁孩指着她刚刚才玩过的海盗船，铆起劲儿哭，看来是故技重施，让“老大”玩给他看，不过后者明显不肯再妥协。那是，常笑愤愤地想，世上哪有这么多美女的大腿给他掐？

常笑其实是个很热心的家伙，看那小孩哭得撕心裂肺的，只觉得心都软了。

眼看季晓桐僵着脸不肯妥协，她白他一眼，就从椅子上转了个身，扬了扬手中刚刚买的棒棒糖，喊了句：“喂，杰克，看这边。”

她摸出了小孩哭的几种状况，第一种是铁了心只要惹哭他的人哄；第二种是被人哄的时候会哭得更凶；第三种比较没气节，只要有人哄，就会扑上去。

那小鬼显然是第三种，一听她说话，大概想起见过一面，也有点印象，呜哇一声就冲上来勾住她的脖子，害她反而比较尴尬。

其实，她还算陌生人，怎么看都像是……怪……好吧，她承认……怪哥哥。

“乖，不哭了，不哭了啊。”常笑想把他的手拉下来，可小孩箍得很紧，她只得问，“要不要吃糖？”

季晓桐这才慢慢走了上来，看了她一眼，没有伸手抱回杰克，也没开口说话，而是用一种无形的剑气，在和那小鬼较劲。

常笑意外地发现这小鬼的力道特别大，只能自己挪了个方向，将小孩抱了起来，然后瞪了季晓桐一眼。这家伙，自个儿就像个大孩子一样，也不懂得好好安抚一下杰克。

“老大坏！”小鬼整个头都埋进她颈窝，抹了她一颈窝鼻涕。

鼻涕……常笑考虑着要不要把衣服脱给季晓桐，让他带回去洗干净……

算了，她微微一笑，说：“好了好了，老大坏，别哭了。嗯，姐姐带你玩更好玩的好不好？”

“玩那个！就要玩那个！”

“回家。”季晓桐说得波澜不兴。

“呜哇……”小鬼哭得更凶。

这小孩真任性，常笑窘了窘，她拿小孩一向没办法。

最终，为了阻止小鬼不停地用鼻涕涂抹自己，她想了想，望着季晓桐，一脸严肃地开口：“那个海盗船不恐怖的，就来回荡一下！”

其实想想，八成是家里人没空，才把这小鬼扔给季晓桐看着的吧。他肯陪着这小鬼来游乐场，还去玩明显会害怕的过山车，内心其实也是柔软的吧……这么一想，常笑就觉得内心的愤恨淡去不少，那自己就陪陪他们算了。

闻言，季晓桐久久地望着她。

眼看小鬼还是哭闹不停，他迟疑了一下，然后明显有些僵硬，但最终还是妥协，盯着小鬼斩钉截铁道："最后一次。"

常笑啧啧称奇，杰克眼泪收得极快，跟变戏法似的。听说女人的眼泪是武器，她觉得自个儿有必要向杰克请教一下这招必杀技。

把他交给工作人员照看，常笑就和季晓桐再度坐上了海盗船。系安全带的时候，两人才发现要换位置已经晚了，常笑迟疑了一下，认真地建议："你可以抓这个栏杆，不用抓我大腿的。"

季晓桐沉默了一会儿，闷声一应。

海盗船动起来的时候，常笑二话不说把手往旁边季晓桐的大腿上一搁，连裤子带肉狠狠一揪，下手毫不留情！

"我好怕啊！"常笑大吼，怕死人了！

反正，报仇什么的一声吼哇，该出手时就出手啊！

下午，常笑就顺理成章地和季晓桐及那小鬼头并肩同行了。

不用排队的游乐场简直像个天堂，玩什么都酣畅淋漓，常笑原本还堆积在心里的一点点郁闷全部一扫而空，不得不说，她喜欢这一天。

杰克跑了一天，多少还是累了，他和常笑混得烂熟，一整个下午完全脱离他老大，黏在常笑身旁转悠，如今已经累得趴在她肩上睡着了。

天气还有点闷热，常笑背着小杰克往前走了不远就满头大汗，却是心甘情愿，面带微笑。

落日余晖，柔柔暖暖地笼罩着她身后那片游乐场，裹着她其实清秀的脸庞，镀上了一层淡淡的橘红色光影，耳边还充斥着日头未尽逝的喧嚣……

那是季晓桐从未注意过的侧脸……他不由得望着她，微微一愣，觉得心里柔柔腻腻地泛开一层暖流，一时竟收不回视线……

“唉……余非在就好了。”那个被笼罩在夕阳余晖下的女子，突然抬头望天，发出感慨，神情里带着挥之不去的感伤。

闻言，他又是一愣。紧接着，他有几分慌张地收回视线，顿觉好笑地迎视那锋芒尽敛的红日……

是啊，都已经是别人的女人了。

3.

他叹了口气，说：“小姑娘，你在任性。”

这个周末，常笑给已经自力更生的大哥打了个电话，一边念银行卡号一边哭穷，最后怀着感恩的心回了家。

可一回到家，常姑娘就悲伤得差点吃不下饭——仙姑居然联合一家子不理睬她，明摆着还在为她外出旅游却不禀报的事情生气。

常笑哀哀地叹了口气，扒了几口饭，就回卧室装尸体去了。

躺着躺着，她想了想余非，想起他这些日子的不联络，顿时烦郁得胸闷，有些坐立难安。

她蓦地产生一种恍恍惚惚的不确定感，像是上一刻她还和余非一起游荡在草海的碧波之上，她依偎在他怀中……可眨眼之间，就什么都不见了。

想着想着，她的眼眶突然有点湿，但终究没有掉下泪来。

周六，常笑为了博回印象分，一大早就给家里搞卫生。清理洗手间的时候，她不自觉地照了照镜子，想起余妈妈眼中的自己，又不由得长叹一声。

然后，她收拾心情，继续扫地、拖地、抹桌子。干完这些，她整理了书柜，又拽着自个儿第一次写的小说手稿，静坐在一旁阅读起来。

常笑一边看一边窘，想不到青涩时期的自己，写出来的文字居然这么惨不忍睹……当然了，她现在写得也好不了多少……

然后，她发现了夹在泛黄笔记本中的那张集体合影。

其实，她不止一次看过这张照片，她站在第二排女生最中间的位置，笑得很灿烂。而余非站在第四排男生靠左的位置，嘴角是她最熟知的那抹微笑，可他的视线并未迎向镜头。

以前她倒未察觉，如今细细看来，他的视线可是落在……她的身上？

他在看她？

他在看她。

常笑的眼眶无端酸涩起来，像是发现了一个天大的秘密——以前总觉得他照相不专心，以为他天生就是这样的人。

然后，她开始拼命地找以前他们可能同框的那些照片。这一张，那一张……为数不多，可他总像是习惯性地在捕捉她的身影。

他在看她。

她突然想起，其实她并没要求过和他合影，没有一次。她眼眶泛红，蓦地发现自己，好想好想他……

深吸一口气，她猛地冲到床头拿起电话，拨下那个她早背得滚瓜烂熟的号码。可电话接通的那一刻，她又想起了余妈妈，将电话挂断，突然憋出眼泪来。

“余非，我们怎么办……”

常笑兀自掉泪掉得专心，旁边突然传来一声叹息：“哭坟啊。”

她抬头一看，只见三哥常乐也不知什么时候，默默倚在门边。常笑瞄了他一眼，眼泪就像是开闸泄洪般，怎么也抑制不住了。

常乐又站了一会儿，突然掏出手机给谁打了电话，对常笑说了一句“你听”，就又对电话那头的人说：“你说打算怎么办吧。”

常笑只觉得头皮一麻，突然意识到什么，猛地站起来想把常乐推出去。可是，他站得笔直，要把手机递给她，说：“你们总该面对。”

常笑摇了摇头，擦了擦眼泪，哪知道该怎么面对？

常乐“啧”了一声，冲着她的后脑勺拍了下去，火气很大：“哭哭啼啼个屁，小时候都白教你了！”

常笑被打得有点蒙，泪眼婆娑地看着她三哥，顿了一下，蓦地踹了他一脚。

常乐才吐了口气，皱着眉把手机硬塞到她手中，又轻拍了她的脑门一下："待会儿过来把我的房间也打扫一下。"

下一刻，他的房间就响起震耳欲聋的音乐声。

常笑握着手机，看到屏幕上一直维持着通话状态，吸吸鼻子，还是决定同情一下三哥的电话费，才慢吞吞地把手机凑到耳边。

"唉……"

她才一接起电话，余非无端轻轻叹了口气。

她心想，也许余非就一直等待在电话那端，听到了她的吸鼻声，可一声喟叹是什么意思？

她不免有点生气，哑着嗓子问："你叹什么气？"

"你就不管我会心痛？"

他的声音就那样淡淡的，甚至是波澜不兴的，可偏又引出了她的眼泪。她连忙恨恨地说："这个时候，你别油腔滑调的……"

"这个时候是什么时候？"他的语调终于有了波澜，接着又严肃地说，"常笑，我要见你。"

她迟疑很久之后，才说："见了，然后呢？"

"我就是想你……"他说得轻柔，"这个理由不够吗？"

够。她用力眨眼，擦干眼泪，跟他说："老地方见。"

其实她是胡侃的，说这话的时候她脑子有点空白。

她抹了抹眼泪，穿鞋出门，思前想后，还是把自个儿的手机带上了。

出门的时候，她想，常乐要是阻止她，她就使出防狼技巧，还要敲他的头。可是，没良心的常乐仅是在玩他的游戏。

去哪儿呢？常笑脑子里浮现了很多地方，譬如这里，譬如那里。后来，她又想，她到底是什么时候开始喜欢他的？究竟是什么时候……

她知道他的心思，两人的家离得不远，或许在她挂电话的时候，或许在他说想见她的时候，他就准备出门了，去一个不会有彼此家人碰到的地方。

所以，她家楼下不是他和她的老地方。

他家楼下也不是。

可是，哪里才是呢？

想来想去，她突然想起第一次见他的那个考场，那天的阳光，比今天的更为明媚。于是，她出了大铁闸门就开始跑，一路向前跑。

那是市第六中学，学生照常上课，当初的考场作为教室，如今应该被满满地占据着，校门紧闭，传达室的老先生正悠闲地翻着报纸。常笑呼呼地喘着气，汗水沿着面额往下流，湿了衣领。

她绕着学校外围走了走，因建筑老旧，围墙也不高，她随意找了处地方就翻了进去。校道上空荡荡的，没什么人，教学楼不时传来琅琅的读书声，教学楼后的操场上还有学生在上体育课。

她站在校道上突然有些茫然，身后突然传来翻墙落地的声音。她回头，发现余非就在她身后。

她从未看过他满头大汗的样子。不骗人，这么多年来，从未看过。

但他如今满头大汗，头发有些凌乱，不知怎的还有一些憔悴，可他的脸庞依旧英俊。接着，他随性地拍了拍手，往后腰那儿揩了揩，望着她。

出乎意料的生活化。

不知道为什么，常笑觉得，这样的见面，一点惊喜的感觉都没有。可她心里暖暖的。

他那样平静地站在她对面，微微喘息，然后朝她慢慢走近。

该是许久未见，他只觉得所有的思念在一瞬间被填满，上前摸了摸她的脸，问：“还痛不痛？”

闻言，她愣愣地摇了摇头。

“对不起。”那个时候，他不在她身边。

常笑深吸口气，再度摇头。

他叹了口气，说：“小姑娘，你在任性。”

她眼眶一热，说：“糟老头，你在作弊。”

他蓦地扬唇一笑：“你说，将你拎出考场的那个老师还在不在？或许以后我们可以请他喝杯水酒。”

她顿了一下，说：“物是人非哇！”然后伸出手指数了数，“初中三年，高中三年，大学……我们认识……嗯，已经七年了。”

他笑着应声：“嗯。”然后，自然而然地走过来与她并肩。

两人慢慢走着，拐了个弯，就看到一些面容稚嫩的小正太和萝莉在追逐嬉戏。常笑突然感慨道：“现在看他们，就针眼儿那么大。”

闻言，他又是笑笑。

常笑努努嘴，听到不知从哪儿传来的钢琴的声音，突然说：“余非，你给我弹钢琴吧，我要听《命运》《天鹅湖》，还有什么《小夜曲》《沉思曲》《梦幻曲》，你去学。”

他突然沉默，随后看着她轻轻说：“我以为这辈子你都不会开口，常笑，你从来不要求我。”

闻言，她眼眶有些湿润。

余非慢慢走近，伸手摸了摸她的头发，然后轻轻摸了摸她的脸颊。她没头没脑地说：“有汗……”

他轻笑，突然听到身后传来带着狐疑的询问：“你们是？”

常笑“呃”了一声，一见是老师，猛地拉着余非撒腿就跑。

余非虽有点措手不及，但很快反客为主，居然领先在前，改为拖着她跑，常笑心里又是纳闷又是感动。

“等等！你们等一下！”

鬼才等一下！常笑莫名觉得开心，跟在余非身后跑得欢快无比。

两人很快就到了翻进来的那堵围墙前，余非一停，将她一托，让她轻易借力爬上墙头，翻身跃下。随后，他也三两下翻墙过来。

常笑看看他被围墙蹭污的衣服，再对比他平日的形象，突然狠狠地伸手捶了他一拳，拔腿就跑。

他说，她从来不敢要求他。那他是说，他在等她要求他？她可以吗？

这回也没跑多远，她又停了下来，回过身去看他。她吸了口气，突然正视现实，说：“余非，可是阿姨不喜欢我。”

余非轻轻地笑着说："那我喜欢你，这个理由足够吗？"

闻言，她站在那里，愣愣地看着他，很久很久，无法回神。

常笑以为有爱万事足，然而，在看到余妈妈的那一刻，她知道自己错了。

但这次余非站在她身旁，所以，她告诉自己不要怕。可是，余妈妈双臂抱着胸站在她家门口冷冷地睨着她，她怎么不怕？

常乐无奈地摊摊手，并没有开门。还好爸妈不在，否则也不知道会闹出什么事来。

然而，最让她想不到的是，曾尹乔居然也在。仿佛某种秘密被揭穿，常笑深深地不安起来。她好像隐约察觉到这些日子余非究竟面对了什么。

"你……还没出国啊？"愣了愣，常笑窘窘地选择先和小乔姑娘搭话。

曾尹乔轻轻笑了笑，又微微耸了耸肩，像是对她的处境表示同情，里里外外依旧是一副可人的模样。

余妈妈也不废话，见着人，居然就踩着高跟鞋，也不顾众人在场，上前来拉余非的手。

"妈……"

想余非堂堂一介男儿，总不能跟自己母亲使劲，就想要顺从地跟着离开。可常笑不知道自己哪根神经不对，居然一把扣住余非的手，不想让他走。

比力道，余妈妈自然不如她，一来二往地，就把余妈妈气得面红耳赤。

其实，常笑敢以一根黄瓜起誓，她完全没有跟余妈妈对抗的意图，然而手就是自动扣紧了余非的手腕，不拖不拽，也不肯放。

眼看前面的余妈妈使出了吃奶的劲，也没能把儿子拉扯动，余非嘴角竟有几分笑意。

汪臻又费了把劲，狠狠地冲常笑凶了一声："你放手！"

常笑眼看对方动了真格的，心在挣扎……

“我叫你放手！！”

常笑被这么一吼，手就自动松开了。汪臻一个措手不及，脚下高跟鞋一卡，不由得往后一个踉跄。

“妈。”余非不再玩笑，赶紧上前，搀扶住她。

汪臻有种在儿子面前颜面尽失的尴尬，一时也敛不住气，气得个脸红脖子粗，声音一悲戚，人就显出痛心疾首的模样来：“我含辛茹苦地把你拉拔长大，你今日就为了个外人，居然，居然……”

闻言，余非眉头轻蹙。

“是不是要逼死我你才开心？”汪臻这话显然说得过重了，她也不顾，“那你现在是跟我走，还是继续待在这不男不女的家伙身边？啊？”

余非紧抿薄唇，最后看了常笑一眼，说：“我先走了。”并没有直接回答汪臻的话。

“余非……”常笑在身后叫了一句，嘴巴微张。她想说“我不是故意的”。

不料，余非竟板着脸回过身来，大致未将表情调节过来，肃穆得可怕，声调也平板得没有感情：“知道了，你先回去。”

看着他们三个离开的背影，常笑的眼眶突然有些发热。

她好像有一种错觉……他这一走，他和她，就再也回不去了……

4.

是余非说喜欢我的……是他让我相信他的。

事后几天，常笑过得颓靡不振。仙姑时不时会打电话查勤，她总是在电话里强颜欢笑，可任谁都听得出她与过往大不相同。

容兰和倩倩一直想开解她，可是常笑和她们说话，总是故意中气十足，豪迈万分地笑。无论她们说什么大道理，她都无条件地点头称好，也不知道是真懂还是装懂，或者根本就是装不懂。

然而，她在背过身去的时候，一个人寂寂寥寥地缩在角落，看着就叫人心疼。

事实上，她们心里都清楚，余非好几天没来电话了。

容兰和倩倩实在是没办法了，只敢偷偷在仙姑电话打来的时候，小声报告下情况。其余的，也只能靠他们自己解决了。

一连两个周末，常笑都回了家，乖乖地待在家里，哪里也不去。

饶是一屋子神经粗大的男人都察觉了这闺女的不妥，时不时问要不要去哪里玩啊之类的，她的回答一概是“不去”。

“你是不是真的喜欢他？”这个星期天，仙姑从外头回来，雷厉风行的样子，劈头就是一句。

这段时间女儿不开心，她不是看不出来，但也用不着家里几个男人左一句右一句地劝说。

常笑甚至没听清楚问题，就条件反射般点了头。

仙姑“嗯”了一声，说：“那行，把自己收拾一下，跟我走。”

于是，常笑就稀里糊涂地跟着仙姑到了余非家楼下。她蓦地瞪大双眼，感觉有股寒意从脚底蹿上胸口，转化为扑通扑通的急促心跳，扭头就想走。

仙姑一把拽住她，嚷嚷道：“没用的家伙，老娘白教育你了！”然后就拉着她上楼。

常笑被迫走了两步，自然不敢对老妈抗议，只得咬牙硬上。

进电梯之后，仙姑指了下楼层按钮，一脸严肃地示意她去摁。常笑想了想，就把所有楼层都摁亮了……

仙姑黑了黑脸，吸了口气，倒没说什么，而是深深望着她，看不透有什么想法。

常笑沉默着。余非家住九楼，她曾出入多次，甚至还记得第一次跟着余非走进电梯时的兴奋——虽然两家隔得不远，但自个儿住的老式建筑没有电梯这玩意儿。

如今电梯逐层停，她看着电梯门开了又合，突然心里一紧，莫名地有些害怕，低声建议：“妈……我们回去吧。要不，我还给你做饭？”

仙姑看了她一眼，眼见她连久久不用的称呼都搬了出来，突然叹了口气，伸手抚了抚她额前的碎发：“笑笑，妈没别的想法，给你改这名字的时候，就想你笑口常开，开开心心……”

常笑听罢眼眶有点湿，想着一味逃避也不是办法，便咬咬牙，突然狠狠地点了点头。

余非家的门打开的时候，余妈妈俏眉一挑，连外边一层铁门都没打开，就抵着里门，微微勾唇。或许因为上次的冲突，她故意不去看仙姑，说：“哟，是常笑啊，又来吃闭门羹啊？脸皮什么的，跟谁学的啊？挺厚实。”

常笑僵硬着脸，隔着铁门，蓦地行了个九十度的大礼，接着站得笔直，一副严阵以待的样子，吼道：“阿姨好！”

余妈妈愣了愣，大致觉得有些荒谬，抽了抽嘴角：“好什么好！见着你娘俩讨债的，能好到哪里去？”

仙姑吸了口气，往常笑旁边一站，轻轻扣住她的手臂，直直地望向余妈妈，开门见山，言语间倒还算平静：“我们家闺女是个好孩子，人勤快，心眼儿实在，也是个名牌大学生，跟你们余非年龄相当，若你对她装扮上有什么意见，回去我让她多跟同学什么的学习……”

“学什么呀？”余妈妈打断她，瞄了常笑一眼，然后笑了笑，“治标不治本，你家闺女不就这模样了？”说完，就摆出一副欲关门的模样。

见状，仙姑迈了一步上前，试图阻挠她。

常笑瞥见仙姑脚步似乎微微踉跄了一下，眉头一锁，仙姑已经站稳了，急急道：“年轻人的事情，也由不得我们这些老东西插手，你何苦为难他们？”

“为难他们？”余妈妈也不知听进去了多少，自顾自地说，“我儿子从小到大都很听我的话，如今为了她已经三番五次顶撞我，你怎么就不让你宝贝女儿别教唆我儿子为难我？还有，上次是谁把我推倒在地的？我儿子真要把她迎娶过门了，我还不得天天担惊受怕？我个头又不够她高，力气也不如她大，哪打得过？”

"我不会……"

常笑话还未说完，仙姑拉扯了下她，说："我教出来的女儿，绝对不会干这种大逆不道的事……反正……"她咬咬牙，似乎想反驳什么，但又像想到什么似的，生生吞了下去。

"反正什么？哼，谁知道？"余妈妈得理不饶人，轻轻一嗤，"反正大学谈恋爱的，有几个能成？趁早拉倒，我也用不着你们娘俩上门指责我。"

"我没有。"常笑突然插话。

余妈妈蓦地笑了笑，说："常笑啊，我现在可是在跟你妈谈话。"言语中不乏指责她随意插嘴的意思。

"我没有教唆余非为难您。"常笑再次强调，说完，嘴巴抿得死紧。

"可我瞅着就是这么回事！"

"是余非说喜欢我的！"常笑突然硬声道，一米七的个头英挺地站在余妈妈对面，"是他说要和我在一起，是他说等我……"说着，她的情绪越发激动："是他让我相信他的！"

她深吸了一口气，微微红着眼望着余妈妈，身子有一丝僵硬，随后吸吸鼻子硬声道："阿姨，请您跟余非说，要他在摆平您之前，不要再来找我！"

仙姑愣愣地望着自个儿的女儿，显然有些被她唬住了。

余爸爸不知从屋内哪个角落蹿了出来，看那模样不知听进了多少，他站在余妈妈身后以一种不理解的眼神望了过来。

常笑双手紧贴在大腿两侧，又狠狠地行了个九十度的大礼："伯伯好！"

然后，她已不受控制地自胸腔发音，整个楼梯间都清晰可闻："很抱歉，打搅了！"她又深吸一口气，说，"您可以关门了，阿姨！"

最后，她有些僵硬地转过身来，发自肺腑地喊了一声："妈——"泪水已经在她眼眶里打转，声音难免泄露了几分颤抖，"我们走！"

呃？仙姑还没反应过来，就莫名其妙地被女儿拉着往电梯门口撤退。

将仙姑送进电梯，常笑却站在缓缓关闭的电梯门之外，僵硬地点点头，挤出个微笑，说：“妈，我走楼梯！”然后转身噔噔噔地跑进了楼梯口，开始飞速下楼。

等到仙姑有些心急地出了电梯，从大门口出来的时候，刚好看到常笑狂奔的修长背影，不由得愣了愣，觉得有些心疼。

常笑不知道要去哪里，漫无目的地在大街上狂奔。

她有好多好多的眼泪，都没办法流出来。因为妈妈说，只希望她笑口常开，开开心心……

可是，为什么她的心这么痛？痛到连呼吸都变得困难。

为什么人长大了，会有这么多这么多的烦恼？

为什么余妈妈不喜欢她？她不过是一不小心喜欢上了她的儿子。她很乖啊，明明会听余妈妈的话啊。

也不知道跑了多久，跑到全身虚软，她才有些悲戚地抱着马路旁的灯柱，想放声大哭一场，呜呜……灯柱真的好脏……

她吸了吸鼻子，两眼朦胧地愣愣看着眼前川流不息的人群和车辆，看着层层叠叠的高楼大厦，突然觉得自己好寂寞。

心仿佛飘浮着，无所归依。

她唯一可以做的，是咬着牙，赌着一口气，不让眼泪掉下来。

于是，常笑就这样站在喧嚣的街道上，重重喘着粗气。

直到终于缓过气来，她越发茫然地望了望周遭陌生的环境——刚刚她见到路口就转弯，见到斑马线就过马路……这时，她才蓦然发现这个她居住了二十年的城市，原来这么陌生，这么大，相较之下，她竟是这般渺小。

这样想着，她的鼻子又有点酸，一摸身上，除了手机，什么都没带。抬头瞥见道旁那间挂着“甜蜜蜜”招牌的冷饮店，她脑子一热，就走了过去。

是冷饮店呢。如今分明是十月底了，已经入了秋，温度骤降，偏偏这沿海地区天气反复，凉个几天，又热上几天。就像今天，始终艳阳高照，也不知道下个雨什么的来应个景，老天是在讽刺她不是女主角吗？

常笑走过去，刚想进门，不料那自动感应门像是被什么卡住了，竟然纹丝不动。欺负人啊！

她耐着性子在门口等了一下，没反应……离开，再走近，还是没反应……于是，她稍微用力掰了掰玻璃门，仍然没反应……

常笑委屈得差点掉眼泪，长得像男人的女的不能进是不是？她憋着一肚子恨意，僵硬地站在门口，进退不得。

服务员终于感受到常笑的强烈怨气，人还隔着两三米，玻璃门却像是有灵性一般……开了！居然开了！

屋漏偏逢连夜雨，欺负人啊！常笑深吸一口气，昂首挺胸地自服务员面前阔步走过，她就算委屈，也要委屈得有尊严！

眼看那服务员在门口来回走了好多次做实验，玻璃门居然一次都没卡……去他的高科技！

经此插曲，她心中的烦闷多少被冲淡了些，拿着菜单点了几样很好看的甜品，最后拿起手机打开通讯录想找个埋单的人。找来找去，她竟然拨通了季晓桐的号码。

大概是自己不想让倩倩和容兰太担心吧。常笑心想。

不过，自打上次游乐场事件之后，他们确实没联系过了。

电话响了很久，久到她几乎认定那个家伙铁了心不再理她的时候，突然被接通了……她愣了愣，突然不知道要说什么，季晓桐也没说话，两个人都在电话一端沉默着。

只是，这沉默并未维持太久——

“干吗？”那家伙突然吼道，声音明显有几分暴躁，也不知是不是因为接了她的电话。

只不过，就是这有点凶的嗓音，让常笑没来由地放松下来，她并不打算在这个悲惨的时刻同情季晓桐，“嗯”了一声，切入正题：“你……有没有钱？”

“没有！”他重重哼了一声，“有话快说。”

"我在'甜蜜蜜'。"

"去你的！"

常笑一愣，不知道季晓桐为什么这么不爽，只听见他说："你甜蜜蜜关我什么事！"紧接着，电话就被挂断了。

常笑愣了三秒，就又委屈了。

没想到，不到片刻，手机铃声又迅速回响，常笑条件反射般按下接听键。季晓桐的声音在电话那端有种势如破竹的冲击力："说！要多少？"

"什么？"这回换常笑云里雾里了。季晓桐那口气倒也不像针对她，大概这家伙在为自个儿轻易妥协而懊恼吧。

"我说钱！"他似乎不满她的回答，这样的对话再多一些，他会泄露更多的情绪，就直截了当地直奔主题，"你要多少？"不待常笑说话，他又说："借一还十！要是还不起……哼！我告诉你，你的小命就玩完了！"

常笑愣了几秒，突然笑出声来。

"你你你……"季晓桐似乎有些别扭，"不准笑，再笑，借一还二十……还笑？三十！"

当他吼到四十的时候，常笑还是遏止不住地发笑。笑到后来，她的眼泪都控制不住地掉了下来。

那种复杂的感觉缠绕在心头，哪说得清楚？她只觉得，在这样一个下午，认识他这样一个朋友，听他说着乱七八糟的话，感觉还不错。

至少……分散了她的注意力。

5.

这不是受没受伤的问题，这是面子问题。

常笑确实迷路了，至少服务员在便笺上写下"甜蜜蜜"冷饮店地址的时候，那一长串街道名，她基本上没听说过。

待她把地址报给季晓桐之后，服务员刚好送上一小杯甜饮，向她微微一笑："女朋友现在才赶来啊？"看了看她刚刚动了一勺子的冰激凌，继续微笑着说："像你这么喜欢吃甜品的男士不多啊。"

女朋友……男士……常笑像是被泼了一大盆冰水，从头尴尬到脚底板……

她张了张嘴，突然没了兴致去争辩什么，大致余妈妈眼中看到的自己也是如此……于是，她假笑以对，不再说话，继续埋头猛吃。

她一直吃到牙软，光凭感觉就知道时间流逝了不少，久到那服务员有时经过，也会投以同情的目光，似乎认定她被"女朋友"抛弃了。常笑一律当作看不见，只是偶尔把玩着手机，再望望窗外，等一个不久前还和她针锋相对的家伙过来埋单。唉……

这店面不小，常笑吃累了稍作休憩时，抬头看看店内的环境，发现居然一对一对的几乎都是情侣……她突然苦笑起来，难怪服务员会误会。

她强令自己不去想自己方才对余妈妈的顶撞……但是，无论如何，她的措辞是不是有些过分？不能用"摆平"吧……要不要去道个歉？

可是，她并不后悔。因为仙姑在她心中，一直是那个会在舞台上意气风发的演员，而不是像这样，为女儿说句话，却连门都进不去，让人觉得太心疼了。

常笑又坐着胡思乱想了一会儿，余光瞥见有辆的士停在门前，刚在心里揣测着会不会是季晓桐，便见他从前座走出来，随性地站定。

他今天特别招摇，戴着副墨镜，阳光下漆黑的头发有些不羁地飞扬着，远远望去，五官依旧那般立体出众。仅此一站，便惹来过路人纷纷回头。

果然是招蜂引蝶体质啊，常笑叹气。

他向四周望了望，目光最终落在门外的招牌上，皱了皱眉，就大步流星地走了过来。

砰！悲剧突然发生了……混血王子一头撞在玻璃门上，墨镜偏到一旁，他整个人都僵硬了，实在有点滑稽。

常笑微微张大嘴巴，都找不到自己的声音了……

其实，这种事常笑也碰到过，并且深有体会，这不是受没受伤的问题，这是面子问题。

她一瞧，在座的双双对对，或捂嘴偷笑，或尚未回神……她实在是替他觉得丢脸。还好，她刚刚没撞到门，一时间竟觉得上天还是眷顾着她的。

季晓桐愤愤地把墨镜摘下来，这才看清楚擦得通亮的玻璃门，气得发抖。他猛地转身瞪了身后偷笑的路人一眼，突然回身又踹了那玻璃门一脚，想把门踹开。可是，她刚才遭遇的惨剧竟再次上演，那玻璃门被踢了一脚，就像不服气，故意和他作对似的，一动也不动。

于是，季晓桐憋着一肚子气，在门口站定，没反应……他顶着大太阳退后一步，再走近，还是没反应……

最后，他咬咬牙，突然狠狠抓乱了头发，大吼："常笑，你给我滚出来……"

玻璃门突然自动打开，原来是服务员赔着笑朝他迎面走来，明明还隔着好几步路……季晓桐怒火冲天，挥舞着墨镜直吼："你们这什么烂门！长得帅的还不给进是不是？"

声音穿透玻璃门传了进来，所有人都尴尬了，多少有些好奇地东张西望，想看看传说中的女主角。

常笑捂着肚子笑得不能自已，满嘴都是香草冰激凌的味道，狠狠拍着桌子。再抬头时，季晓桐不知何时走了进来，正一脸铁青地瞪着她……

待视线与常笑对上，他不管是不是格调优雅，也不管什么恋爱胜地，就嚷嚷道："别吵！你看你选的什么破地方！"

常笑抬头看他，又看到周遭人一脸尴尬，就强迫自己稍微收敛一点，站起来替他拉开椅子，拍拍他的肩膀，示意他坐下。

季晓桐反复深呼吸，然后把墨镜狠狠地往桌子上一拍，恨恨地一屁股坐下，瞪着她。

常笑又抿嘴笑了笑，想想其实很奇怪，虽然她个性像男生，朋友也不少，但亲密的男性朋友不多，或许是因为余非吧。反正，在很长一段时间内，都只有余非占据着她拜把兄弟的这个位置。

然而，她和余非在一起尚且有不自在的时候，而和季晓桐在一块儿，虽然吵吵闹闹的，但相处久了，心情竟意外地放松。

大概因为身正不怕影子斜，她甚至完全不会顾虑别人的看法。

“想吃什么？”常笑翻了翻菜单，推荐道，“吃冰沙吧。”降降火气。

他白她一眼，见桌子上满目狼藉，便抢过她手中的菜单，赌气道：“为什么你可以吃冰激凌，我却要吃冰沙？”接着就伸手招呼服务员。

先前招呼常笑的服务员又在玻璃门前来回走动，试探玻璃门的灵敏性，听到招呼，忙从吧台上端了一杯冰水，匆匆赶了过来。

“你们那破门趁早换了才好！”

“呃……”服务员有点尴尬，把冰水搁下，赔笑道，“我们的门，今天是有点任性……不过待会儿，我保证不会再有同样的问题！”

“哼！”季晓桐不以为然地哼了一声，指了指菜单，“这个，这个，这个，这个，还有这个！再把桌子收拾一下，要快！”

服务员看了看他，又看了看常笑，然后再次望了望他，欲言又止，最后点了点头，说：“好。”

“这服务员怎么怪里怪气的？”

闻言，常笑抿抿嘴笑了，说：“我知道为什么。”

季晓桐往椅子上一靠：“你闭嘴，别吵我。”说着，就端起冰水喝了一大口。

常笑白他一眼，决定和他一块儿被雷劈。

“因为你刚刚点的东西，先前我全部点过一遍。他发现喜欢吃甜食的‘男士’，你是今天第二个。还有……”她耸耸肩，说道，“他在想我的‘女朋友’为什么看起来像个男的。”

“噗——”一大口冰水应声而出。

常笑猛地把椅子往后一退，倏地站起来，拍了拍未能幸免的衣服，大吼：“季晓桐，你没别的招数了是不是？我往哪儿站，你就往哪儿喷！”说着，往桌子上剩下的甜点一望，“嘿！甜点全部不能吃了！”

季晓桐咳了两声缓过气来，说：“你就不能少呛我两回？”低头一看：“嘿！真不能吃了！”说完就抬头瞪她。

两人相望几眼，愣了愣，然后心有灵犀般，突然都开口笑出声来。

季晓桐的笑颜宛若初升的太阳，梨涡浅现，眼眸弯弯，长长的睫毛密密地卷着，很是迷人。食色性也，常笑难免多看了一眼，心想这杀伤力不小，忙别开视线，稍微收敛了点神色又坐了下来。

她一瞅桌面——这下真是满目狼藉，重重哼了一声：“还好我这次吸取了以往的教训，身手敏捷。”又挺诚恳地说：“我发现，你笑起来挺好看的。”

季晓桐顿了一下，大致花时间琢磨了一下她的言下之意，脸颊突然闪过一抹可疑的红晕，轻嗤一声：“我不笑起来也很好看。”

“嗯，”常笑心眼儿实，实话实说，“这倒是事实。”

季晓桐莫名地尴尬起来，突然伸手朝常笑的后脑勺重重拍了一下：“不要命了你！”

常笑被拍得莫名其妙，愣了愣，火气上扬，本是握拳打算报复，却看到季晓桐把视线偏到一旁，摆出一张酷酷的不屑被“赞赏”的脸，觉得有种熟悉感。

她蓦地想起楼下某小鬼害羞起来，也是这种神情，这家伙其实真的没长大吧……

而且，他还真是脸皮薄得可以，当初亲她一下，也是脸红脖子粗的，难怪他那票兄弟都说他是个纯情的家伙。

常笑斟酌了一下，看在他长途跋涉替她埋单的分上，这才决定放他一马。

只不过，她也没忘在他面前故意狠狠地缓缓捏了捏拳头，虽然制造不出骨头咯吱咯吱响的效果，但聊以威慑，免得他以为她好欺负。

见状，季晓桐只是持续一脸的不屑。

甜点很快就送了上来，季晓桐口味和她异常接近，勺子一舀，也顾不上其他，就大口送进嘴里。常笑吃得已经有些饱，随便一个嗝，不是菠萝味就是红豆味，她索性停下来看着季晓桐吃。

这家伙的皮肤也太好了点吧，常笑有些愤愤不平地想。季晓桐装作不在意她目光的样子，眼神却有点飘忽。

夏天和冰激凌的搭配，多少缓和了常笑的烦郁。但接下来伴随着手机铃声出现的那个来电显示，让她好不容易才恢复的心情，在顷刻间跌回了谷底。

常笑突然有点不想听到余非的声音，连带着呼吸也有点沉重，看着手机愣愣地发呆。

有多久？久到她几乎快……快绝望了。

季晓桐也察觉了她情绪上的这些改变，停下动作，望望她，尚属平静地提醒她："电话。"

常笑用求助的眼神望了他一眼，眼眶又微微有些湿润，她害怕……怕自己一接电话，会忍不住哭出来……

为什么恋爱不能是简简单单的两个人的事情？为什么她走向王子的这几步路，还得披荆斩棘，翻雪山，过大河，杀巨龙？

电话因为过久未接而停止喧闹，不一会儿，铃声又锲而不舍地继续响起。她想到今天自己为爱情所做的无谓挣扎，隐隐露出苦涩的笑，还是按下了接听键。

"现在在哪里？"

果然……如今听到他的声音，她鼻子一酸，竟想逃避，沉默了一会儿，不知道该说什么。

"今天上我家了，是吗？"余非并未执意追问她在哪里，却顺理成章地转移了话题。

常笑心跳突然加速，迟疑了一下，说："嗯。"为什么他都不问问她这些日子过得好不好……

"我妈说什么了？"

"没说什么。"

"嗯，"余非的声音显得很平静，"那你说什么了？"

面对他的平静，常笑突然有些害怕——他总是波澜不兴，一副置身事外的模样，因而两个人的世界，她永远都是先失去理智的那个……

两人这种控制情绪、处理方式上的落差，她光是想想，都觉得……可怕……

“我说，我说……”常笑觉得喉咙有点干涩，脑子乱糟糟的，竟然拼凑不出一句完整的话。她完全不知道该如何向他描述这件事，不知道该如何表达清楚她当时的心情。

常笑沉默了许久，明知道他在等她的答案，还是选择忍住一股脑儿的酸涩，说：“我……不想再提了。”

这答案宛若在他意料之中，他依旧表现得平静，说出来的，像是一句准备已久的话：“你不能总是一味逃避。”

那声音很轻，却一拳一拳重重击在她心上。

紧接着，他又说：“我们是该好好谈一谈了。”

第六部分

1.

全世界都能不相信她，只有他不能。

谈一谈？常笑愣愣地听着他说话，不由自主地问：“谈什么？”

“我爸说，你用词有点过分了。”余非的声音突然有些疲惫，也不拐弯抹角，“这段时间我妈火气有点大，这个时候，你去找她，无疑是火上浇油……”

所以，就放任两人之间冷却吗？常笑突然有种想笑的冲动，方才忍了许久的情绪，在他平静而疲惫的声线中，突然全线崩溃。她下意识地扬起嘴角，眼泪却簌簌地往外掉，不由自主地争辩：“我没有火上浇油……”

“我不是怪你……”

面对他平淡的口吻，常笑轻哼了一声，深吸一口气，问：“那你怪谁？”

余非沉默了一下，说：“这个时候，你还要和我斗气吗？”他的声音也失去了以往丝丝的温暖，有种平铺直叙的冷淡，“常笑，那个是我母亲，如果可能的话，将来也会是你的母亲……”

常笑听出他声音里蕴藏着的些许责备——责备她不懂事。

“可能”这两个字，本来就包含了无限可能……

也不知是不是方才冷饮和甜点吃得太多，常笑觉得胃突然一阵紧缩，就要命似的剧烈疼痛起来。她死死地咬着下唇，用力揩去眼泪，直到脸颊火辣辣地发烧。

可这些都不算什么，她紧揪的心更痛。

季晓桐突然一把扣住她凌虐自己的手，常笑泪眼模糊地望着他，竟无力抽回手，仅能用力地呼吸着，试图忍下那源源不绝的痛。随后，她有些麻木地应了一声：“或许你妈说得对，大学谈恋爱的，没几个能成的。”

“常笑，我现在不想听赌气的话。”

常笑也不知道为什么他以往柔情百般的声音，如今听来竟是那么冰冷。

然后，她听见他冷冷地说：“道个歉，我陪你。”

闻言，常笑没忍住，溢出一声抽泣。不知为什么，她今天所受的所有委屈，都比不上他这句话所带来的多。

她明明也考虑过这个问题，她也觉得措辞有所不当，可话到嘴边时，她说：“我不……”

“常笑，”余非稍微加重了语调，像是并未因她的哭声而心软，“你以前不是这样的。”

“余非……”

“道歉。”

“余……非……”

常笑突然觉得受不了，全身一激灵，像被人狠狠揍了一下——全世界都可以误解她，不懂她，可他是余非啊，是和她相识这么多年的余非啊，是说在等她，要她相信他的余非啊！

眼泪模糊了所有的景象，她在手机这边无声地掉着眼泪，手紧紧地抓着手机，像抓着一根救命稻草……

“那是不是，在我‘摆平’我妈之前，不要再来找你？”

余非语调淡淡的，在她听来却没来由地宛如寒冬里冷冽的风，刮得她心痛。

她的眼泪，不受控制地泛滥成灾。

“是不是？”余非的话再一次击在她心上。

季晓桐一言不发地夺过她的手机，按下挂断键，然后把桌子上的冰激凌往她面前一推，干脆利落地说：“吃！”

常笑泪眼婆娑地看着握在季晓桐手里的手机，心里只有一个念头：挂断了……

她下意识地舀了一勺冰激凌送进口里，或许和着眼泪的味道，有些许苦涩——可是，他没有再打过来……

常笑吃了两口，把冰激凌又往季晓桐那边推了一下，吸了吸鼻子，擦了擦眼泪，轻轻挤出两个字：“谢谢。”然后，她捂着抽搐的胃部，看着他问：“可不可以，陪我看电影？”

呜……她现在好想看恐怖片……

认识季晓桐的人都知道，他其实是个粗神经的家伙。

粗神经的人有个好处，他们认准一件事，就会比别人更容易集中精力去干这件事。加上遗传自他父母的智商和运动细胞，所以季晓桐的学习和体育成绩一直都不赖。尤其是他还有一张出众的俊脸，于是这种种的出类拔萃，轻易成就了他作为各阶段风云人物的光辉形象。

于是乎，打从懂事开始，他经常会成为女生的讨论重点，有时会莫名其妙地沦为争风吃醋的中心，偶尔还会被无端贴上“狠心肠”“没良心”这类标签。因而，这又要谈到粗神经的第二个好处，那就是种种议论，他都不会放在心上，由别人去说。

当然，他也体会不到女生敏感脆弱的玻璃心啊，细腻柔和的羞怯情怀什么的。拒绝别人的时候，他通常都直截了当、干脆利落，没什么顾及情面一说，所以他慢慢就成为了别人眼中眼界奇高、要求极挑的超难攻陷对象。

随便翻翻学校论坛上关于他对女朋友的要求的传闻，所列条款几乎到了苛刻的境界。

但显然，他所谓的洒脱，所谓的苛刻，都在遇到常笑这个神经更粗的家伙时，宣告结束。天知道为什么，他居然会开始习惯性地想起她。

理智告诉他要彻底摆脱这种心理上的劣势，然而他就是没办法去拒绝这个明明粗神经，面对爱情却敏感得一塌糊涂，还长得不太像女人的女人。刚才见到她伤心，他竟有种想抹掉她眼泪的冲动。

所以，季晓桐觉得自己八成是疯了。

于是，他叹了口气，带着不知怎么产生的认命的感觉，在烈日下陪着常笑由地铁转公交车，然后风尘仆仆地站在电影院前面。他本想随便看部什么片子，当作休息就算了，结果常笑居然皱着眉头，没头没脑地又说要离开。

那天下午，他像个傻瓜一样，陪着她四处转悠。然后，他觉得自己，可能一辈子，也没办法摆脱这个叫作常笑的男人婆了。

常笑自幼就是个逞强的人，回到学校，恢复晨跑，认真上课，独自去图书馆自习，然后一个人吃饭，再一个人写她的小说。

虽然还是会有些难过，虽然还是会不自觉地翻看手机消息，虽然还在等着谁的电话，但这些都不应该影响她，她必须学会坚强。

后来，突如其来的一场秋雨，肆虐了整个城市。整个天空都是湿漉漉的，仿佛前些日子的回暖像一场梦。

常笑并不觉得意外，毕竟已进入了十一月，北方的某些城市，甚至已经开始下雪。偷赚了这些晴天，她觉得很满足。

仿佛某些期盼也终于秋天。

常笑心血来潮，一个人把寝室里里外外都打扫干净，又一瞥衣柜——一柜子的短袖T恤似乎不再能派上用场，于是非常贤良淑德地把一件一件按颜色归类，再照标准折叠方法折好，熟稔地堆放进储物箱内。

“喂！”容兰一边吃着方便面，一边分心瞄了瞄电脑屏幕上播放的美剧，指示道，“常姑娘，待会儿帮我把我的也弄一下。”

"哦。"

"还有我的，谢谢！"倩倩一边接电话，一边抬起头来嚷嚷。

"好。"

容兰吹着面条，突然耍狠，冷哼道："谁跟我抢常笑，我灭了谁。"

倩倩哼了一声："滚你的，吃你的面条！"然后捂住话筒，朝常笑感慨："笑笑，你要是个男的多好啊，我一定嫁给你啊，老公大人。"

常笑摸了摸鼻子，说："我不当男的。"

倩倩无所谓地叹气，说："那你说我要是个男的多好啊，我一定要娶你啊，老婆大人。"

常笑抿嘴偷笑，不知怎的，看起来非常贤淑的样子。

啧啧，倩倩不知怎的看出了她的几分女人味，猛地对着话筒吼："你看人家常笑，大小事宜处理得又干净又利索，还长得高大英俊，又能当保姆，又能做保镖，又能装新郎，又能当新娘，以后还能当爸又当妈，你反省了没？"

寝室里一阵嬉笑，容兰突然想到什么，敛了笑，双眼盯着屏幕，装作不经意地问起："余非这段时间是不是没找你？"

闻言，常笑手下的动作顿了一下，点了点头，故作轻松地"嗯"了一声。

"你……真的不要给他打个电话吗？"容兰看着她，建议道。都两个星期了吧，这个男人真可怕，真能忍啊。

常笑吸了口气，说："就算打了，问题还是存在啊。"

倩倩不知何时也挂断了电话，凑过来说："说真的，余非的妈妈真的很可怕，那天吓到我了。果然有其母必有其子啊。"

常笑拍了拍她，示意她不要乱说话。更可怕的，她不是没见过……然后，她继续折叠手中的衣服。

容兰又问："传闻你最近和季晓桐出双入对，是真的吗？"

"啊？"常笑纳闷，"我只是不小心会和他碰上而已啦。"

"是吗？"容兰一脸怀疑。

倩倩再次感慨道："你说季大帅哥要是常常能和我不期而遇，多好啊！”

“去你的，你破花有主了！”

容兰挑了挑眉，又看着常笑说：“那你要不要装作偶尔不经意地和余非不期而遇？虽然我不大喜欢他，但你们不能总这样下去，对吧？”

常笑认真地想了想，点了头。

都半个月没见面了，她确实想他了，余小非。

余非的寝室所在，常笑闭着眼睛都能走过去，可是最近，双腿像是有意识一般，刻意避开了他大概会出现的活动范围。

这一次，也不知做了多少心理建设，走三步又退两步地，才慢慢挪进了余非的活动范围。

他的课程表她特地背熟了，今天早上他一二节有课，所以他一定会在那个时间去饭堂买早餐。而她，只需要在他出现的时候，装作吃完早餐走出饭堂，就能正面和他碰上。

常笑一大早就去食堂坐着，她是第一个到的。平日里乱糟糟的饭堂，而今只有穿白色后勤服的阿姨在忙活着，碗盆磕碰着发出声响。她心里仿佛装着十万只跳蚤，它们争前恐后地扰乱着她的心跳，她的呼吸。

她看看时间，才不到六点半。等待，连一分一秒都变成了煎熬。

六点四十分，终于三三两两地出现了早起的学生。

六点五十五分，人终于多起来了，饭堂终于脱离了安静。

七点，一对情侣从她面前卿卿我我地走过。

七点十分，她看到了余非……

终于，她摸了摸胸口，心跳还算平稳……还好他出现了，她现在竟然有点害怕面对他。

这大半个小时，她一直忐忑地坐在离门口不远的桌子旁，胡乱搅着一份白粥。自他出现，她便移不开视线，但再看他几眼，她不知怎的越发有些心慌意乱。大致是因为，他俊俏的脸虽一如往昔，却散发着温和而疏离的气息。

以前他看她时，不是这样的表情。

他显然是看到了常笑，可因为他的眼神没有停留，她不想冒险，怕与他错过，赶紧握了握拳站起来，急急走出座位，站在过道上，看着他一步一步靠近。

他显然再次看到了她。然而，那双黑白分明的双眸，仅仅再一次，再一次浅浅看了她一眼，目光就移向了别处。

“余非！这边！”

这个时候的饭堂，并没有中午时分那种争先恐后的杂乱，但环境也是嘈杂的。锅碗瓢盆磕磕碰碰的清脆声音，人与人的交谈声，读取饭卡时此起彼伏的嘀嘀声……融合成一曲紊乱却有序的交响乐。

而那清亮的女声，竟悠悠地穿透了这一切，传进了她的耳朵。

2.

这女人现在我来罩着。

余非没有再看常笑，宛若当她是透明人一般，继续维持着原有的步伐节奏，一步两步三步……与她真正地擦肩而过。

她无法动弹，僵硬在原地。仿佛刚才，她在他面前，上演了一出可笑的独角戏。

她没有回头，也不敢回头，却仿佛清晰地听见他走向那个女人的脚步声，听见女人开心的回应声，甚至听见他未做拒绝，坐下的窸窣声。

她突然感觉迎面走来的所有人都好像在看她，所有看她的视线都夹杂着讽刺。讽刺着她的自不量力，讽刺着她的……自作多情。

“常笑，我早就比你高了。所以，你可以尝试依赖我。”

“常笑，我们要接吻吗？”

“常笑，我等你很久了。”

“想过要嫁给我吗？”

“我等你。”

他的一言一语都清晰如昨，他的一举一动都历历在目。可就在刚才，他无视了她，走向了另外一个女人。

常笑很想哭，不知为什么，眼眶却干干涩涩的，一点泪水都挤不出来。她不由得僵硬在原地。

不久之前，她还是个自信的人，天塌下来可以当被子盖，走到哪儿都是抬头挺胸，而且自由自在地大口呼吸。可因为他，因为他突然的告白和感情的激发，她瞬间暴露了自己所有的不自信。

她犹豫，她不安，她忐忑，她害怕，她和他并肩走着，竟然会有种想要避开其他人视线的冲动……或许她只是认可了余妈妈隐藏的台词——她配不上他。

她哪里配得上他？她个头太高，身板太直，中气太足，性子太粗。他们走在一块儿，怎么也不像一对情侣。

可她只是喜欢他啊，为什么他要把她推出去，让她一个人去面对各方面的压力？

她毕竟只是个小女人，她也想他为她遮风挡雨，她犯了错也想要耍赖，她也想像容兰那样，无缘无故地使使性子，大半夜给男朋友打电话，只为了喝一碗绿豆沙。

或许他真的喜欢过她。喜欢她的……脸？身高？打杂能力？抑或直来直去的性子？总不会是欣赏她天马行空的写作“才华”。

想想，她突然觉得有些好笑，她自嘲般笑笑，连她自己都想不出个像样的理由，还是说，所有的理由都不过是借口？

她深吸了一口气，有些僵硬地转身，装作不在乎地瞄了一眼那一对看起来极像情侣的男女。但那个男人，明明不久前刚成为她的男朋友。

果然是孙恬恬。她有些失神地想着，这两人怎么看都比她和他相称啊。随即，她便勾勾嘴角，自嘲一笑。

余非如今一直背对着她，像是铁了心一般，没有回头看她一眼。反倒是孙恬恬，那双俏美的双眼，貌似不经意地看向她，然后双眼微眯，满是挑衅的意味。

常笑自然读懂了这种挑衅——孙恬恬自认为在某件事上占了上风，

拥有她所欠缺的自信。

常笑突然很想走过去，把余非拉起来，拽住他的衣襟，说一些豪气干云的话，或者要要狠，抓住餐桌上的什么摔过去，宣告主权。然而，她凭什么逞能？

眼眶依旧干涩得很，她甚至有些麻木地坐回刚刚的位置，满脑子只有一个念头：浪费可耻，要把碗里的粥吃完。

然而，老早打好的白粥，早已被这初秋微凉的风，吹走了残余的温度。她明明一直在搅拌，但还没煮烂的米粒还是沉入碗底，看着淡而无味。

她强迫自己集中精力，一口一口把粥送入嘴里，只觉得胃里翻腾得难受。电话铃声恰好在这个时候响起，屏幕上闪烁着的是属于季晓桐的特有名字——大蒜先生。

仿佛跌入海底，幸遇浮木，她有些迫不及待地接起电话。季晓桐的声音有点喘："你人呢？"

"没去……"常笑一开腔，不知怎的有些哽咽，音调变得怪异无比，她调节了一下情绪，宛若诉苦般说道，"今天食堂的粥好难吃……太难吃了。"

他沉默了一下，问："哪一间？"

"同心园……"

"你等我。"说完，电话就被他迅速挂断。

常笑突然有些恍惚，这句话像是触碰到了她的某根神经——余非总是说他在等她，可是他知不知道……她追他追得好辛苦。

她突然不知道自己还在这油烟密布的地方坚持着什么，仿佛坐在这里，就可以展示她的不在乎。

可她明明不是要和余非斗气啊，她来是想打破两人冷战局面的啊……她只想回到最初，回到那些阳光灿烂的日子，理直气壮地走上前，拍拍他的肩膀，大吼一声"余非"，然后站在他旁边得意地笑。

然而，那种直觉突然越演越烈，他和她，都回不去了……

再也回不去。

耳边突然传来旁边桌子围聚的几个女生小心而兴奋的讨论。常笑顺着她们的视线看去，发现季晓桐已经站在门口东张西望，微微有点喘，似乎在找人。

来得真快。她望着他，不知道他在着急什么。

他此刻明摆着是一副刚刚晨跑完的样子，红光满面，汗湿的头发有些不羁地贴在额前，一双深邃的眼眸半眯着，下弯的嘴角略显不耐烦，整个人立体而耀眼。不得不说，放眼整个C大，确实难以找到能在相貌上与他抗衡的男生。

只是，在她眼中，余非才是她的独一无二。

那个收敛大部分光芒和气势，教她“枪打出头鸟”的男人，总喜欢默默蛰伏在所有人的身后，不紧不慢地看着一切，统揽全局。

她害怕地想，或许，她不过是他人生计划的某一个部分。

季晓桐先看到孙恬恬那一桌，然后才望过来，神色突然多了一抹常笑所不解的愤慨。紧接着，他大跨步走到她身边，皱着眉头看她，脸色顿时沉了下来，张口就骂：“把你那欲哭无泪的黛玉脸收起来，跟我走。”

说完，见她还没动静，季晓桐沉不住气，一把拽住她的手臂，将她从位置上拉扯起来，几乎是恨铁不成钢地说：“走！”

常笑摇摇晃晃地被他拉扯起来，感受到四周投来的视线，几乎是条件反射般往余非的方向望了一眼。然而，他还是没有回头。

这一刻，她也不知该哭还是该笑，只得任由季晓桐抓住自己的手臂，跟着他朝门口走去。

“碗碟还没收……”她突然开口。这样会被值勤员骂的……

“你别管，总有人会收拾！”

他说的这是什么话……常笑只感觉耳朵被震得嗡嗡作响。

又走了几步，身后突然传来那一道熟悉得一塌糊涂的声音：“你要去哪里？”

那斯文而平淡的男中音，有一瞬间让她觉得恍若隔世。

这一次，换她没有回头。季晓桐有力的大掌使出的力道，让她生疼，同时也提醒着她刚才的种种。

她多想从余非的声音中听到波澜，可是并没有。说话时依旧不紧不慢，仿佛他并不在意。

所以，她不得不问自己，怎么还是停住了脚步？

季晓桐一时拉不动她，也停了下来，回过身看着她，一字一句地说："我说，走！"言语中有种不容拒绝的坚定。

常笑脑子乱得很，眼看季晓桐此刻的表情太过认真，她居然下意识地微微点头，身子被他再一拉扯，脚步一松，就又开始跟着他向前走。

去哪里？她也不知道。

而且，也不知道为什么，多走了几步，她的心突然疾速蹦跳起来。接着，她感觉身后源源不绝的压迫力袭来，压得她有些透不过气。

"常笑。"余非突然开口，语调里终于添了几许威胁。

感觉到被拉扯的人儿居然听话地又是脚步一顿，季晓桐蓦地也停下脚步，使劲将她往自个儿身边一带，冷冷地抽了抽嘴角，直直对上余非的脸，一副"这女人现在我来罩着"的架势，冷冷地问："有事？"

余非压根不瞄季晓桐一眼，看着常笑，轻轻地挤出两个字："够了。"声音透着几分疲惫。

这些日子的僵持，猜测，不安，可笑的报复，都够了……

季晓桐虽然完全不理解这两个人之前的相处模式，只知道如今这男人高高在上又目中无人的样子让他更是来气，他瞪了一眼这个下意识地屏息的女人，心想：哼，现在就算你要留下，我也绝对会把你敲晕了扛走！

"走！"季晓桐继续前进，才意识到常笑竟未反对，脚步已是跟了上来。他这才又回头睨了余非一眼，无声地嗤笑。

常笑只知道自己现在没办法思考，甚至对于目的地都是茫然的，仅下意识地跟紧前面的脚步。同时，她也误会了余非的意思。

够了……什么够了？

直到鼻子再也闻不到饭堂那种特殊的油烟味，常笑才意识到那压力或许来自余非，因为他会生气。他生气是因为……他在等着她，而她没有主动讨好他。

眼眶热热的，她像是不需要任何理由就可以放声大哭一场……

好累。这样的感觉，真的好累。

“你居然允许他坐在别的女人旁边，共进早餐？是你疯了还是我看错了？”大概是觉得走得足够远了，季晓桐突然压着嗓子开口。

他的手还是钳制着她的手臂，她没有挣脱，只是她不懂他为什么要这样，她现在脑子里已然装不下别人。

“喂！”季晓桐久久不等到回应，又愤愤地冲她轻吼。

常笑突然叹了口气，幽幽地道：“我也会和你共进早餐。”竟是下意识地帮余非辩解。

“那不一样！”季晓桐终于放开了手，回过身来瞪她，“白痴也看得出那个孙恬恬对那个家伙有企图！而且，他明知道你在旁边，居然默许了这种企图！”

常笑的眼眶越发温热泛红，她却突然倔强地望着他，一言不发。

季晓桐感觉自己想暴走，火气十足地问：“你就没有脾气？早些时候，你不还为了部破电脑，大费周章地来找我寻仇吗？如今你的火气上哪儿去了？你这个白痴，我随随便便干了些什么，你就挑剔这挑剔那的，把我气得半死，而他干什么，你都忍，你的脑子是泡过水吗？那个皮笑肉不笑的僵尸，到底有哪里好？搞半天你还是睁眼瞎……”

常笑傻愣愣地听着他劈头一顿痛骂，一滴豆大的泪滴，毫无预警地涌出她的眼眶。

季晓桐本来还有一肚子话，见状突然僵在了原地，语锋一转：“嘿，你哭什么哭！”

“我已经很难过了！”常笑冲他一吼，语调迅速一转，透着藏不住的委屈劲儿，“你还骂我……”说罢，她鼻子一抽，眼泪一发不可收拾。

“我没有！”季晓桐突然百分尴尬，决定死不认账。

“你骂了……”

“我没有！”

“你骂了！”常笑抬眸瞪了他一眼，“你就是骂了！”

“我没有！就没有！”

他突然感受到校道上路人甲乙丙的视线，皱着眉头迁怒道：“嘿，看什么看？没看过帅哥教育小孩？”

常笑原本哭得专心，听到这话却没忍住，“扑哧”一声笑了，然后哭得更凶。

她那哭得肆无忌惮的样子，季晓桐看得越发窘迫，毕竟常笑姑娘是这身高模样不是？看起来怪别扭的。

又过了一阵，季晓桐被她哭得莫名地焦躁起来。他不是没见过女孩哭，如今却被一个长得如此男性化的家伙弄得心烦意乱……

于是，他手忙脚乱地劈头就凶她，语带威胁：“你这女人，别哭了！”

常笑竟听话地收住了大哭，抽泣了两下，红着眼安静地望着他。

这让他的神情更加别扭，常笑的手机铃声突然响起来，他宛若碰到救星，果断地下令：“接电话！”

常笑沉默了一会儿，也没看来电显示，就接了起来。听到对方呼吸声的那一刻，她不用听声音也知道是谁，就倔强地咬着下唇，不肯再哭出声来。

两人在电话两端僵持着。常笑铁了心，不主动挂断，也决不抢在他之前开口。

终于，他妥协了。

他的声音，多少比刚才多了起伏，有些许疲惫，有些许倦怠，还有些许她不易察觉的哀伤，只是他克制得极好。他说：“这个时候，你不但允许他出现，还让他带走了你？”

常笑只觉得刺耳，那言语中似是不满，又带着讽刺。

这让她想起季大帅哥刚才的教训，想起这个男人确实是无视了她，和另外一个女人坐在一起共进早餐，无论原因是什么，还是让人难以接受。

想到这儿，常笑也不知哪来的勇气，重重地哼了一声："那在他出现之前，你做了些什么？你不但允许她出现，还让她坐在你身边？"

余非像是隐忍着某些事，语调终于较之以往，升了两个音调。

"这些日子，你经常如此，"然后，他语调陡然一转，归于平淡，"不是吗？"

常笑猛地吸了口气，感觉怒意从胸腔涌至喉咙，但还是压抑着："那么，余非，这些日子……"她突然愤怒无比地吼道："你在哪里？"

接着，她狠狠拿开手机，不知道是怎么样的冲动，让她猛地将手机往地上一摔！手机顿时四分五裂。

摔完，她又狠狠掉下了几滴眼泪，蹲下来双臂抱着膝，一脸无助的样子。

"喂……"季晓桐忍不住出声。

"别吵！"

"你没事吧？"

常笑两眼朦胧地抬头，迁怒般瞪了他一眼：我看起来像没事的样子吗？你说话就不能有点创意？

可对上季晓桐皱着眉头有点担心的样子，她的火气一下子又萎了下来……算了……她狠狠地抹了把眼泪，可紧接着她像是更为心酸，语调蓦地更为哽咽，甚至夹着几分悲戚："我摔没了两千块钱……"

闻言，季晓桐很是无语。

"两千块钱……我妈会杀死我的……"

季晓桐欲张嘴，却找不到话说。

3.

其实她不怎么哭的，可每一次哭泣，为什么他都在身旁？

常笑是那种传说中的牛脾气，一拗起来，玉皇大帝出马也没商量。先前她在心态上一直处于劣势，譬如想的是怎么和余非和好，怎么解决问题，怎么能完美地道歉，但现在……看着被她摔坏的手机，虽然还能勉强接听电话，但她已经决定不会轻易原谅那个在相识相处的这几年中，把她吃得死死的男人！

没错，她愤然发现，这么多年，和余非相熟之后，她一直处于讨好他的位置，而他说一，她从不说二，一切都按照他的计划进行。

可是，她常笑才不是男人可以一手掌控的女人！

想到这儿，她也不知为何思如泉涌。当天晚上，她晚自习也不去了，坐在电脑面前，专心敲打她那卡了很久的爱情小说。

——没有爱情的时候，她天天期待，充满了幻想。想不通热恋中的人，为何会为了鸡毛蒜皮的事情争得面红耳赤。于是，当爱情真正来临时，她终于发现，有时候争吵，并不是因为事情本身，而是想知道——你，重不重视我？

会不会为了我，做一些区别于以往的忍让？

心态改变之后，常笑觉得要放松自己，于是跟着容兰和倩倩去校外的酒吧玩。灯红酒绿的，果然能让人心情放松。

而且，常笑发现了一件事：因为是好朋友，所以她已经不会再无厘头地拒绝那个叫季晓桐的家伙——好朋友等同于容兰，等同于倩倩，而季晓桐，只是刚好，性别为男而已。

这么一想，她又心安理得起来。

只不过，有时半夜关电脑的时候，余非弄的桌面背景，还是会刺痛她的某根神经。于是，她又把桌面背景换了。

学校论坛还是热闹非凡。

自打上次之后，常笑习惯了每次开机都去学校论坛看看。因而，看到自己又成为新闻热点，占据着论坛的一大块版面时，她真的怀疑有狗仔队在身边。不然，她怎么可能事事被人追踪？

真的是，在有照相功能的手机泛滥的年代，干什么都可能不是秘密。

她再一次成为被抨击的对象。

“东方不败”泪洒校园，“任我行”手足无措，迁怒路人！

今天在饭堂看到非常精彩的一幕！！

请问你们说的那个常笑到底是什么人啊？求解答！

大家看看，她是不是脚踏两条船啊？

常笑刷着刷着，发现甚至还有不明真相的群众恶意辱骂她。只是，很奇怪，这次她甚至没有机会回复，因为压根轮不到她出手——论坛如今像是被什么人监控着，往往这些帖子出现不到几分钟，就会消失得无影无踪。后来叫嚣着的那些 ID 居然都没办法发言，于是乎，隔一段时间就会出现几个新的 ID 在跟帖抱怨，问为什么会无端被封 ID。

然后，就突然有人冒出来回复：“再吵就封 IP，让你剩下的大学时光都没法上网！以此帖立誓，说到做到。”

于是，这个帖子就彻底沉寂了。这让常笑乐不可支。

倩倩在旁边说她变态，这种情况当事人通常会选择眼不见为净，哪像她居然守在电脑旁边一个帖子一个帖子地刷新，还能笑出声来？

常笑心想：倩倩当然不懂，这些都是很好的写作素材，群众的创造能力果然是无穷大的啊。

不过，关于有人在默默维护她这件事，她不得不想到季晓桐，毕竟他是计算机系的才子。

之后和他通电话时，她也问起了这件事，那家伙居然说通常高手出手，不流于表面，而是在于威慑作用。她想了想，就觉得先前她的电脑被黑，确实不像他的作风。

而后，在他的阻挠之下，论坛很快就又沉寂了下来。“常笑”这两个字，甚至成了禁忌。这倒是一件奇事。

后来，常笑就再也没去逛过论坛了。

时间过得很快，最明显的体现就是衣服越穿越多。

常笑二十岁的生日过得很简单，收到了分别来自容兰和倩倩的礼物，容兰送的是贴身衣物，倩倩给她买了一个精美的发夹。相对而言，全班同学合送的怪物史瑞克模型就显得正常很多。

最让她感动的是全班同学的心意卡，上面写满了乱七八糟的让人啼笑皆非却十分窝心的话。

只是，少了余非每年必到的礼物，她心里还是有些难受——久久挥之不去。

那一次争执，居然把她和余非逼到一个无法转圜的局面，仿佛谁先走一步，谁就会输得一败涂地。

常笑突然无比怀念那个会笑着逗弄她的男人。他是不是，回不来了？

生日蜡烛吹灭之后，又过了些日子，就到圣诞节了。

今年的圣诞节是星期六，容兰和倩倩一大清早就爬了起来，据说是要和男朋友去开始圣诞之旅。

她们口头上也问了常笑要不要一起去，但这毕竟也是某种意义上的情人节，街上的玫瑰都卖二十元一朵，恋爱氛围那么浓厚，她哪会笨得凑上去当电灯泡？

她情绪莫名地有些差，窝在床上，不想爬起来。

倩倩和容兰又收拾了一会儿，就打开门出去了。外边的风显然特别大，刮进来时，吹得桌上的东西呼呼地响。

然后，门又被带上了，寝室里归于安静。

"真冷啊。"常笑往被窝里缩了缩，想不到今天要干什么。

一个人的圣诞节，实在是有些……寂寞。

手机上"大蒜先生"的名字突然闪烁了起来，伴随着听起来有些"强颜欢笑"的欢快铃声。她不知为什么犹豫了一下，但还是接了起来。

他立刻直入主题："我前些日子订了个包厢，去唱歌。"

"啊？"

"来不来？"他也不拖泥带水。

常笑想了想《天路》，又想了想《青藏高原》，脑子一热，就点了点头，说："来！"

常笑从寝室跑下来的时候，季晓桐已经在楼下等了。就他一个人。

他穿得不算太厚，南方沿海城市的冬天，并没有想象中那么难熬。

此时，他一件长款棕色风衣自在地敞开，黑色高领毛衣打底，配上深蓝色的牛仔裤，还是一副悠闲自在的样子。

只不过，正是这副打扮，让常笑一愣，随后就摸摸头笑了。

因为今天她也选了件同色系的风衣，虽然拉链拉得好好的，却同样穿着牛仔裤……唉，真是巧啊。

常笑冲上前狠狠拍了他一下，冷空气让呼出的气变成白雾缭绕着，她笑得更开心，然后就蹦跶着冲在前面……

她只是觉得，不用一个人窝在寝室里胡思乱想，被寂寞侵蚀，被思念湮没，真好。

包厢虽然不大，但还是让常笑觉得季晓桐居然这么有本事，能订到今天的位置。像是这些日子强装无事的压抑找到了一个宣泄口，她拿起麦克风就唱起歌来。

季晓桐原本一直走温情路线，尤其是明媚而忧伤的英文抒情歌，唱得特别棒。然而，常笑仿佛吃定了他，一直由着性子挑选了各类民俗歌曲……

季晓桐出来行走江湖多年，见过尴尬的人，还真没见过像她这么尴尬的人。

也不知歇斯底里地唱了多久，唱到喉咙像是卡住了，发不出声响，常笑才稍微休息了一下，抓着冰冻的可乐拼命灌，季晓桐才终于隆重登场。也就在这个时候，常笑的电话铃声响了。是余非。

常笑的心情蓦地一沉，连震耳欲聋的包厢都仿佛变得异常安静。

她望了眼季晓桐，从包厢里走了出来，铃声还在响个不停。她又犹豫了一下，手机就安静了。她愣了愣，发现屏幕上显示的“9个未接来电”有些刺眼。

刚刚她太过投入，居然一点都没有察觉。

这里的隔音效果并不太好，各个包厢时不时传来亢奋的音乐声，扰乱着常笑的思绪。

也不知从什么时候开始，看到他的来电显示，竟然振奋不了她的心情。她还是觉得有些疲惫。

她站在过道上发呆，直到手机铃声再一次作响，才接了起来。

余非说："我在楼下等你。"

常笑"嗯"了一声，一时也不知道该用怎样的语气去回答他，最终只是平静地说："我在外面。"

"地址，我去找你。"

"不用了。"她深吸一口气，无意识地重复，"不用了。"

"常笑。"余非喊她，大概是事情沉淀了太久，他的声音终于再度回归平静。

而这一声呼唤，再次让她红了眼眶。

余非也没让她回应，再次说："我在楼下等你。"接着，她便听到手机那端传来了嘟嘟的声音。

她觉得他不能每次都这样，才发现他才是每次都任性的那个人。

常笑拿着手机微微颤抖着发了条短信给他："不用了。"

接着，她觉得或许不够，他不会走，因为她太清楚他的苦肉计。想了想外面的风，想了想这样的圣诞节，想了想他一个人站在她寝室楼下的情景，她突然心酸无比……于是，她又补充了一条短信："余非，请不要再让我难过。"

不多会儿，短信提示音响起，常笑打开一看，竟是他的回复："是不是，我不找你，你就永远都不会主动找我？"

常笑的眼泪立刻就掉了下来。她原本以为自己可以处理得很好，至少会更好一些。只是，她隐藏在骨子里的自卑，终于摧毁了……她和他。

他们两个都没有更好地去处理这个问题，这一刻，面对他的疑问，她居然无法作答。

她怎么也没想到，她竟和他走到了这一步……手机屏幕再次亮起的时候，常笑的心"怦怦怦"地狂跳不已，甚至有种想彻底躲避的冲动，她就是这样的人。

她打开新的短信，他说："这个寒假，我会参加游学团，去尹乔那儿走一趟。"

然后呢？她的心颤抖得厉害，准备回复，一定要说些什么……可他发短信的速度非常快，仿佛仅仅打出一句，就迫不及待地发出了。

“去寻找好的学校。”

“不过，你不会在意吧。”

“抱歉，让你难过。”

“你继续吧，不打扰了。”

泪水一次又一次模糊了常笑的视线，她像是在瞬间失去了力气，软软地跪坐在地。

不知从什么时候开始，每到圣诞节，街道上都挂起了各式各样的圣诞装饰，圣诞树、铃铛、红色圣诞帽、彩条小喇叭……隔壁的包厢内传出欢快的圣诞歌曲：“We wish you a Merry Christmas…We wish you a Merry Christmas…”

可是，为什么她会这么难过？

一个黑影突然笼罩了她，她抬头，发现季晓桐温柔地站在她的对面。他轻轻叹了口气，突然拥她入怀。

其实，她以前不怎么哭的，可每一次哭泣，为什么他都在身旁？

只是，眼泪却怎么也抑制不住，余非要离开她了吗？

去一个他等不到她，她也追不过去的地方？

她死命揪紧了季晓桐，难过得……快要死掉。

4.

常笑果然没猜错，这两人确实有情况。

常笑过了她人生中最悲惨的一个圣诞节。

尤其是容兰和倩倩回来时，两个人的脸上，挂着如沐春风的笑容，一下子触碰到了她心底的某根弦，让她痛不欲生。

圣诞节之后的那一段日子，常笑一边忙着越发紧凑的功课，一边反复让自己遗忘。

有时候，她真的不懂她和余非之间的缘分，以前两人住在同一小区的时候，一直没碰过面；而分手之后，更是咫尺之间，却极难相见。她突然害怕寒假的到来，害怕去想象他上飞机的情景……

怎么会有一段爱情，开始得稀里糊涂，结束得不清不楚？又怎么会有女主角像她一样，甚至不想尝试挽回？

她其实是个傻子吧。

可傻子或许比她好，有爱的勇气，和弃爱的骨气。她终究没有勇气直接面对余非的示爱，毕竟在之前很久很久的时间里，他并未表现出“爱”她的模样。

因为是重点大学，元旦放假回来，经由学校联系，许多有合作关系的公司会来学校举行一次小型招聘会，大多面向大四的师兄师姐们。据说他们后半学期已经没有课程，只需集中精力完成实习及论文。

然而，老师老早就宣传了这次招聘会，希望他们这些还生活在温室里的花朵，不要过于放松自已，也可以借此机会去试试投档，早一点体验下社会生活，积累经验。

常笑觉得不无道理，就开始整理个人档案，却突然发现，她其实毫无长处。

电脑？修理？画画？写作？还是运动类？所有的，几乎都是半桶水，哪上得了台面？要不，她女扮男装去当兵吧……

话虽如此，她又感觉自己迫切地需要用什么来证明自己，证明自己并不是那么……一无是处。

那天，招聘会会场人山人海，别校的毕业生，也都来这儿碰运气。

常笑那天穿得特别正式，是仙姑让她去街角的裁缝店量身定做的女式西装。果然人靠衣装，她穿上就显得特别帅气，特别精神。

招聘公司不乏声名显赫的大公司，也有些规模一般的小公司，大多挤满了人。

为求正式，常笑今天特地穿了一双高跟鞋，鞋跟虽然不算太高，但她总觉得走起路来好像都有点摇摇晃晃。

一看每个招聘点前面都排满了人，她又有点打退堂鼓。

这个时候，她一眼看到了浩翔公司的招聘位。因为在边角位置，又没什么名气，加上招聘者位置上只坐了一个人，还穿得挺随性，不大靠谱的样子，所以应聘者寥寥数人。

不过，常笑刚好与他对上视线。接着，他眉毛一挑，像是在询问她要不要试试。鬼使神差地，她居然头脑一热，就走了过去。

“你好！”常笑严阵以待，中气十足，一时想起老师好像没交代过要怎么称呼招聘者，某称呼已脱口而出，“长官！”

闻言，那招聘者明显一愣，加上她音量过高，他顿觉好笑地望着她，说：“坐。”

“谢谢！”常笑人一亢奋，声音都比往常浑厚。就是感觉这大哥大冷天的看起来穿得有些单薄，却没有特别怕冷的样子，她还挺佩服他的。

那人笑了笑，指了指常笑胸前捧着的资料夹，常笑才反应过来，赶紧把个人资料递给他。

她第一次应聘没经验，眼看他随便翻了翻资料，但更多的是打量她，却没再开口，她忍不住努努嘴问：“你不冷吗？”

“好问题。”他推了推眼镜，终于搭腔，圆润的脸显得分外和蔼可亲。

“适当的冷冻，可以保持清醒，”他笑了笑，“而且我经常锻炼，耐寒力不错。”

“咦？我也经常锻炼。”常笑笑了笑，既然志同道合，整个人都放轻松了。

他笑得很亲切，把资料搁在一旁，说：“先自我介绍一下吧。”

“好！”常笑又赶紧摆出严肃的样子，中气十足地应道。

“我叫常笑！大二学生！我……”她把事先背好的自我推销词流畅地背了一次，“我吃苦耐劳，勤奋好学！希望能得到这个实习的机会！”

他望望她，笑意更深，然后双肘撑在桌子上，双手交握：“才读大二啊？嗯……再说点特别的。”

“你要听什么特别的？”常笑顿了一下，眼见对方很是亲切，没什么架子，一时也没意识到老师三令五申的招聘要素，张嘴就问，“对了，长官，我要应聘什么职位？”

他愣了愣，笑了：“有意思。”这年头第一次有应聘者反过来问招聘者自己要面试什么职位，好家伙，他整个人也放松了：“你叫常笑？”

“嗯。”她想想，又补充了一点，“女的。”

“呵呵呵……嗯，看得出来。”他轻笑，完全不像个招聘者的样子，“先说说看，你想找个什么样的工作？不过，我得提醒你一点，现在很多毕业生并非在做与自己专业相关的工作，但还是可以很好地发挥才能。”

这点她还真没想过，顿了一下，问：“长官，你能举个例子吗？”

他又笑着说：“这么着吧，文档处理、归类，打字，复印会吗？”

她点点头，说：“会！”

“那挡酒、应酬、陪笑敢不敢？”

她掂量了下自己的酒量，说：“敢！”

“那……如果以后你上司的想法和你的想法起冲突了呢？”

“听上司的！”

“要你加班呢？”

“加！”

“因公在晚上给你打电话呢？”

“接！”

他又是一笑，说：“我欠个助理，你来试试吗？”

“哎？”常笑愣了愣，突然问，“过年有假放不？”

“有。”

那过年放假就关机吧。这么想着，她就豪气干云地拍了拍胸脯，说：“试！”

见状，那人笑意更浓，说：“我叫陈晨，是这家小公司的 CEO，然后……兼人事经理，兼财务总监，兼市场推广员之类。来，”他拍了拍旁边空着的椅子，“过来我旁边坐，先试试当招聘者的感觉。”

“啊？”常笑愣愣地望着这个有点胖、肉却似乎很扎实的男人，满脑子疑惑，“这么快？”嘴巴虽然这么说，但她还是很配合地抱着自个儿的资料，绕到他旁边坐下，顺势瞄了眼周遭人山人海的架势……她继续疑惑：怎么这么快？

陈晨问：“说说看，平时都做哪些运动？”

接下来，常笑有些心虚，又亢奋地坐在旁边装正经，细心地观察陈晨如何面试之后的同学。她这才发现他对待其他人，并没有对她这般随和，但他还是会很耐心地和每个应聘者聊上一段时间，让大家受到足够的重视。

有几个表现不错的，陈晨都在一张招聘表格上做了笔记，大致写着思维敏捷或口齿伶俐之类的评语。

常笑发现自己居然没填那张表格，也只能瞪大眼睛认真地听。陈晨偶尔还会回头问她有没有别的想问，接着便是“事后等通知”之类的客套话。

她就不明白了，自个儿怎么这么轻易地被看上了？是有过人的美貌，还是有过人的才华？

后来，常笑接到季晓桐的电话，那家伙劈头就让她去124号招聘单位应聘，又报上大概位置，说自己随后就到。她愣了半晌才发现自个儿现在所坐的位置，旁边挂了个小牌，红底黑字，印着124……

呃……她这才意识到事情很不对头。

常笑还满脑子疑问时，就看到季晓桐赶了过来。他望了她一眼，显然也有些惊讶，直道：“你怎么这么快？”

她回头看到陈晨冲季晓桐挑了挑眉，交换了一个她隐约能捕获的信息……他们绝对认识！

常笑这次大脑转得特别快，迅速意识到这次招聘有内情，突然肃着脸冲季晓桐喊：“来应聘啊？”随后比了比面前的位置，“坐！”

季晓桐竟一时被她唬住，稀里糊涂地坐了下去。

常笑就瞪了他一眼，特别一本正经地说：“来吧，简单自我介绍一下，脸皮多厚啊？”

季晓桐顿时无语了。

“快！”

“你脑子短路了吧……”

常笑哼了一声，像模像样地在本子上画了个叉叉，然后望着陈晨说：“长官，他骂你脑子短路。”

于是，她在陈晨的笑声中，把季晓桐气得脸通红。

常笑果然没猜错，这两人确实有情况。

陈晨是季晓桐的小舅，不过他外公老来得子，所以陈晨也大不了季晓桐几岁。浩翔科技是陈晨最近才创办的新公司，什么都刚刚起步，但因为他也是C大校友，加上先前在学校里表现过人，所以校方特准他入内招聘。

季晓桐大致解释了事件经过，也承认把她的相片和一些情况事先跟陈晨报备了，包括她酒量不错，唱歌销魂，性格爽朗，体力过人之类，就是没料到陈晨竟然会在她知道之前，就完成了整件事。

只是，季晓桐隐瞒了一件事——他也是这间公司的股东之一。

他负责技术，而陈晨负责行政管理，所以发工资的事，还是让小舅头痛去吧。

总而言之，无论过程如何，常笑还是得到了她想要的实践机会。当然，也是她免于胡思乱想的有效方法之一。

眨眼就是考试月，该来的，避都避不掉，容兰和倩倩都开始夜里挑灯论剑。

常笑平时就花了功夫，备考并不吃力，只需在考试前一天大致浏览一遍，就可以心安理得地睡觉。至于图书馆那种地方，每天占个座儿看看书，多少也是求心安理得。

只是，天才型学生，也需要备考吗？

这是常笑在图书馆与季晓桐不期而遇时的唯一想法。之后，有一就有二，有二就有三，居然就自然而然地开始习惯帮彼此占个座位。两人一起坐着，倒也没有过多的交谈。

终于，弹指之间，明天便是最后一门考试了。

常笑后来才了解到，作为实习生，可以不必签什么合同，允许她考后休息两天，才去公司报到。

有点遗憾的是，公司并不在本市。用陈晨的话说，S市的环境，更适合公司的发展。好在交通发达，到临市只需要一两个小时。

所以，这天她特地约季晓桐在图书馆见面，谈谈两人在火车站见面的时间。

定好时间之后，他们就各自看各自的书，谁也不打扰谁。

但让她没有想到的是，她在这里，看到了……

余非。

5.

那“同居”愉快。

确实是余非。

常笑所有的神经都在一瞬间绷得极紧，书本上的文字突然变成一只只蚂蚁，爬来爬去，啃噬着她的心。看到他，她还是会紧张。

如何不紧张？那个她曾经百般熟悉的男生，那个已经和她分手的男生，突然站在她对面，突然以一种淡漠的姿势站在她对面……神情里，再也没有往昔的亲近。

常笑深深吸了一口气……原来事到如今，还是会痛。

她默默地坐在位置上，眼看已经避无可避地对上余非的视线，突然脑子一热，神经抽搐般把旁边空着的椅子移出来，就朝余非挥了挥手：“这边……”

可她刚说完，季晓桐突然在桌子底下狠狠踩了她一脚，她痛得龇牙咧嘴。然而，这一次，她已没了心思打击报复，只是眼睁睁地看着余非，又强调了一次：“这边。”

这个她还记得他一言一笑的家伙，这个她初中开始熟识的家伙，这个突然发神经要和她谈恋爱的家伙，这个她想想还是会心痛的家伙……她不想和他形同陌路——从好友变成男女朋友，再变成陌生人。

她不想。

余非看看她，又看看她身旁的季晓桐，眼底闪过一抹怪异的光芒，嘴角轻轻一扬，似是讥讽，抑或自嘲。然后，他就捧着手里的书，忽略那刻意为他拉开的座位，选择与她擦身而过。

偌大的图书馆，翻书声此起彼伏，偶尔夹杂着窸窸窣窣的交谈声，单调而沉闷……然而这一切渐渐淡去，淡到常笑的整个世界里，鸦雀无声……

“余非。”她默默地站起来，看着他，那是怎样的一种勇气，才让她找到自己的声音，“不能做朋友了吗？”

余非终于停下脚步，却头也不回，一字一句都冷得像冰：“我和你，若做不成情侣，也不再是朋友。”

她怎么会这么若无其事地跟别的雄性生物出双入对？他又该如何忍受她和他人的卿卿我我？

图书馆的角角落落都坐满了人，几番在论坛上露脸，常笑早在C大某些八卦人士眼里打响了知名度，和上次一样，如今已有几个角落里的人在暗中交流着什么。

但这次，常笑已无暇再细听讨论内容，一时悲从中来，再也挤不出一个字。她狠狠呼吸一口气，怕忍不住再干出什么冲动的事，胡乱抓起桌面上的书，转身就跑。

不料，她的衣服不知怎的勾到桌角，拉扯得整张桌子往旁边一斜。无辜看戏的某同学桌面上没盖好的热水壶啪嗒一声倒了，水就洒了一地，随之响起此起彼伏的抽离椅子的杂乱声音。

“对不起，对不起！”常笑自知闯祸，弓着身，完全不敢看人，埋头猛道歉，心底更想离开这鬼地方。

然而，祸不单行，随着砰的一声巨大的撞击声，整个陈列书籍的架子，被她猛撞一下，满架的书，宛若多米诺骨牌效应，嗒嗒嗒地落了一地。

常笑扎扎实实地愣了数秒，突然用书捂住脸，低吼一声“对不起”，便头也不回地往大门口冲去。

余非冷眼看着这狼藉的场面，轻轻舒了口气，眸子里写着不为人知的隐忍。母亲的声音冷冷地缠绕在耳边……

“我跟你打个赌，这个女孩根本就不爱你，这三天，她绝不会给你打一个电话！”

“看吧，我早就说了。”

“你知道我不会接受她，你若没有本事带她彻底离开这一切，我可以跟你保证，她以后的日子很难熬。”

“小乔那个学校很不错，这是入学申请。”

常笑，他到底怎么了？分开的这些日子，他居然见不得你好。季晓桐目送常笑奔了出去，心里感慨一番，才动手慢慢收拾好桌面上的书，又上前帮着一脸恼火的图书管理员收拾了跌落一地的书籍。最后，他抬头对上依旧一动也不动的余非的视线，似乎想说些什么，可终究还是保持了沉默。

这个自诩聪明的家伙，用一种愚蠢至极的方式推开了常笑，与人无尤。

是啊，季晓桐突然有些不懂自己，这个时候，他居然没有一丁点同情心。直到他离开的时候，那个家伙还是站在那里，望着常笑离开时的方向，一动不动。

如果两个人都选择死守，毕竟不会有交集。

季晓桐拿着书走出图书馆，刚拿出手机，常笑突然给他来电了。他心底浮现一种莫名其妙的感触，几乎没有犹豫便接起电话。

像是刻意逃避刚才的事，常笑的声音力求轻松，季晓桐仔细地听了听，至少，声音里没有哭腔。她说：“我的《中财》忘了。”

“我帮你带了。”季晓桐想了想又说，“那预祝考试顺利，这个星期六早上九点，不见不散。”

“等等……”常笑以为他要挂电话，急急一吼，接着沉默了一下才低低出声，“能陪我说说话吗？”

“嗯。”季晓桐背过身去又看了一眼落在身后的图书馆，“你说。”

常笑似乎在思考要说些什么，想了半天，她问："你都复习好了吗？"

"差不多了。"他又回过身来，慢慢地理顺思路。

确实，刚刚那一瞬间，他还有种庆幸的心思……他好像……已经放不开某个家伙了。

"我也复习得差不多了，今年我还想拿奖学金，去年考试，我在班上是第三名……"

"哦……"季晓桐听着她在电话那头絮絮叨叨，有一下没一下地应和着，自己却思绪万千。

"其实，我复习《中财》的时候遇到一个题目，做题的时候思路有点卡，不过我复习的题目基本上都不会考……"常笑东拉西扯地又喷了好一会儿口水。

"所以说，"她突然迟疑了一下，"我打电话贵，我先挂断，你给我打过来吧……"她想了想，又补充了一句："为了余非，我都大出血好多次了……"

季晓桐又好气又好笑……她确实就是这么个人。

不过，能提到那个男人的名字，是不是代表，她并没有那么难过？还是，她只是在假装不难过？

一通电话，两番心思。常笑拿着手机边胡乱侃着什么，边仰望天空，她只希望，自个儿看起来，不要那么悲伤。

考完试，常笑就依照计划，踏上实习的征途了。

她一向独立，这次失恋带给她的负面影响，仙姑和德哥都看在眼底。加上交通也方便，他们便没有异议，只让她自己注意安全，有什么事一定给家里打电话。

常笑点了个头，就拎着行李箱，去火车站和季晓桐碰面。

沿海城市的冬天一向比长江以北地区温暖些，然而今年冬天不知怎的特别冷，车站的广场前呼啸着瑟瑟寒风，刚下了公交车，常笑就冷得打了个哆嗦。

季晓桐的行李看起来比她的更简单，他特别率性地提着个耐克旅行包，一见她，就自然而然地迎了上来，接过她手中的旅行箱。

常笑突然有种被照顾的感觉，心里一暖，轻轻地笑了。

一直到上火车之前，季晓桐都没说什么，但自始至终，他都小心地用身体替她挡下拥挤的人群……其实，她从小就习惯了自己的事情自己解决，有时甚至喜欢自以为是地替别人拿主意，因而这种被别人照顾的滋味，感觉新鲜，又暖暖的。

于是，她越发觉得季晓桐是个没话说的好兄弟。

上火车之后，季晓桐帮她安置好行李，就掏出个 iPad，瞄了她一眼，递了一边耳塞给她，她没有拒绝。里边的歌不知为何特别合她的心意，有时碰上熟悉的，她就跟着轻轻哼了两句……

不到两小时的路程，等回过神来，常笑才发现自己枕在季晓桐肩膀上，大概是睡了过去。季晓桐也睡得香，侧脸看起来分外迷人。

然后，她看见了自个儿身上盖着的风衣，心里又是一热。随即，她愣了愣，下意识地去瞄了眼，看有没有在他肩膀上或者衣服上留下口水痕迹——都是名牌啊，她赔不起。

两人下了车就直奔公司。

这种经历对常笑来说，无疑是让她兴奋的，但多少也有些不真实的感觉。早听各方人马说社会和学校是两个世界，无论是人与人之间的相处模式，还是处理事情的方法、思考问题的角度，都要有所改变。想到这儿，她握了握拳，决意全力以赴。

公司在市区某写字楼内，其实与其说是公司，倒不如说是一间小工作室。麻雀虽小，五脏俱全，进门的时候，她一眼就瞅到七八人，皆火力全开，显露出忙碌的混乱场面。

他俩进门打了招呼，陈晨就从一旁独立的办公室里出来迎接，回头把他们介绍给办公室里其他的同事，就领着他们去安置行李。

陈晨一早和她提及了食宿问题，实习期间，公司全包。

寝室离公司并不远，步行大约十分钟，就在附近一个小区内。然而，当到达目的地，掏出公寓钥匙的时候，陈晨像是才想起什么，停下动作，回过头来对他们说：“对了，出了点小意外，前两天又招了个新同事，也不是本地人，所以公寓不够分配。基于亲疏原则，你们俩这一个月，就先暂住‘同一屋檐下’吧。”

常笑还没来得及反应，季晓桐蓦地以一种“慷慨激昂”的情绪迅速表示抗议：“什么？不行！”

陈晨耸了耸肩，表示无可奈何：“那没办法，S 市租房子不是这么容易的事。那要不常笑来我公寓，跟我一起住？”

“不行！”季晓桐更是想都没想就直接开吼，“绝对不行！”

陈晨瞄了他一眼，别有意味地扬着嘴角笑了笑，才望向常笑，问：“你怎么说？”

常笑倒是一点也不纠结的样子，很爽快地点了点头：“好啊！我无所谓。”

陈晨便又开玩笑似的说：“那你晚上把门锁紧点。”

听到这话，季晓桐已是咬牙切齿的模样了，常笑却睁大眼睛，一脸纳闷地问了句：“为什么？”

闻言，陈晨和季晓桐瞬间石化。

常笑想了想，蓦地恍然大悟，纳闷了：“咦，你是担心他，还是担心我？”

沉默数秒后，陈晨才回以一笑，拍了拍季晓桐的肩膀，说，“那‘同居’愉快，你们先整理一下，明天再来公司报到吧，没什么……”

常笑点了点头，就爽快地把行李往屋子里拖。

其实，陈晨之所以做出这种决定，一方面确实因为公寓不够，另一方面倒也相信他外甥晓桐的人品……但这丫头压根没把那小子当男人看吧……看来，某人的爱情之路，路漫漫兮！好长远啊……

需要担心什么呢？是担心季晓桐把她当女人看，还是担心她把季晓桐当男人看？

看吧，很明显，这问题不是个问题嘛……

第七部分

1.

所以说，他是担心她……

两人先是收拾行李，打扫卫生，然后去外边吃饭，顺便熟悉环境，最后回来洗澡睡觉。

第二天一早，常笑简单收拾了下心情，就跟季晓桐一起去公司报到了。

她迅速发现，陈晨显然并不是请她来玩的。他把一大摞资料齐刷刷地甩在她面前，她得只身挑出前五年的市场分析报告，进行分类及影印。

没想到完全没有适应期就直接步入战场，她心里有些没底，然而陈晨已经忙活其他事去了，一副放手任她发挥的样子。这种被信任的感觉，顿时让她雄心万丈，所以就热情满满地着手折腾了。

好在她也不笨，加上同事都很热情，乐于解答她的各类问题，一切倒也进行得很顺利。

空闲时，她瞄了瞄季晓桐，发现他俨然是战斗力满格状态，已完全进入状态，从专业角度和几个技术人员在讨论着什么。她突然笑了笑，觉得这样还不赖。

吃饱喝足后，一晃眼下午就过去了，等她把最后一份资料复印完并装订好的时候，已经快晚上七点了。季晓桐这才和另外两个技术人员从电脑前面抬起了头，揉揉脖子，往转椅上靠了靠，重重地舒了口气，大概是工作暂时告一段落了。

没多久，陈晨就从办公室走了出来，招呼剩下的人一起去吃饭，常笑就收拾东西跟大部队走。

吃饱喝足之后，常笑就跟季晓桐回公寓了。

疲惫了一天，常笑自然打算好好洗个澡，季晓桐显然也是这个打算，于是两人拿着换洗衣物，傻愣愣地在客厅碰了头。小房子就是这点不好，洗手间只有一个，而且是共用的。

季晓桐突然有些尴尬，把内裤往衣物里掖了掖……常笑见他这样，也不好太大大咧咧的，就把衣物往怀里塞了塞，耸耸肩，说："那你先洗还是我先洗？"

季晓桐轻瞪她一眼，说："女士优先。"

常笑突然憋出一个笑，调侃道："承认刚认识我那会儿瞎了眼吧。"接着她往胸口一拍，"性别女，如假包换。"

季晓桐破天荒地没和她争辩，又瞪她一眼就要往自个儿房间里走。

"等一下。"常笑突然叫住他。

"干吗？"季晓桐打死不承认他现在百般尴尬，声音有些浮躁。

"你待会儿门别关，等我洗完，借我玩会儿电脑。"

闻言，季晓桐沉默了一下，挤出一个魅惑众生的假笑，像是打算直接进房，来个老死不相往来。可进门前，他突然想起什么似的，又回过身来，干咳一声，眉毛挑得老高，摆出骄傲的样子，却不敢直视她，说："反正，我事先申明，我可没想别的。"

常笑歪头望着他，思考了一番，才微微皱眉，问："想什么？"

"总之，你别听我小舅乱说！"

"他说什么了？"

这女人的大脑都不记事的吗？害他还一路担心她想歪了。

季晓桐越看越觉得她故意找碴，一副恼羞成怒的样子："总之，你记住我说的！"随即瞪她一眼，"别装傻！"说完就用力地朝房门迈了一步，转身关门，然后哒的一下，从里面结结实实反锁了门。

不多一会儿，房间里终于传来他的声音，只有干脆利落的两个字："不借！"

坏男人！

进了洗手间后，常笑还在想他小舅到底说过什么……不过话说回来，也不是她疑心重，自打踏进这间小公寓之后，季晓桐那家伙整个人都有点怪怪的。

直到涂沐浴露的时候，常笑才后知后觉地恍悟过来，明白这个问题的关键是什么。关键就是，孤男寡女，共处一室。

不过，这也不是问题啊，这年头男女合租很常见啊。而且，她也有自知之明。

所以说，他是担心她……

想到这儿，常笑不由得愣了愣。

作为报复，常笑洗完澡就偷偷把煤气关上了。

季晓桐也在思考着同样的问题，自打和她搬进同一间公寓，他就莫名其妙地变得坐立难安，情绪焦躁。

外套还可以再穿穿，只有内衣裤需要洗，常笑就用手洗了，冬天的水冰冰凉的，很提神。她晾好衣服后又把客厅随意收拾了一下，清理了下灰尘，越发觉得自己有贤妻良母的潜质。

枕套和被子什么的都是新的，常笑整理好床铺之后，出来探了探动静，发现季晓桐一直把自己关在房里，也不知道在干什么。一看时间都快十点了，想到明天还得上班，她骨子里还是多管闲事，于是提醒他一句："喂，洗手间至少空出来半小时了。"

他不是特地霸占电脑，怕她偷用吧……等了一会儿，见没反应，她又喊了句："喂！"

“知道了！”季晓桐这才胡乱应了一声。

等了一会儿，又没听到声响，常笑再度从房内探出脑袋，说：“季晓桐，搭车那会儿，对面的小妹妹偷看了你不下百次。”对面房间还是没声音，她也不放在心上，就叹了口气，感慨道：“祸害。”

季晓桐突然抱着一堆衣服走了出来，睨了她一眼，鄙夷道：“还什么对面的小妹妹，上车后你的眼睛睁开过？”

常笑有片刻的失语。

“你大概流了上百滴口水在我外套上。”

这家伙真欠揍！常笑在想要不要替天行道，为民除害。

他往洗手间靠近了几步，哼了一声：“电脑搁在书桌上，游戏在D盘，电影在E盘，弄坏了要赔。”

“咦……”眼看他已经进了洗手间，她想起她关了煤气……

可就在她刚刚开始良心不安的时候，季晓桐突然又从洗手间伸出头来，故作潇洒地拨了拨额前的碎发：“别偷看爷洗澡，爷会很生气，后果很严重。”

常笑沉默了三秒钟，觉得刚刚自己白反省了，随即嗤了一声，当着他面砰的一声把门摔上了。

又过了几秒，哒的一下，里面也反锁了。季晓桐站在洗手间门口，似乎有一阵寒风呼地吹过，他心里拔凉拔凉的。

洗手间多少还残留着常笑沐浴露的味道，这种认知让季晓桐全身神经紧绷，静下心来听了听外面的动静——她又开了门，大概还是放不下他的笔记本电脑。接下来，刺骨的冷水让他忍不住叫了一声，也不知是不是错觉，他好像听到了她偷笑的声音。

浑蛋，玩他的电脑，还敢背后搞小动作……好吧，他果然不应该这么没原则……

他咬咬牙检查了下煤气，然后在热水的冲刷下有些恍惚地想着，他到底吃错了什么药，才不明所以地紧张？怕她穿着蕾丝睡裙到处飘？

哼，谁怕谁啊！？想罢，他狠狠抓了抓头发，任白色泡沫四处飞溅。

他只恨跟她共用一个洗手间，看着两支牙刷插在一个杯子上，他居然觉得很窝心……

他真是疯了！

好不容易清理完毕，季晓桐郑重其事地把睡衣所有的纽扣扣紧，也确认睡裤的松紧带没问题，才走出洗手间。接着，他装作不经意地瞄了瞄她的房间，确定敌人不在，才匆匆把衣服带了出来，扔进阳台上的洗衣机里。

然而，他捣鼓了几下，那破玩意儿居然一动不动。

更甚者，那个女人洗好的贴身衣物，此刻正滴答滴答地滴着水……好吧，她确实是个女人。问题是，她就不能拧干一点吗？

真是让人烦躁。

尤其是那明明写着“开始”的按钮怎么按都没反应，一副嘲笑他的嘴脸，他赶明儿一定把这玩意儿剥皮拆骨，以泄心头之恨！

“你是笨蛋吗？”一道忍无可忍的声音悠悠地飘来。

季晓桐猛地吓了一大跳，双手敲在洗衣机上，发出巨响，嘴巴已经先于大脑做出反应：“你瞎了，你见过像我这么帅的笨蛋吗？”

吼完，他不由得愣了下，大脑的运作又被她影响了，他到底吃错什么药了……

常笑偷笑出声，瞄了他一眼，自顾自地走上前，把按钮看了一遍，拧开连接在洗衣机上的水龙头，开始进水后，她“啧”了一声：“我都用手洗的。”

季晓桐脑袋一卡壳，脱口而出：“那拜托你，你能把你那玩意儿拧干一点吗？影响情绪！”

常笑愣了半晌，才说：“你你你……”

“你什么你！反省一下！”季晓桐说完自个儿耳根先红了，接着一股热气上涌，掩饰性地“啧”了一声，赶紧往客厅走。

“你你你……”常笑也是气血上涌，啊啊啊……气死她了！

无论如何，这“同居生活”毕竟是展开了。

“小两口”虽然针锋相对，但你扫地来我擦窗，你做饭来我洗碗，配合得还算默契。值得一提的是，季晓桐“一不小心”把所有电器的使用都弄精通了。

前两天洗衣机出了点小故障，季晓桐把它的运作原理点线图都背出来了。难怪人家说有些男人不能激……天底下确实是找不到这么精通电器的使用，还长这么帅的笨蛋了……

常笑站在旁边看他修洗衣机的时候，突然明白倩倩说的“适时给男人展现魅力的机会”是什么意思了，在旁边递个扳手、螺丝刀之类的东西，她还是很能适应的。

总而言之，一句话——她的衣服已经拧得很干了，保证不滴水。

“喂，看见我的手机了没？”

合住两个星期之后，两个人已完全没有“男女有别”“孤男寡女”的概念了。

常笑大大咧咧地开着门，窝在房间里打电动，季晓桐双臂抱着胸往门口一站。因为彼此一直维持着一种针锋相对却也算并肩作战的微妙关系，常笑爱搭不理地问：“干吗？”

“找不着，你的手机拿来。”

“干吗？”

“少废话，拿来！”

常笑赌气横他一眼，但还是乖乖地把手机递给他。毕竟，当初她最悲惨的时候，他也肯抽时间陪她，还无条件经济支持她来着。

最主要的是，她现在霸占了他的笔记本电脑玩电动……想想真是心虚啊！

“大蒜先生？”季晓桐按下号码，看到号码拨出时自动转化为这四个字，差点没背过气去，回头瞪了常笑一眼，“你有种，走着瞧！”

没多会儿，屋子里不知哪个角落隐约传来“不算很有品位”的铃声，季晓桐就颠颠儿地跑去捡手机了。

然后，季晓桐不知拿着她手机在研究什么，过了许久才默默地把手机还给了她。本来她没放在心上，可想想，不知怎的有种诡异的直觉，就拎起来一看。

这自恋的浑蛋，居然不知羞耻地把他的自拍鬼脸头像作为她的手机屏保，还把联系人“大蒜先生”更改为“宇宙无敌季大超级帅哥”。

白痴！常笑在心里白了他一眼，刚想动手更改，突然觉得哪里不对头，抬头就冲客厅里喊了一句：“臭大蒜，把你的手机给我瞧瞧。”

客厅里安静了一下，常笑又分神玩了会儿游戏，季晓桐才从她门缝里探进个脑袋来，一字一字地说：“不给！”说完还吐舌头做鬼脸。

真是气死了，为什么长得好看的人做鬼脸还是好看？

常笑一分心，游戏几声乐响，就提示“game over”，把她气得肝肠寸断。啊啊，她也要偷学计算机，盗他QQ，改他密码，再把名字改成“宇宙无敌超级大丑男”！

不对，她没忽略他的得意劲儿，站起来往客厅里追去，吼道：“手机拿来！”

这家伙手机里她的称呼，绝对也不是什么好称呼！

实习工作上手，常笑学会了忙碌，小日子过得也挺充实。难怪失恋的人都喜欢用忙碌来掩饰自己的感伤。

有时她会抬头看看天空，然后想想余非。

只是，不知为何，想念开始变成一种习惯。

那种撕裂的痛，慢慢愈合成了痂，又蜕变成疤。

S市的天空充斥着来来往往的飞机，看着它们划过天空，她已经没先前那般难过。原本，她以为自己会痛一辈子。

2.

分手了，买卖不成，仁义在。

手机事件，最终常笑把“恐怖的男人婆”擅自改成了“温柔妹”，而宣告无条件胜利。

只是，这场胜利来得有点冷，冷飕飕的冷。

两人晚上一般各玩各的，不过偶尔季晓桐会坚持他家电脑也是有归属权这一原则。常笑便会一时兴起，弄个什么余兴节目。

好比今夜，常姑娘一高兴，居然从路边小贩手里买了两张碟，兴冲冲地拿回客厅闲置的 DVD 机里播放。

季晓桐第一感觉就是常姑娘又抱着“电脑要给她玩，不给她玩，大家都别玩”的野蛮心理压榨他了，第二感觉就是浪费钱，第三感觉是……他不想看。

基本上，他对这种乱七八糟的红衣女厉鬼不感兴趣，也不知是哪个年代的旧电影，无聊的索命情节。而最关键的是，小时候由于被无聊的老妈装鬼吓唬过，他现在心理有……阴影。

“开始了开始了！对了，你怕不怕？”常笑调好音响，回头一脸兴奋。

季晓桐瞄了瞄她那刺眼的笑容，不知怎的不想扫她的兴。可是，怕看鬼片这种事关系到男人脸面，天机不可泄露！他只得冷哼一声，表示不屑。

“太好了！”常笑露齿一笑，“容兰每次都说我变态，不肯陪我看！”接着，她为求营造气氛，吧嗒一下关了灯，乐滋滋地往沙发上坐去。

她确实变态吧……

“等一下，”季晓桐自知抗议无效而且会很没面子，看了看沙发，自个儿先挨着边坐下，昂头又哼了一声，“你坐过去点！别借机揩我油。”

就怕她看出端倪。

可事与愿违，季晓桐越看越觉得心里发毛，尤其那女鬼的装扮，不知怎的和老妈以前装鬼吓他的打扮几乎一模一样……这破玩意也不知残害了几代人。他身子正一点点地挪，越挪挨得常笑越近一些。

反观常笑，感觉这烂电影不知到底拍出来吓唬谁，觉得闷得不得了，一个红色影子老飘忽来飘忽去，就把主角吓到从客厅躲到房间，再从房间躲到洗手间，却怎么都没进入重点……

半小时过去，她已从精神亢奋慢慢变得萎靡不振，头耷拉了好几下，最终选择向周公无条件投降。

恰好季晓桐靠近，常笑一下没克制住，头往他肩膀上一垂，这油水，明显是揩去了不少。

“喂……”季晓桐承受了她的重量，连带着心底一沉，干、干什么……她……她靠过来干什么？

怎么搞的？怎么突然有点……热……

常笑显然没了意识，一声不响。季晓桐狐疑地瞄了一眼，这才发现对方已经进入梦乡。这孤男寡女的，关了灯，还有鬼片，构成了干柴烈火的绝佳氛围，她的神经还可以再大条一点！

想到这点，他不知为何心里极为不爽，面对她的全然信任，有种说不上来的滋味……到底是她不把他当男人，还是她不把自己当女人？

可季晓桐又觉得有些悲恸，饶是如此，他居然没滋生一点要推开她的念头……

他果真是活见鬼了。

“拿命来……”

“救命！”

“啊啊啊……”

电影配合着凄厉的音乐，依旧播放得不亦乐乎。

季晓桐装作不在乎，眼神满屋子乱飘，而常笑不知是不是觉得他肩头骨磕人，头挪了好几个地方，换了好些姿势，还是没找到舒服的。突然，她身体下滑，整个人往他的大腿倒下去。

这一倒，真正将他的视线拉扯了过去……

季晓桐一动也不敢动，电视荧幕上忽明忽暗的光映得整个客厅同样闪烁，打在她熟睡的侧脸上，却衬得她脸部线条异常柔和……

季晓桐一时竟看呆了，从心底泛起了一种诡异的欲望……

送上门来的，送上门来的，送上门来的……为什么不要？为什么不要？为什么不要……

他被自个儿心里邪恶的念头震惊到了，但挥动着蝙蝠翅膀的小恶魔在脑子里嘿嘿地好笑，一时也不知受什么情绪影响，他鬼使神差地，居然埋头下去，在常笑的脸颊上轻柔地印下一吻。

不够……不够……

季晓桐仿佛小时候偷干坏事那般，心扑通扑通地跳个不停，意识却不受控制，再度俯身下去，嘴巴又偷偷往下挪了一点，印在她两瓣红唇上……

软软的，香香的……嗯，还不够，再偷亲一下……

“啊啊啊——”就在此时，电视里的女主人公突然一声尖叫！常笑突然一个激灵，眼睛就睁开了。

恰好季晓桐第三下还未得逞，心慌意乱之下，他居然将她整个人往前一推！可怜的常笑就活生生地被他推下了大腿……

她骨碌骨碌滚了两圈，头往茶几上一撞，才停了下来，摸摸痛处，有点蒙，真是莫名其妙。

“你、你你占我便宜！”季晓桐心虚得简直想挖个地洞钻进去，走投无路之下就恶人先告状！

他这辈子不是没见过漂亮女人啊，刚刚怎么就像鬼遮眼一样觉得她……美艳动人呢？

他被刚才自己的举动和想法打击得有如五雷轰顶，声音无法抑制地高扬：“你这个邪恶的女人！”言外之意——你勾引我！

接着，他神情悲愤地站了起来：“你，你见鬼去吧你！”

常笑愣了一会儿，愣是没叫痛，瞅着他逃难似的回了房间，眨巴眨巴眼睛，差点以为自己刚刚干了什么十恶不赦的事情……

问题是，她到底干什么了？

这之后连续好几个晚上，季晓桐一直做着同一个噩梦……

梦中，常大男人婆穿着蕾丝睡衣，小露香肩，朝他晃晃悠悠地走来，尖着嗓子娇滴滴地唤着：“晓桐，来，吻我。”

然后……然后……然后，他就亲下去了……

啊啊啊，天要亡他啊！

对这件事，季晓桐一直耿耿于怀。

好不容易熬到周末，眼看就快过年，两个人随便收拾下，就能回家过年了。陈晨特地请所有同事先去狠狠撮了一顿，又转移阵地，去S市最好的卡拉OK唱歌。

一行十来人，至少五六个麦霸，常笑低调地笑了笑，决意这一次稍微保持实力。不过，不是她说，唱得确实没她好啊。

麦克风也就三个，其余人一吆喝，就玩起了骰子。常笑不擅长这个，乖乖坐在季晓桐旁边，看他玩。

不得不说，这颗蒜还是有些斤两，几轮下来，愣是没喝上一口酒。

反观常笑，也不知是不是被这种热闹的氛围突然勾起来某种感怀，一杯接一杯地灌酒。饶是酒量再好，她也有点分不清东南西北了。

后来，某同事大概也喝高了，突然嚷嚷着喝酒没意思，要玩大冒险。话音一落，平时在同事间可以塑造翩翩公子形象的陈晨，突然静悄悄地插入常笑的另一边，轻笑着吐出两个字："我来。"然后挑衅般瞄了眼季晓桐。

季晓桐顿时全身神经紧绷，一副斗志被激起的应战形态。

常笑不明所以，没半分危机意识。

陈晨这只狐狸一个晚上都不动声色地蛰伏在一旁，在玩大冒险的时候突然加入，自然是有备而来，不安好心。季晓桐虽然有两把刷子，但辈分上不过就是他的外甥。两轮下来，姓季的那家伙已被轻而易举地逼入了绝境……

陈晨突然好整以暇地朝包厢内高喊："季晓桐亲常笑一下！"

闻言，众人一愣，但很快就十足配合，跟着起哄，喧闹声此起彼伏。总而言之，整个包厢的人连歌都不唱了，全部极富激情，有节奏地喊：

"亲一下！"

"亲一下！"

"亲一下！"

"呵呵……"常笑显然已经不够清醒，仅隐约觉得哪不对劲，傻愣愣的，"咦？跟我有关？"

"亲一下！亲一下！"

她的提问很快被湮没在声潮之中。

常笑用余光瞄了眼季晓桐，发现他在包厢昏暗的灯光下，愣是活生生地顶着一张面红耳赤的脸。

偏偏她又刚好坐在他旁边，气氛顿时变得怪异无比。记忆就回到了她和他也算是初识的那一天——那一天她之所以被他啄，也是赶鸭子上架，完全被害的。

然而，季晓桐这次完全没有上次那种不爽的情绪，反而一副被捉奸在床的尴尬模样，眼看就要恼羞成怒。

常笑虽然觉得哪里怪怪的，可这声音吵得人没办法思考，脑子乱糟糟的……不就是亲一下吗？外国人都这么干，有什么大不了的！

还有……报仇。

常笑的脑子突然被这个念头占据，她陡然愤慨了，气聚丹田，倾力一吼："不要吵！"

声音居然轻而易举地穿透包厢内的种种嘈杂，换来了片刻的安静。

接着，她就在众目睽睽之下，哼了一声，转过身去直面季晓桐，特别豪气地揪着他的衣襟，往自个儿这边一拉，就冲着他的脸，把脑袋奋力压了过去——

"吧唧。"她重重地在他脸上啄了一下。

包厢内所有人都被这突如其来的场景震撼到了，完全一副愕然的表情，愣在那里。常笑喝醉了吧……

三秒钟后，陈晨突然轻轻迸出两个字："不算。"

又是几秒钟之后，人群沸腾了——

"不算！"

常笑生气了，往桌子上重重一拍："为什么不算？"

陈晨气定神闲地说："我说的是，'季晓桐亲常笑一下'。"

"咦？"

"我可没有强词夺理。"陈晨笑得一副春风和煦的样子。

常笑皱着眉头愣了愣，傻傻地发现自个儿有一瞬间竟然被他说服了……彼时，季晓桐像是完全感觉不到他们的争辩，呆呆地坐在远处，手下意识地抚摸着被她啄得有点生疼的脸……

突然，他长臂一伸，比了个“打断”的手势，也自丹田深处发出一声吼：“不要吵——”

然后，他就以迅雷不及掩耳之势，用那伸出的手臂勾过常笑的肩膀，俊脸迎上，在她脸颊上狠狠一啄！停留两秒！

接着，他急匆匆地站了起来，一本正经地道：“我有点醉了，你们继续。”说着，就长腿一迈，走出包厢了。

两秒钟后，陈晨举杯，笑眯眯地扔出一句话：“宾果。晨爷很满意，大家继续。”

这几天，他外甥上班老是不专心，经常偷瞄常笑，一脸失魂落魄的样子。作为舅舅，不推波助澜，不助纣为虐，他怎么对得起天地，对得起良心？

瞧他外甥刚才一副赴死的悲壮，若不是确定了自个儿的心意，恐怕众目睽睽之下也干不出这种事……

同事们叫啊闹啊，好一派兴致盎然的景象。

常笑脑袋一片空白，无法思考。

几分钟后，她突然兴致大发，狠抓着麦克风，魔音洗耳，像是什么事都没有发生过。

3.

她以为她至少开始散发女人味了……

最终，常笑软成一摊烂泥，被两个同事架着送回公寓。他们刚按了门铃，门就被季晓桐打开了，活像是他等了一个晚上似的。

气氛有些尴尬，常笑只花了一秒钟的时间清醒，又花了一秒钟的时间决定装醉，同事就顺理成章地把她转交了。

常笑被半架在季晓桐身上的时候，再度花了一秒思考，立刻就离开他站直了，一脸肃然地拨了拨头发，说：“我没事。”

他愣了愣，干咳了一声，眼睛骨碌碌地转，在屋子里看了一圈，说：“我开了热水器，先去洗个澡。”

“哦——”常笑有些不习惯：呃……季大帅，你能不能别这么体贴啊……

“洗完澡去睡吧，”他一副佯装什么事都没发生的样子，“衣服我来洗……”

“哦……”

“那没别的，我就去搞卫生了……”

“哦……”

两个人顿时陷入了沉默，视线都在屋子里乱飘。

然后，常笑还是维持肃然的样子，声音较往常低沉了许多：“那我去洗澡了……”

她大步一迈，仍是摇摇晃晃的，心想，常大笑，你果然还是喝醉了吧……

后来，两人倒也相安无事。事实上，自那之后，常笑多少有了些女性自觉，至少，晚上睡觉一定会上锁了。

办公室的人也把这一切当作一般事件，并未多作讨论。

常笑继续实习，但不是她说，自那夜之后，季晓桐居然不吼她了，“家务事”也更加主动分担了，水龙头有点漏水，他居然抢着去修理……好怪异，好怪异。

这说不上来的怪异，害她一下班吃完饭，就把自己反锁在房间里装尸体。啊……孤单的感觉真好……

再后来，尽管舍不得，实习工作还是结束了。

常笑突然觉得这是她人生中最有意义的一个假期，因为她第一次实习，因为她第一次离开爸妈到外地，因为她第一次和人“同居”，因为她……

第一次失恋。

时间太少，日子太快，伤口会好，痛会变淡。她总归要好好活着，更用力地呼吸，更用力地微笑。

这场梦似的初恋，来也匆匆，去也匆匆。有时回头想想，她确实输在不够自信，这么想想，也就觉得无所谓了。

告别S市当天，不少同事来送别，常笑呼了口气，缩了缩觉得有些冷的身子，打算和帮忙送行李上车的同事B告别。

她现在某些观念稍微改变了一点点，譬如体力活什么的……还是交给男人去干吧。

她还没开口，同事B突然弓下身子，平日里一本正经的脸上突然挤出暧昧的笑容，轻轻对她说："加油了，季夫人。"

"噗——"常笑毫不犹豫地喷了他一脸。

同事B尴尬地下车了，站台上几个同事都笑容满面地冲她挥手告别。

她回头瞄了一眼，季晓桐也不知听没听到，装没事人似的东张西望。

季夫人……常笑搞不清楚哪个环节出了问题，以前她和余非哪怕在一起了，也极少被人家认为是余夫人啊……

她又看了看他，没看出来到底哪里出了问题，凭他的姿色，不至于沦落到和她凑成一对啊。

前面已经说了，常笑在某些关键时候，偶尔也有自己长得很男性化的自觉。

下一刻，对面的乘客也上了车，季晓桐从对面挪回她旁边坐下，哼了一声："坐过去点。"

常笑蹙了蹙眉，偏朝他的方向移了几分，挑衅般睨了他一眼。

季晓桐拍了拍她的脑袋，突然"啧"了一声，用命令似的口吻说："过年给我拜年。"

"呸，想得美。"

"我给你封大红包。"

常笑犹豫了一下，季晓桐便知道她妥协了。明明是没心没肺的形象，偏偏在乎这两个小钱，他使出蛮力把她朝里边挤进去三厘米，得意地昂了昂头。

对面的阿姨莫名其妙地微笑着，主动搭了腔："谈恋爱多久了啊？来 S 市旅游啊？"

常笑就尴尬地摆手再摆手，和那阿姨侃上了。

季晓桐看着常笑絮絮叨叨地和对面的阿姨聊得甚欢，微微一笑。

下车时，他帮常笑把行李搬下车，一直送到她家门口。

看着她离开的背影，糟糕……季晓桐无端叹了口气，才刚离开，就开始想她了。

才刚失恋吗？他等等吧。唉……

过年自然到处是喜洋洋的红色，然而常笑始终觉得不尽如人意，自打市区禁燃烟花开始，从前热热闹闹的氛围，或多或少被抹杀了一点。

除夕那天一早，手机就开始不间断地嘀嘀地响个不停，是来自各路人马的短信祝福，虽然绝大多数都是转发，也着实让她开心了一把。

当午夜的钟声敲响的时候，她躺在床上亲手打了几个字："余小非，新年快乐。"

唉，多少有这样的心态吧，分手了，买卖不成，仁义在……

但终归是过去式了。

大二下学期波澜不兴，常笑维持着晨跑的习惯，然后在教室、餐厅、寝室、图书馆循环式走动。空闲时，她还是会写写小说，或许是经历了短暂的恋爱，又或许是尝试过工作，她键盘下的人物，突然就成熟了起来。

或许，也是她本人的真实写照。

开学后没多久，倩倩和男朋友闹了矛盾，好像是第三者还是什么问题，于是倩倩宣扬"摆脱前一段恋情阴影的最好方法，就是投入另一段恋情"的理论，开始多方位走动，又筹备了许多次联谊。常笑已没先前那般热衷了，却也不排斥，照常跟着她们进行正常的社交活动。

闲时，她和季晓桐拌拌嘴，互相调侃一番，反正浑浑噩噩的，就又是夏天了。

这半年，她偶尔会在校园里闲逛，然后抬头看看灿烂的阳光，多少想和余非擦肩而过。

但或许是天意弄人，或许是刻意为之，他们始终是两条平行线。再回想起来，那些日子她的眼泪，居然会变得那么不真实。

听说他回来了，听说他和恬恬在一起了，听说他们分手了，听说他着手准备出国的事了，听说他雅思成绩不错，听说他就要出国了……种种的听说，一直未得到求证，也无须求证了。

她突然很关心他有没有收到她过年时给他发的那条短信。

她总是想，或许那会儿网络太过堵塞，由于这样那样的原因丢失了数据。可再想想，即便他收到了又怎样？她本来就没奢望过他的回复。

他看起来过得不错，这样就足够了。

暑假，常笑又颠颠儿地跑去 S 市，去陈晨的那间公司实习。

先前的小工作室扩大了，人员也增添了不少，陈晨身边也多了新的特助。她穿着烫得整整齐齐、洗得干干净净的白色衬衫，一丝不苟的样子，捧着文件夹，正经八百地向常笑介绍着公司的情况，并挑最简单的工作让她做。

常笑回头就看见几个知情者捂嘴偷笑。

这倒也没什么，可前台那小妹叫她什么来着？常先生？她以为她至少开始散发女人味了……

然而，事情有些偏离轨道的是，她和季晓桐，居然又被分配到同一间公寓。房子显然已经不是先前那间了，但这一次，很诡异的是，季晓桐坦然面对了，而她常笑，进门前看见他 T 恤之下强健的体格，居然莫名地紧张了。真是见鬼。

男女合租实在是太寻常不过的事了，哼，太寻常不过了！

然后，又是一个有些忙碌的暑假。

大三一开学，新生们为校园增添了别样的光彩。

常笑的开学时间和新生错开了，所以返校时刚好赶上他们军训。于是，她会捧着书，站在操场的看台上陪他们晒晒太阳，突然怀念起过去的时光。

军训之后就是新生篮球联赛。常笑顺利晋升为篮球社的骨干，因为技术过硬，被师妹邀请去当本系女子球队的技术指导。她心肠热，自然爽快地应了下来。

常笑所在的经管系一向是学校传统的篮球强系,和法律系是宿敌。历届的女子篮球比赛,冠亚军皆毫无例外地在这两个系的球队中产生。经管系体育部部长今年抽了支好签，对手刚好错开法律系，一干人热血澎湃，打算大干一场。

然而，联赛打到淘汰赛时，法律系球队却爆冷被计算机系球队踢出了局。

常笑作为技术指导，目的只有一个，就是希望经管系夺冠，所以对手是谁倒也无关紧要，打谁不是打？然而，法律系的老对手娟子特地给她打了个电话，说这次计算机系新人辈出，作风强硬，让她留个心眼儿。

常笑原本还以为娟子太过郑重其事，不料决赛的时候，她们队那些小姑娘一个个被“合理碰撞”得七荤八素的，打得万分艰难。最后，她们居然不明不白地痛失了冠军。

颁奖时，常笑就瞥见一个特别眼熟的女生，趾高气扬地朝她走来，十分嚣张地瞄了她一眼。然后，这女生转过身去对经管系球队的队长小钱不以为然道：“喂，要不要加赛一场？你们经管系那些老前辈，都可以上。”说完，回头又瞄了常笑一眼。

“老”字有必要拖这么长吗？常笑有种错觉，这女人其实是冲着她来的。

只是，这女人是谁，她一点也没有印象。

小钱年轻气盛，把牙咬得咯吱咯吱响，果敢地应战。

那女生摆出一副意料之中的样子，笑了笑，望着常笑道：“输的人给赢的人干件事，敢不敢？”

常笑没什么不敢的，自然点头。

待那眼睛长到头顶上的骄傲女一走，小钱就把所有队员都聚集了起来，下了死命令：“这次比赛，只许胜，不许败！”

其实，常笑这大半年都没怎么打过球，只是面对强敌，还是有种热血沸腾且跃跃欲试的感觉。再说了，计算机系整个系的女生加起来，还没经管系一个年级的女生多，如果这次她们再输，那真是丢脸丢到太平洋去了。

于是，她决定，从明天开始，清晨不再去晨跑，改成篮球训练。

清晨，常笑刚到达目的地抓起篮球，季晓桐突然给她来了电话，开门见山地问：“人在哪儿呢？”

“球场。”常笑以为他说的是跑步的事，又解释道，“今天开始我暂停其他活动，好了，拜拜。”

“我是问具体位置。”

常笑迟疑了一下，虽然有些纳闷，但还是如实报告：“1号楼旁边那个。干吗？”她运了几下球，感觉稍微有些手生，又道：“有话就赶紧说，没空搭理你。”

“我过去找你。”

“啊？”常笑瞄了眼身旁几个一起集训的小姑娘，突然想起这家伙是计算机系的，就直截了当地问，“刺探军情？”

“去你的，”季晓桐哼了声，沉默了一下才接着说，“私人给你辅导。”

“什么？”常笑没听清。

“私人给你辅导。”

她愣了愣，说：“咦？你放着你们系的美女不去辅导，来辅导我们……你是想当间谍？我们——”

他没好气地插话：“不是你们，是你。”

“啧，我们家的姑娘，才不……”

“免得你技不如人，把我输了。”

“需要你辅导……”她生生卡住，脑子空白了一下，问，“你刚刚说什么？”

“免得你技不如人，把我输了。”他像放连环炮一样嗒嗒嗒地说完，又迸出一句，“等我。”

然后，电话那端就传来嘟嘟的断线声。

4.

我今天太开心了！

常笑从头到尾细细品味了这番话一下，脑子突然有点空。

接着，她有些麻木地把手机放回裤兜，又运了两下球，几乎是站在靠近半场的位置，突然使力，朝着篮筐将自己手中的球扔了出去。

球在半空中划出了一段完美的弧线之后，居然这么稳稳当当地进了！简直不可思议！

原本此起彼伏的运球声、跑动声，在球落地咚咚咚的闷声中，突然不约而同地停了下来。几个同队的小姑娘，全部嘴巴微张，数秒钟后，齐齐发出赞叹——

“哇……”

这该是怎样的力道和准头，才能投进去的呀……

常笑对所有惊叹视若无睹，突然蹿上前，又截断一球，动作干净利落，出手就射进！

又进了！

然后，她跨了几步上前，将一旁发呆的小师妹手中的篮球抢过来，运球前进，两步半上篮。

投完，她手持篮球，重重地吐了一口气，“呼——”没退步啊，不需要辅导啊……

不过，这好像不是事情的关键……什么才是呢？她不由得又呆滞了一秒。

“好！”一旁的小钱突然重重拍起掌来，特自豪地朝大一那群小姑娘开口，“之前没跟你们说，你们还不知道常笑师姐以前是个什么人物吧。她以前一直是我们球队的主力，还进了校队……”

常笑回过神来，摸了摸头，听到这话多少有一点高兴。

然而，当瞄到教学楼拐角处突然出现的人物时，她心跳陡然加速，大吼一声：“啊！”

然后，她就当着全部人的面，十分用力地把手里的篮球朝他的方向扔了出去，又挤出一种别扭的无辜的声音：“哎呀！是谁这么不小心把球丢了？”接着拔腿就朝球追了过去，“我去捡球！”

她在众人尴尬的视线之中，咚咚咚地朝教学楼的方向跑去。可后来，她捡起球还是往前跑，一直跑到拐角处，拉扯着不知什么人，跑没了。

常笑左手抱着篮球，右手拉着季晓桐跑了数百米，才匆匆把他扯到一棵大树后头，皱着眉头问：“你来这里干什么？”

季晓桐沉默了一下，耸耸肩，说：“不知道，你拉我过来的……”

呃，对……她窘了窘，猛地吸了口气，颐指气使地戳他：“那你知不知道我拉你过来干什么？”

“不知道。”

她鄙视他：“笨！”

季晓桐顿时无语了。常笑又哼了声：“你贸然出现会出乱子的，她们会以为我背叛了！”

“那你有没有？”

“当然没有！”

“这就对了，身正不怕影子斜。”

呃，也对……她抬头看了看他俊俏的脸，突然顿了一下，终于想出了事情的重点！

于是，她一把揪起他的衣襟，将他整个人压靠在大树上，眯眼装狠：“我哪里技不如人了？什么叫把你输了？”

季晓桐看着她亮灿灿的眸子，不自觉地一愣，果然，面对面说这些话还是有压力……只是，这男人婆最近不知怎的好像变得有女人味一些了……

他偷偷地别开视线，顾左右而言他："不输就好。"

"那当然。咦？不对，不是这个意思！"

"那你是要把我输了？"

"当然不！"常笑张口反对，随后蹙起了眉，"呃……不……"

闻言，他便是一副心情大好的样子，一脸"我就说吧"的愉悦。

"不是，就要输掉……不对……"她说得舌头打结，最后恼羞成怒，"你闭嘴！听我说！"

季晓桐耸耸肩，表示很无辜，他刚刚根本一句话都没说。

常笑这才深吸一口气，松开他的衣襟，把篮球换了只手抱着："我是跟那个谁打赌，可又不是针对你。"

"你确定？"

呃，她不确定……

"你忘了？"他没头没脑地开口。

"忘什么了？"

"忘了那个向你下战书的女人。"他白她一眼，"记不记得之前有个人黑你的电脑？记不记得我们之前一起晨跑的相片被曝光？记不记得有段时间你一直是论坛的焦点？她都是始作俑者，这都是我们系公开的事情了。那你说她这次突然挑衅你，还跟你打那个赌，不是针对我，会是谁？"

这家伙真自恋！可常笑又觉得他说得有道理，一时也找不到话反驳，哼了一声："说不定人家是让我替她打你一巴掌。"

"你敢！"他瞪她。

常笑没理他，埋头认真思考着这件事的可行性。

季晓桐毫不犹豫地冲她的前额敲下去，嚷嚷："不准考虑！"

痛。常笑揉揉前额，见他又火了，抿嘴一笑，突然挺胸，没来由地双手握拳，用右臂把篮球夹着，比出"大力水手"的姿势，神情骄傲无比地说："I'll be the winner！ Ya！"

季晓桐石化。

常笑也有些尴尬，随即又重重地哼了一声："篮球这么大块的肌肉，你见过没？"

他轻声说："没。"

她也说："我也没见过。"

"练球吧……"

"嗯……"

两人并肩走了一会儿，到拐角处时，她突然一掌推开他，皱眉道："差点被你骗了，你还是哪儿凉快哪儿歇菜去。"

季晓桐被她突如其来的一掌推得踉跄了一下，随即稳了稳脚步，就猛地一步上前，抢走她捧着的球，撒腿往前冲了几步，回身挑高眉，扬起唇，挑衅道："猪头，有本事来抢。"

常笑顿了一下，一个箭步上前，眼看就要碰到球。

季晓桐反应极快，一个闪身避过，回头冲她孩子气地吐了吐舌头。

常笑气得直跳脚："你别跑！"

"我就跑，就跑。"

"啊！回来了……"这厢，一个训练中的小师妹突然指向出现在拐角处的二人。

季晓桐时不时在前运运球，嘴角带笑，而常笑紧随其后，扯开嗓子不停吼着："你带球走步了！双带了！犯规！"

于是，季晓桐笑得更欢。

小师妹无语：呃……你看这都大三的师兄师姐了，怎么这么幼稚啊？后来，结束训练回教室上课的时候，常笑想着想着就纳闷了，那个女的喜欢季晓桐，和她有什么关系啊？他是她的谁啊？

这天，常笑洗完澡，穿了白T恤、黑色紧身短裤，神清气爽地从洗手间出来，刚好和容兰迎面撞上。容兰稳住身子，抬头直直地对上常笑的脸，突然愣了一下，仔仔细细地把她打量了一番……

接着，她猛地转过身去把倩倩也拉了过来，两人嘀嘀咕咕着，就常笑的脸小声议论了一下。

突然，倩倩摆出恍然大悟的神情，直道：“呀，笑笑，你变得有女人味一些了。”

打从这学期开学，她俩就觉得常笑这家伙哪里变得不一样了，可朝夕相处下来也没发现什么端倪，就没怎么放在心上。如今这么一看，她柔顺的头发湿润润地贴在额前，嘴唇水水润润的，最关键的是，这丫头修了眉！

常笑原本两道英挺的浓眉，被修成好看的形状，弯弯如黛，整个脸部线条居然就轻易柔和了一些。只是，她依旧眼透英气，身姿笔挺，加上她特有的笑容，此刻倒有几分雌雄难辨了。

怎么说呢？就是有种很奇特很微妙的吸引力。

常笑愣了愣，毫不掩饰兴奋，笑道：“真的呀？”

容兰和倩倩没搭话，望着她啧啧称奇。这眉修得可真是好啊，顺着常笑原本的眉形，一丝不苟的，恰到好处。

常笑五官原本就不差，就是浓眉大眼，使得阳刚味太重，如今竟也和女人味扯上了点边儿。

倩倩往常笑前额狠狠一敲，说：“笨蛋，当初是谁说头可断，眉不可修来着？”

“我！”常笑应得爽快，“我错了！”她蓦地扬眉，带了几分心有余悸，“我这次实习新认识了个同事，她说我再不修眉，就会被剩下！会嫁不出去！会熬成老姑婆！”

“你同事真英明。”倩倩感叹。

“你同事真威武。”容兰接话，又看了看常笑，感叹道，“就拔了一点眉毛，你竟然就有点脱胎换骨的味道了啊。”

“真的呀？哎呀，你们好讨厌好讨厌的！”说得人家心里美滋滋的，她还以为这辈子没人能看出来呢。

季晓桐那家伙那段时间和她朝夕相处，就没看出来。

而后，常笑像是想到什么，又把领口往下拉了一点，身子半弓，露了些重点给两个女人瞄了下，直吼：“快看快看，她还教我穿调整型内衣……”说着说着，突然就自个儿兴奋起来，“先前我还犹豫着，不敢穿，今天竟然有了变化！我今天太开心了！”

倩倩闻言，无话可说。

容兰有些窘：“你的要求真低……”

“哼。”常笑不理她们，特别骄傲地去照了照镜子。人家说女大十八变，她的变化虽然来得迟了些，但有总比没有强！

哇哈哈！常笑高兴得仰天长啸。

其实，和计算机系女队打球，常笑表示没有压力。

既然老队员都可以上，常笑就把以前和她搭档的老队员都请出了山，再加上新人中的拔尖选手，磨合两周后，她相信这支队伍在C大女子球队里，已经所向无敌了。

同时，她通过小道消息得知，这次计算机系那群姑娘之所以敢嚣张，是因为有几个都在高中打过校队。而且，当中有两个够身高，有技术，配合得特别好。

但关于这一点，心里有个底就够了。

很快就到了约定的比赛日，常笑提前到场热身。那个觊觎着季晓桐的女生，今日也像模像样地挤在对手队伍中间，一副志在必得的样子。

而最让常笑意外的是，孙恬恬也来了。她觉得自个儿心态要不得，居然还是觉得有些不舒服。

今天来观战的人特别多，队员们的亲朋好友，各系来观摩比赛的球员，两个系宣传部、组织部招来的啦啦队，还有计算机系那清一色戴眼镜、小平头乱糟糟的男子汉，还有刚好路过，顺便看看热闹的。人一堆一堆地挤着，居然把整个比赛场地围得水泄不通。

常笑有点纳闷，今年新生联赛的决赛都没这么多人去看。

眼看到时间了，她在白T恤外面套了件红色篮球队服就上场了。

比赛还未开始，计算机系那头突然有了骚动，那堵人墙突然分出了一条道，季晓桐和他寝室那群损友，高调登场。

难怪人家说红花总需绿叶衬，季晓桐在那一干计算机系精英的衬托下，居然显出倾国倾城的味道……只差没回眸一笑百媚生了。

呃……常笑微微被自己内心的想法吓到了。

突然，季晓桐身旁那个好像叫阿标的室友，朝她狠狠挥了挥手，大吼：“常笑！为了我们大帅，要全力以赴，誓死方休哟！”

旁边突然一阵哄笑，好像有某种不言而喻的默契在当中游走。这种默契，在常笑看来，有种让人毛骨悚然的错觉……

“滚！”她可不是为他而战。

回过头，她就看见球场旁那个下挑战书的女人在咬牙切齿地瞪着她，孙恬恬的笑容也显然有些裂痕。

“哼！”常笑把头昂得高高的，心想瞪什么瞪，“不就是个连首发阵容都不能上的家伙吗？”

一看对方脸色发青，常笑才意识到自己把心里话说出来了，晕……

5.

我要是毁容了，你养我一辈子！

比赛很快就在哨音中开始了。

计算机系那群人习惯快攻，节奏感非常好，常笑见识过，所以不忘再次提醒队员警惕。但她终究慢了一步，带球的那个家伙明显是老手，也不怯场，实打实地和她正面冲突，往往她一上前拦截，球就被传了出去。

“嘟——”没多久，裁判吹哨示意，比了个两分的手势，计算机系率先得分，场上便响起了雷鸣般的疯叫声。

她们这次无论运气和手感都不错，常笑表示认同，但同时她又皱了皱眉头，计算机系那群男人，其实是在伺机起哄吧。

她用余光瞄了眼季晓桐，他原本安安静静地站着，这球一进，他就皱起了眉头。

常笑不知怎的居然为他这种叛变的行为感到高兴，甩了甩头，收回视线，专心比赛。可她一带球，两个人就把她团团围住，不好突破，她只好瞄准空隙，一次次把球传出去。

大概因为氛围的关系，她的队友明显不在状态，接到球却好几次投射失手，反倒对手把握机会，进行快攻。一小节下来，她们居然落后了八分。

九月的天气还是炎热难耐，大概心理压力大，小憩时一名队友居然瘫坐在地上，重重地喘着粗气，汗如雨下。小钱有点焦躁，一直问常笑怎么办。

常笑觉得还是心态问题，平时的实力发挥不出来，球也不容易投进去。

她还在琢磨着怎么办，就瞥见季晓桐悄悄地挪到经管系的阵营内，朝她挤了个眼色，似乎是招呼她过去。

她以为他打算传授两手秘技，想了想，就尾随其后。孰料刚挤出人墙，季晓桐就敲了她头一下，然后没好气地瞪她一眼。

常笑本来就窝火，正打算发泄两句，只见他突然向左右望了望。

眼见大伙都忙着议论，并没人看过来，他就深吸一口气，然后这么一个帅气十足的家伙，居然出其不意地学她比了个“大力水手”的姿势，压低声线说：“Come on！ You’ll be the winner！ Ya！”

常笑发现自己一点也笑不出来，呃……原来她平时这么丢人啊！季晓桐等不到反应，又敲了她一下，没好气地开口：“让你们队 17 号到前锋位置，快打快。”接着又吼：“把刚刚你看到的，全部忘掉，忘掉！”

常笑直接忽略最后一句，低头思考，觉得他提的方法确实可行，思路豁然开朗。于是，她抬头咧嘴一笑，冲他的肩膀挥了一拳，说：“谢啦！”

刚想回头，又觉得实在是太热，她就突然揪住外面的球衣作为遮挡，当着季晓桐的面把白 T 恤从宽松的球衣里剥了下来，随后率性地扔给目瞪口呆的他，骄傲地扬扬头，吩咐道：“拿着！”

常笑挤回队伍，冲大伙拍了拍手，埋头做出指示，然后露出一个“常式”笑容，说：“动起来。”又瞄向特地赶来观战的容兰和倩倩，直吼，“你们俩家伙干点事！”

接下来的比赛，常笑带领整个队伍在进攻节奏上出现了变化，她自个儿也迅速移动着。她在第一小节确实打得不够积极，如今脚底生风，内线突破，外线开花，很快就把大家的情绪带动起来，队友命中率也逐渐提高。

三分，两分，两分，三分……到了第三小节，经管系球队的分数不但反超，甚至将差距拉大到了两位数。

天气热得厉害，加上球场上里里外外都是人，奋战中的队员几乎全身汗湿，有些姑娘一甩就是一辫子汗水。计算机系的那群人明显体力不支，哪像她们这边替补人员充足？

于是，第四小节一上场，局势完全是一面倒。

就在这当口，先前下战书的那个女生，终于按捺不住，上场了。

常笑抛开恩怨，严阵以待。不料球一到手里，那个女生便以“绝对故意”的角度和速度向她砸了过来。因为离得太近，她已经来不及闪开，只能匆匆用手一挡。球重重击打在手臂上，陡生麻意，立刻就是一股刺痛主宰着她的神经。

没想到，身后防守的人也不知是故意的还是不小心，像是被什么绊倒了，居然朝她的方向一扑。整个过程非常迅速，她根本来不及反应，脚踝一崴，人就被推倒在地。

“常笑！”

“常笑！”

“小心！”

耳边传来各种呼喊，容兰和倩倩赶紧围了过来，队友也急匆匆地跑去扶她。常笑疼痛难耐，一时也不知道是要自己爬起来，还是被人扶起来好。

说时迟，那时快，一个高大的身影突然冲开重重阻拦，从人墙之外挤了进来。来人一弓腰，常笑只感觉一双强而有力的大手，一只绕过她的肩，扣紧她的手臂，另一只则绕至她的膝窝处……

一瞬间，常笑的大脑又是一片空白，她匆匆抬头，只见各种各样的人围聚在身旁。此时太阳已经偏西，可依旧刺目的太阳光，洒在那人身后，镀上一层金辉，让她一不留神晃了眼，只觉得有什么透过那人关切的眸子，直勾勾地朝她射过来……

接着，她身子悬空，心，就这么不受控制地怦怦乱跳了起来……

那是某种很熟悉的味道，她有点晃神，待视线慢慢聚焦，她看清楚了那张精致的脸。

是季晓桐……

她突然想起自个儿在哪篇小说里写的句子——

“他满目焦急地将她抱起，薄唇紧抿，双臂强而有力。小美心想，至此，他便是她一个人的英雄……”

某些遥远的记忆突然被揭开，她微微屏住呼吸，却怎么也克制不了自己的心跳，怦怦怦怦……

这样的怀抱，和余非的背，竟是这般不同，她无法克制地想着。

而且，她很重的，还流了很多汗呢……

常笑难得释放了少女情怀一回，不料，在看清楚周遭人的反应时，她深深地窘了——这些坏蛋脸上写着的，并不是英雄救美的浪漫主义色彩，而是一种难以用言语表达的窘意……

真是太不给面子了……常笑心想。

就在这时，有人突然大叫了一声“危险”，只见一个篮球朝她砸了过来，方向精准无比。

啊！夫妻本是同林鸟，大难临头都各自飞了，更何况她和他？

常笑承认是自己挡住了季晓桐的视线，然而她只是……只是反应能力太好了一些，整个人往下一缩，那球就扑了个空，直直砸向季晓桐的脸。

咚！那一声闷响清晰可闻，光是听声音就可想而知有多痛。

放我下来……现在放我下来……现在轻轻放我下来……常笑尝试

催眠自己，毕竟她可以感受到他胸口急剧地上下起伏着，和他风雨欲来的压抑情绪。

果真！不到三秒——

“我要是毁容了，你养我一辈子！”他也不顾有伤在身，抱着她有些气急败坏地吼。

这一吼震天响，一字一句，在场围观的所有人，都听得清清楚楚。

常笑身为当事人，被吼得一愣一愣的，沉默了好一会儿。也不知是四周围了太多人，太热了还是太闷了，她的耳边像是一直回荡着那句话——

“你养我一辈子……”

“养我一辈子……”

“一辈子……”

她掏了掏被他吼得有些痛的耳朵，答得有些小心翼翼：“不是我扔的啊……”

“你躲了！”他愤愤地指控。

呃，还好躲开了……常笑怀着庆幸的心情瞄了一眼那集中显示在他前额的球印，心想还好没砸中他的鼻子。只是，没多久，他的伤处就红得厉害，看起来有些触目惊心……

常笑有些心虚，突然想到重点，眉毛一皱，脚上一用力，就脱离他的怀抱下了地，用没受伤的脚踮地，自胸腔深处发出一声惊天狮吼：“喂！谁扔的球？”

她要发脾气了！

听到怒吼，孙恬恬以及罪魁祸首明显瑟缩了一下。然而，她们理智仍在，又要面子得紧，就昂首挺胸地站在原地，望着常笑，原本还称得上姣好的脸，却早已因嫉恨而扭曲了。

过了一会儿，常笑三两步走上前。因为她气势太盛，原本围在她身边的人，竟然都自然而然地朝两边分开，所有视线都集中在那一脸黑青的罪魁祸首身上。

常笑气势太盛，令孙恬恬和那个女生情不自禁地屏住呼吸，神情紧张。

然而，走近之后，她也没做出什么惊天地泣鬼神的事来，仅是站定伸出手来，微微一笑，出人意料地说：“来，握个手。”

两个女生面面相觑，面带狐疑，总觉得常笑的微笑看起来有点怪怪的。然而，众目睽睽之下，若是拒绝对方明显的言和行为，以后自己在C大恐怕很难立足……

两人似乎用眼神交流了什么信息，李子研迟疑了一会儿，决意回握。然而，她刚和常笑的手交握，就突然尖叫出声：“啊！好痛！”

常笑却不动如山，面不改色，明媚而忧伤地继续使劲。

“放开我！啊啊，好痛。”

对于基础医学什么的，常笑一窍不通，但是手要怎么握，才会使对方在不受伤的情况下无比疼痛，她还是很清楚的。加上她天生劲大，一只手的力量，就足以让对方痛不欲生了。

整个场地，男男女女数以百计，都被这突如其来扭转的局势弄得目瞪口呆，一个个都讷讷的，安静了好半晌。

“放、放开我！”李子研的声音已然带着哭腔。

孙恬恬这才反应过来，嚷嚷着：“放开她！”她刚要一巴掌往常笑手上拍，后者便横眉怒目地斜睨她一眼，似笑非笑。

见状，孙恬恬禁不住浑身一僵，活生生地倒吸一口冷气，手僵在半空中，怎么也下不来了。好、好可怕的感觉……

常笑满意地收回视线，继续看着李子研，平平淡淡地开口：“道歉。”

“你休想！啊……好痛！”

一句逞强的话，显然加剧了疼痛。她死命地想从常笑的手中挣脱，但显然是徒劳无功。常笑勾勾嘴角，说：“我劝你不要做无谓的挣扎。”她眯眯眼，锲而不舍地要求对方道歉：“道歉。”

“好痛……”李子研咬咬下唇，眼泪在眼眶里猛打转，接着吧嗒吧嗒地掉了下来。

常笑也不心软，只平静地重复着那两个字：“道歉。”

李子研哭得好不专心，可疼痛难耐，她别无他法，只得说：“我道歉。”

“大声点！”常笑说罢，手上更用劲。

李子研不由得哀号一声，说：“我道歉！”

“知错了吗？”

李子研吧嗒吧嗒流着眼泪，没说话。

“嗯？”

“知错了！”她哭腔更重。

“错哪儿了？”

“哪儿都错了！”李子研显然是放弃了挣扎。

常笑点了点头，说：“很好，记住了，是人打球，不是球打人。”

说完，她才把手放开。李子研一下子瘫在孙恬恬的怀里，泣不成声。

此时全场是死一般寂静，常笑环视了全场一圈，摸摸头，对现场情况表示疑惑。

突然，人群中一个计算机系的男生往前一步，双手抱拳，身子微弓，说：“常将军威武，属下——”最后两个字简直是由衷而发，“佩服！”

常将军……呃……常笑微微一僵，干笑，接着便要离开。

不料身后又有一人高呼：“常将军好走！”

常笑忍不住抱拳，学着赵本山在空中挥舞了两下，持续干笑：“呵呵……好走好走。”

这时，季晓桐突然凑上前来，暗自朝常笑伸出手来，说：“来，握一下。”他满腹疑惑：瞧那女生哭得一塌糊涂的样子，有那么痛吗？

常笑横他一眼，自然知道他什么心思，刚才面对的毕竟是个女生，难免收敛了几分力道，如今有人自个儿送上门来……她轻轻一哼，以十分劲道狠狠一捏，接着微微一笑，就松开手来，继续朝身后一众粉丝挥手：“好走好走……”

季晓桐久久一脸平静地站在原地，半晌后才舒展了下酥麻的手。他懂了，会痛……

第八部分

1.

你是不是对我有意思啊？

篮球赛一事在C大传开了，经此一役，常笑俨然成为C大新一代人气王，一时间，众多学子争相追捧，茶余饭后，对其亲身所历之事，无不津津乐道。

此后，但凡学校论坛上言及常笑，皆以“威武真命大将军”冠名。自此，将军之威名，永垂C大青史。只是，此乃后话。

也不知从何时开始，倩倩和容兰开始无意识地劝说起常笑来，言语中藏着的不乏“其实季大帅不错啊不错”之类的意思。

又是一个阳光明媚的下午，阳光在窗外都快把整个地面烤干了，容兰捧着书，突然冒出一句：“其实季晓桐在追你吧。”

虽然她的措辞和过往有所差别，但常笑仍然直觉性地摇头：“不可能！”

容兰看看她，一针见血地问：“你是说他不可能追你，还是说你不可能接受他？”

对于自己一时间竟不知道如何回答，常笑深感意外，躲过容兰的眼神，重重哼了一声：“都不可能！”

容兰叹了口气，指出：“你说谎。”

“我才没有！”可说完这话，常笑自己都有一丝迟疑，皱了皱眉头，“我和余非才分开……”大半年？一年？还是多久？

她心里突然有些慌乱，原本，她以为每一个分开的日子，都会刻骨铭心。

这时，倩倩从阳台上走了进来，摆出一副知心姐姐的样子：“常笑，你前些日子，又敢说‘呀，余非喜欢’这种话了。也就是说，你，常笑，现在已经可以再次面对他了。所以，常大姑娘，你已经不如以前那般爱他了。”

常笑不知道为何有些讨厌自己，否认道：“才不是，才不是这样。”

“那该怎么样？你们已经分手了。”容兰又叹了口气，“你为他哭过，悲伤过，也爱过，但那都是过去的事了，感情这玩意儿，不就是你情我愿？你非得把自己困在过去吗？”

倩倩坐在床上，抱住枕头旁的大熊娃娃，感慨万分：“现在这个可是季晓桐啊。”

“季晓桐啊……”容兰表示认可。

“不对！”常笑不由得站了起来，“反正不对！”

容兰白了她一眼，下令：“坐下。”

常笑犹豫了下，还是坐了下来。

容兰接着说：“先前我们不敢问你，那么常大小姐，你有没有搞清楚，最后到底是怎么和他分手的？”

闻言，常笑彻底沉默了下来。

怎么分手的？因为余妈妈吗？不对，余妈妈的干涉顶多算一小部分原因。

那么，是因为什么？

两人就那么一直冷战，谁也不肯再踏出一步。

“其实，一开始我和倩倩都不怎么看好你们这一对，别说我们马后炮。因为余非太强势了，但与其说我们不喜欢他，还不如说有些害怕他。他那个人，太聪明，也太冷静，我一直怀疑像他那样的人，到底懂不懂怎么去爱一个人。让人不得不想，他对你好，是因为你让他觉得好掌控。你先前什么都听他的……”

“才不是……”

“那你后来那么难过，他妈那样对你，他怎么不安慰安慰你？”

“安慰了……”常笑蹙了蹙眉，“他说……让我相信他……”

“那你问问自己，你相不相信他？”

“我信！”

“那他怎么不相信你？”倩倩又在后面搭话，“这种事是相互的，如果你相信他，那你们又怎么会冷战？”

常笑找不到话反驳，又难过起来，只好找借口：“我要去睡觉！”

“睡什么觉！”容兰一把拉住她，长长叹了口气，“常笑，你其实是个很爽快、很可爱……”

“还很窘。”倩倩迅速插话。

“好吧，”容兰咳了一声，清清嗓子，“还有点窘的女孩……但我和倩倩都非常喜欢你，因为你心口如一，干净，而且真实。可我和她都不喜欢你的一点，想知道是哪一点吗？”

顿了一下，常笑有些不甘不愿地开口：“说吧。”

容兰平静地看着她，接话：“那就是面对爱情，你总是一个劲儿地逃避，自信没了，爽快没了，甚至是自卑的。我们眼中的你很好啊，够男人够义气也够贤惠，可是你表现出来的，就是懦弱！一副‘他怎么可能喜欢我’的样子。”

常笑撇了撇嘴，抗议：“哪里……”

“没错，我和倩倩经常在想，你的自信到底去了哪里！”

倩倩点了点头，说：“你和余非恋爱那段时期，路上碰到同学，你都会下意识地避开，唯恐别人问起你和余非的事。你在担心什么？余非见不得人，还是你见不得人？”

常笑没吭声。

容兰说：“常笑，其实你是我们三个之中最美好的女孩。”

“啊？真的？”常笑喜出望外。

“假的。”容兰哼了一声，“想得美。”

常笑顿时沉默了。

“我是觉得你该走出来了。季晓桐这个人简单，而且出众，和你简直是绝配。”

“他哪会看上我……”不自信的常笑又上线了。

“你闭嘴，他都对你吼，让你养一辈子了，你还否认。”

闻言，常笑又沉默了。

“也不见他打电话骚扰我们。”

“还给你联系实习单位。”

“还动不动就请你吃饭。”

“一到寒暑假，你就和他双双闹失踪。”

“嗯，最关键的是，你这欠揍的家伙，对人家的态度一直模棱两可，人家还甘之如饴。过去这大半年的情形，是你可以随随便便扭头就走，而他是俯首甘为孺子牛。”

这下，常笑彻底沉默了。眼看两个女人你一言我一语，讨论得兴致勃勃，话题转变之快，让她望而兴叹。这种八卦精神，着实让她自愧不如。

“我没有逃……”常笑突然插话，躲开她俩的视线，“我只是……只是觉得也许我真的……太男人了。”

容兰摸了摸她的头，说：“孩子，傻人有傻福，你先后牵扯上的这两个……绝对可以让你笑傲江湖了。”

倩倩点头赞同：“而我们，还在痛苦地和坏男人纠缠。”

呃……

“我……我去睡觉了！”常笑实在不想和她俩纠缠了。

关于季晓桐，或者说，关于季晓桐对她的感觉，她终于后知后觉地意识到，或许就这么一回事吧……

这种想法突然让她觉得焦躁，尤其是全世界都在说“这个人对你有意思吧”，但那个人一如往常地对待你。

常笑觉得，事情不能再这么暧昧不清下去了。

常笑有时干事全凭直觉，准确来说，她或许只想求证罢了，况且她心里头的答案，大致也是站在否定的那边。毕竟，对方是季晓桐，那个相貌出类拔萃，足以傲视群雄的季晓桐。

咖啡厅里，两人如往常一般闲坐，常笑频频抬头望望季晓桐，迟疑加犹豫，突然视死如归地问了一句：“你是不是对我有意思啊？”

“噗——”季晓桐一口冰水欲喷吐而出，呛得狂咳嗽。然后，也不知道是因为被呛，还是因为害羞，他的一张俊脸涨得通红。

见他一副惊魂未定的样子，常笑被弄得恰似丈二和尚摸不着头脑，好心伸出手拍了拍他的背，想帮他顺顺气。不料，他反应更大，一掌挥开，指着她“你你你”了半天，突然推开椅子，大吼：“你你你……你不要脸！”然后就跑了。

常笑被他雷得外焦内嫩……是就是，不是就不是，她好做出相应的对策，现在这样算是什么意思？

她皱了皱眉头，喝了一口凉水，不料下一刻，她手机响起短信提示音，打开一看，是季晓桐那厮发过来的——

“这样都能被你看出来。啧，开条件吧。”视死如归的口吻。

“噗——”常笑瞬间喷了，“哎哎哎……”

常笑顺了口气，神情呆滞地杵了半天，关键是她竟然发现，她其实并不排斥这个建议……

鬼使神差地，她一个字一个字地摁了出来：“你穿裙子从北院，穿过学校行政楼，再穿过图书馆，到我寝室楼下来，我就考虑考虑。”

没多久，她就听到季晓桐的短信提示音好像在身后响起了。她刚想找人，身后突然蹿出一个人影，暴跳如雷地吼：“什么？！”

季晓桐铁青着脸，拿着手机面向她，指控道：“你提出这么卑鄙的要求之后，还好意思说考虑考虑？”

呃……她不由得窘了窘。她是不是干出什么蠢事了？

常笑觉得很奇怪，她和季晓桐那天的窘人窘事，明明应该只是两个人的事，没想到倩倩和容兰居然知道了。

倩倩当即就冲她的后脑勺死命一拍，大吼：“你这个白痴，那个是季晓桐啊！”

容兰倒是兴致勃勃地说：“没事，我倒想看看季大帅有没有那样的决心和脸皮，为爱牺牲。”

至于常笑，她抓了抓头，觉得自己好像其实并没有心理准备。一连两天，季晓桐那边都没有动静，常笑微微松了口气。

然而，另一方面，人的劣根性作祟，她总觉得心里边好像有哪里不大舒服，食髓不知味。可在容兰和倩倩面前，她又只能装作不在乎的样子。

晚上，她躺在床上翻来覆去，偷偷地反省着——她那天怎么就这么冲动，才迷迷糊糊地睡着了。

一睁眼就是第三天清早了，容兰和倩倩不知道发什么神经，早早爬了起来，居然已经穿戴完毕，还把常笑衣柜的衣服都翻了出来，做这样那样的搭配。

常笑窘窘地想着，这一件一件地收拾起来，也不知道要花费多少时间。

好不容易找到一件黄蓝格子长衬衣，容兰就匆匆把她推进了洗手间，下身配一条黑色紧身牛仔裤，搭配常笑的短发，有几分中性而不失俏丽的味道。

关键是，常笑还真不知道自己什么时候买了这么一件衣服……

“下楼下楼。”她刚换好衣服，倩倩就拉着她往楼下走。

一到寝室楼下，常笑就发觉不对了。不知怎的，不少学生围聚在周遭，似乎正就某些事进行讨论。

随后，容兰拨通了一个号码，劈头就嚷嚷：“来了来了。”

紧接着，常笑就被眼前的场景惊得目瞪口呆。

一行十来人，一字排开，全体披着不知道从哪儿团购的斗篷，像蝙蝠侠一样把自己裹了起来，远远地自图书馆前面的空地出发，整整齐齐、浩浩荡荡地齐步向这边走来。

常笑的寝室正对图书馆，前面是一块极大的草坪，零散地种着些铁树什么的，时常有学生贪图快捷，直接践踏。她自个儿从不干这事，向来循规蹈矩。眼看那些人，横扫草坪，一步一步靠近，她的心境百般复杂。

最后，一干人等在她面前约三十米处停下来，齐刷刷地保持严正的表情。

身边的人越聚越多，常笑还隐约听见寝室楼里有谁在高呼“有戏看啊”之类的，接着是“咚咚咚”跑动的声音，她看到不少女生都围聚在走廊上，兴致勃勃地期待着什么。这一层一层一层往上望去，好不震撼。

尽管如此，那十来人仍不为所动，一派“冷眼看天下，静思人生路”的岿然姿态。不知怎的，常笑看出了点神经病的味道……

2.

让牵一下有什么关系！别人都是这样的！

其实，大学里各种窘事时有发生，只是有这种架势的，还真没见过：一眼望去，一个个暗红色的斗篷在徐徐微风下好不招摇。

常笑还未来得及理顺思路，倩倩就蓦地从后面用手把她的眼睛蒙住了。

这一遮，把常笑所有的好奇心都给挑起来了。

她隐约听见了些动静，随后是短暂的死一般的寂静，接着就是各种的惊叹、讨论、哗然，此起彼伏，声势之浩大，让常笑心痒难耐，仿佛被十几万只蚂蚁在啃噬。

她顿时按捺不住，不管三七二十一，倏地将倩倩的手拉扯了下来。一瞬间，她仿佛听到了自己下巴掉地的声音——

那十来人高举双手，把斗篷高高支撑起，而藏在那些斗篷里边的是各式各样、花色各异的裙子和……腿毛。

十来个男人同时穿着裙子站在你面前所带来的震撼，就好比你做完大手术之后打算好生休养的时候，医生跑过来跟你说，他把手术钳落在你肚子里了。

常笑愣愣的，反应不过来，而下一刻，斗篷军队突然从中间分开，一辆半新不旧的单车从暗红色屏障后缓缓骑进了她的视线。

季晓桐骑在单车上，身穿与她同色系的格子衬衫和黑色牛仔裤，以一种漫不经心的姿势，单脚撑地，接着微微侧过头来，深棕色的眼瞳在阳光下熠熠生辉，柔顺的短发轻轻扬起，迷人万分的骚包样引得整栋大楼的女子皆不自觉地轻抽了一口气。

然而，他只是专心致志地看向她。

常笑有一刹那的恍惚，在那专注的视线下，竟忍不住轻轻屏住呼吸。

阳光明媚，她有些眩晕。

接着，那群超脱世俗的男人，终于露出本性，一个个挤出暧昧至极的奸诈笑容，也不顾自个儿丢脸丢去了太平洋，整齐划一地比出“请”的姿势，怪里怪气地齐声嚷道：“常姑娘上轿！”

上什么轿？不就是辆破烂单车吗？一见众人的眼光不约而同地移到自己身上来，常笑只觉得自己快疯了，整个头都在嗡嗡地响。

季晓桐也不说话，静静地杵在那里，眼里却写着紧张，还有期待。

就在她还稍有迟疑的时候，容兰受不了了，在后面推了她一把，她一个不稳就向前跨了一小步。

她……她现在跑还来不来得及啊？

如果跑了，季晓桐会受伤吧？大概这辈子都会被人耻笑吧？她想来想去，深吸一口气站稳了脚。横竖她进C大后，丢脸什么的，也不是第一次了，有什么了不起！

于是，她满不在乎地哼了一句，堂堂正正地迈了一步。然而，紧接着，她突然双手捂脸，火烧屁股般朝着季晓桐的方向直冲，还边冲边对季晓桐喊：“开车，快！快开车！”

季晓桐迷糊了半天，才反应过来，一蹬脚踏板，连人带车开始移动。常笑赶紧加速，三步并作两步，快步走到单车旁一跳——恰好跳上后座！

随即，车头因她的冲劲猛地一拐，季晓桐反应迅速，连忙扳回车头，自行车歪歪扭扭几下，终于上路了。

常笑回头偷偷瞄了眼那密密麻麻的人群——可谓有排山倒海之势，心一颤抖，重重往季晓桐肩膀上一拍："别磨磨蹭蹭的，冲！"

身后那群斗篷大军却异口同声地呼唤："送入洞房！"

"啊——"常笑捂着脸大叫一声，告诉自己什么也没听到。

直到感觉车身拐了个大弯，终于脱离了这逼人就范的"求爱"场面，她才松了口气。

在这阳光明媚的早晨，他们两个人，一辆自行车，慢慢悠悠地穿过校道两旁葱绿的林荫，听着年久老旧的车轮滚动时发出的有节奏的咯吱咯吱声。

过了一会儿，季晓桐优雅的男中音从前方飘来，稍微泄露了他的紧张："所以……这事儿就这么定了？"

常笑坐在单车后头甩了甩脚，没留心他说的话。

嗯……这自行车真是够矮的，由于身高原因，她要使双脚不落地就必须一直抬高，这才一会儿工夫，她的两腿就酸酸的。

"喂！"

"喂！"

两人同时出声，前者是见她不说话，按捺不住；后者则是双脚太酸，语带抗议。

"你先说'好'。"

"换我搭你吧。"

两人又是同时发话。

一阵沉默之后……

"不用！我力量充沛！"

"咦？说什么好？"

于是，两人再次沉默……

“反正我就当你答应了。”

常笑却是惊天一吼：“小心！”

突然，车身一颠簸，大概是碾过石块之类的。车轮往前又转了几圈，就到了学校南边的长坡。这坡约四十度角，还有三百余米的一个大弯，再往下就是情人湖。

单车载着两人不断加速，开始飞速地向前冲。

季晓桐方才分神，没看路，这下回神才发现是下坡路，赶忙刹车，“吱——”老虎那厮借来的是什么破烂单车，他明显感觉刹车线断了……

眼见路中央走着三五成群的同学，季晓桐神经紧绷，也顾不上什么C大“旷世美男”的称号了，着急地嚷嚷着：“让开！让开！”

“还让什么开，赶紧刹车——”常笑吼了一嗓子，然后眼睛一瞪，语锋一转，声音更具爆发力，“让开！让开！”

那破单车也不知受了什么刺激，发了疯似的骨碌碌向下冲！

常笑生怕这玩意儿会散架，灾难应急能力爆棚，一把抱紧了季晓桐的腰，还费力把脚抬得高高的，免得着地磨坏了她的鞋……

“嘿，找死啊！”

“不要命了！”

“啊——这是学校，你们干什么呀？”

一路抱怨不断，常笑也顾不上了，紧紧地抱着季晓桐，咬着牙愤愤地想着，如果她因这事英年早逝，她要一缕幽魂哭倒长城，哭倒阎王殿！

险险躲闪开两个人，常笑狠狠捶了季晓桐一下，吼道：“刹车啊，浑蛋！”

“刹什么刹！线断了！你别吵！老子昨天才学会骑单车！”

季晓桐一个头两个大，早知道，他就开自己的车来了，要不也得买辆全新的山地车。都怪陈华说什么在学校低调，一切要低调啊，说什么骑旧单车既亲切又浪漫，还可以拉进两人之间的距离什么的……

“昨天才学会……”这个浑蛋！

常笑感觉一拐弯，车速竟然更快，坐在单车后头深吸一口气，眼睛一闭，更加用力地抱着他，脑子里只有一个念头——

就算死，老娘也要抱着你一起死！

只是，常笑显然多虑了。因为那个弯下来没多久就是平路，单车冲下来之后由于惯性作用又往前走了一段路，但无论如何，还是停了下来。

“呼——”季晓桐轻轻吐了口气，显然对自己的技术还算满意，接着视线落到常笑紧紧抱住他的那双手之上，目光顿时变得异常柔软。

常笑的脚还是翘得高高的，双腿又酸又麻。

整件事也不过几分钟，却足够惊心动魄。直到感觉不再有劲风拂面，常笑才睁开眼睛重重吸气，调节呼吸，压抑脾气。

好不容易平复了心情，她马上放开双手，也顾不上酸酸软软的双腿，跳下单车就朝不远处的情人湖走去。

季晓桐赶忙把单车往旁边一甩，三两步追了上来，解释道：“喂，这只是意外。”

常笑火气上来，“啊”了一声，冲着他捶胸口、揍手臂、踢小腿、踩脚板，然后瞪他一眼，扭头就走。

季晓桐向来也是风里来雨里去的性格，居然完全不反抗，乖乖任她打完。然后，他揉了揉吃痛的地方，又颠颠儿地追上前去，在后边拉扯了下她的衣摆，急急地嚷道：“这事儿我真当你同意了。”

“什么事？”常笑不明所以地把眉头皱得紧紧的。

“就……”他有些懊恼，大概是拉不下脸说明，就瞪了她一眼，随便指了一对湖对岸的情侣，“就那事儿啊。”

啊……情人湖旁边到处都坐着情侣，可真是扎眼啊。常笑眯眯眼，哼了声：“没那事儿！”

“什么？”季晓桐瞪大眼，“你敢不认账？是你自己说，只要我穿裙子就答应的！”

“是考虑。”

“考虑完就答应呗！”

“我不！”

“你——”季晓桐蓦然想起什么，倏地一把抱住她，声音突然变得软绵绵的，“你就答应吧……”

常笑顿时就沉默了。

季晓桐满意地松了口气，看来贿赂容兰的那两盒瑞士巧克力，还是有价值的。

容兰说她吃软不吃硬，他咬咬牙，一把扣住她的双臂，将她拉开一小段距离，面对面直直地望着她，说：“你……你就当我的女人吧。”

他一双深邃的眸子亮晶晶的，此刻显得特别无辜，满眼的期待，锁也锁不住。

常笑被他这一眼望得措手不及，看着英俊如斯的他，回想着这些日子他的陪伴，就突然犹豫了。

本来她确实也想通了，可临门一脚怎么就这么别扭！不过，计算机系那群大小伙儿，牺牲确实够大……

见她犹豫不决，季晓桐立马又想起了倩倩的教育，她说女人啊，忸怩了就是默许。于是，他赶紧先下手为强，不待她回答，就上前一把牵住她的手，哼了一声，佯装镇定地说：“那就这么说定了，哎，明天中午帮我打饭。”

“什么？！”

“那……”季晓桐一对上她的眼睛，气势立马弱了下来，“我帮你打饭。”

“这还差不多。”

听到这话，他才重重吐了口气，又有些得意地笑了笑。

情人湖波光粼粼，暖风吹得人心里美滋滋的，季晓桐的脸，在阳光下，耀眼夺目。

那笑容，灿烂如小时候乡下大屋旁盛开的桐花，一簇一簇，就这么击中了毫无防备的常笑心里的某根神经，酥酥麻麻的。

好像，有点幸福的感觉。那滋味甜甜的，一圈圈在心里泛开……

不可否认，季晓桐的表现确实感动了她，她在心里叹了口气，那就……将错就错……试试看吧。

想到这里，她自个儿也松了口气。

接着，她又察觉到了什么，皱了皱眉头，抽回自己的手，不解风情地开口："你怎么手心里都是汗？"

季晓桐无语了片刻，愤愤然重新握住她的手，宣告主权："让牵一下有什么关系！别人都是这样的！"他不也紧张吗？

"啊？"别人都是这样的？那……让他牵一下好了，但她也不忘强调，"就一下。"

季晓桐哼了一声，满意地扬了扬嘴角，心想：接下来就是剖析接吻战略了！

回去的时候，季晓桐扶起那辆刹车坏了的破单车，把车把递给常笑，自个儿乖乖地分开腿坐在后座，昂头望着她，撇撇嘴，一脸无辜地道："喏，你不是说换你来骑吗？"

接着，他故作正经地，深深望了眼那三百余米的大长坡，右手握拳，朝常笑露出一口白晃晃的牙："加油！"

3.

常笑也算是有恋爱经验的人了。

常笑也算是有恋爱经验的人了。这次她老人家也破罐子破摔，心想，有谁不满意找季晓桐去，反正是他大脑短路或者眼睛被狗屎糊住了，关她屁事。

然而，事情倒和她想象的不一样，至少她身旁的人，除了不掩饰对她的羡慕，大多还是抱着恭喜的心态。

只是，她偶尔会接到不具名的飞鸽快件，称"看你什么时候分手"，她竟也想斗一口气，决定就这么一辈子不和季晓桐分手了。

以前常笑不怎么觉得，真谈起恋爱，正了名，她才发现季晓桐对她确实好到有些人神共愤了。至少，他让她彻底明白了，什么叫“男人和女人的差别”和“男人是拿来使唤的”。

其实，之前倩倩和容兰强调过这两点，可出于某些外在条件和内在因素，她一直未能体会。而今却有一个人，将她从前要自己做的所有粗重工作全部包办，一个电话随传随到，奉陪任何娱乐节目，加上打不还手，骂偶尔还还口，还有不定时的小惊喜……

有这样一个人做伴，感觉确实不差。

身为女人，常笑感觉自己正逐步走在被人宠坏的光荣大道上。

关于这些，常笑在寝室交流会上说了出来，说着说着，容兰、倩倩就会不定时地尖叫连连，后来她自己都有点不好意思了……

突然，她摸摸倩倩的头叹了口气，安慰道：“倩倩，你的那些男朋友还真是些坏男人啊……”

倩倩无语。

容兰则立刻开始逼问她：“说！季晓桐还有没有堂兄或表弟？”

而常笑在季晓桐那一票兄弟眼里嘛……

一，性格爽朗，神经大条，这样的女人不容易争风吃醋；

二，玩游戏和各种球类，如数家珍，和这样的女人有共同语言；

三，心灵手巧，勤劳能干，还做得一手好菜，这样的女人贤良淑德；

四，够义气，够大胆，脸皮也够厚，为人大方，对周遭人也很体贴……

总之，不黏人，不啰唆，不无理取闹，不追求物质，有时傻乎乎的，语出惊人，但通情达理，加上家里条件还不错，本身也是个名牌大学毕业生，尤其在恋爱中添了几抹女人味，以及高挑的身材——怎么看，都是适合往家里娶的女人啊。

一时间，他们纷纷扼腕，觉得季晓桐在不知不觉中好像捡了个宝。

聊起这些的时候，季大帅哥把头昂得高高的，自豪无比，一副目中无人的欠揍姿态，直道：“哼，这我早就知道了。”

自然也免不了得意地笑。

所以，几个家伙偶尔会玩笑似的开口：“那你什么时候要和她分手了，给我们弟兄提个醒啊。”

“滚！滚蛋！滚一边儿歇菜去！”

这样悠闲的日子过得很快，一晃眼又一个春节将至。

常笑的大哥年底要奉子成婚了，她就推了实习，留在家帮大哥准备婚礼。

对于奉子成婚这一点，她感到很震惊。毕竟常喜那家伙是妇产科医生，关于避孕什么的门儿清，不可能会这么不小心的。

但他就一脸奸诈地笑着，眨巴眨巴眼睛，装傻道：“哎呀，避孕这个事，不可能滴水不漏的。”

顷刻间，常笑觉得自己遇到“单细胞”的季晓桐，实在是太幸运了。目前，那家伙除了牵个小手什么的，还没干出什么逾矩的事来。

未来大嫂是独生女，所以常笑最常干的事，就是陪大嫂去买东西。而且，人家是孕妇嘛，自然又是她帮忙把东西拿回来。

没被人宠过时不知道，常笑逛街的时候，还真就想起季晓桐来了——要是季晓桐在就好了，有人当苦力；要是季晓桐来就好了，有人当司机；要是季晓桐在就好了，有人埋单……

只不过，一放假，她就把他赶到S市去了。另一方面，她在家里，为了保密，也刻意减少了通话时间。没想到，她会想他呢……

想他了呢。

傍晚，陈晨给常笑打了个电话，说公司在S市发展不错，还说公司现在又在本市接了个大项目，需要常驻，所以，他过些日子会回来，在本市找个工作室，还戏谑似的说要给她个开荒经理的位置坐坐。

常笑连连摆手，陈晨就笑了，突然问：“那要不要来家里坐坐？”没等到她的回应，他又说，“关于怎么能不着痕迹地把你带回家见父母这件事，小桐已经烦恼了很久，可又怕太早，太郑重，会吓到你。”

听到这话，她突然就莫名地恐慌起来。

确实，如果两人一直交往下去，她就必须得面对季晓桐的父母。她原本以为不去提起，就无须面对，至少不是现在……

陈晨竟仿佛听出了她的担心，笑着说：“我姐一般听我的，心里已经默许你了，早就想见见你。”

“啊？”什么叫“早就想”？难道季晓桐一早就把他们的事跟家里提了？

然后，她竟在电话那头隐约听到季晓桐的声音，他好像说：“你跟她说，就说我妈让她给我当媳妇……”

她突然有种感觉，这两人大概已经回来了。

陈晨在电话那头笑得很开心，胡乱应着季晓桐，说“别急别急”，然后才对着话筒说：“晓桐说了，你不让他参加你哥的婚礼，不把他介绍给你爸妈，他就跟你没完，他就剥你外套，让你的平板身材原形毕露。”

“你这浑蛋！”季晓桐怒不可遏，“什么呀？我就说了我想去婚礼帮帮忙。”接着，他索性夺过手机，把心一横，冲她吼：“说吧，什么时候让我去见你爸妈？”

常笑愣了愣。

“你几点吃饭？”他又问。

“七点半左右……”

“嗯。那晚上我去你家吃个饭！到时你到楼下来接我上去！就这样！”

这时，陈晨笑意更浓，他带着戏谑的声音透过听筒传了过来：“哎呀，对待女朋友要温柔点。”

季晓桐在那边小声嘟囔：“什么呀？自己的女人还客气啊……”然而态度又大转弯：“那晚上我去你家吃个饭，行吗？到时你到楼下来接我上去，行吗？”可马上他就原形毕露，重重一哼：“不行也得行！”

常笑还没吭声，听动静就知道他把手机递给了陈晨。

“好吧，惊喜瞒不住了，那再跟你说个事儿。”陈晨的声音突然变得一本正经，对她说，“那小子说就喜欢你这样的，说胸大什么的，让别人流鼻血去吧，他不稀罕。”

常笑有点窘，有点害羞，不知如何接话。

“陈晨，你这浑蛋！以后再不跟你说事儿了！”那边立刻传来季晓桐恼羞成怒的吼声，以及争夺手机的声音。

“喂？”陈晨显然是保住了手机的归属权，又说，“其实吧，我外甥也不是见不得人，看在他对你忠心耿耿，一往情深的分上，你就当可怜一下他，别再让他在独自揣测中惴惴不安了，行吗？”

“我怎么不安了？拿过来……”

又是一阵争抢的声音。

“对了，你们还没亲嘴啊？那小子烦得头发都白了。”

季晓桐顿时爆吼：“陈晨！！”

“拜拜。”陈晨的声音依然带笑意。

常笑自始至终都没机会发言，听着嘟嘟的声音，不明所以地有些脸红，什么忠心耿耿，什么亲嘴，真是哪壶不开提哪壶啊。

这时，二哥常欢从后面拍了拍她的头，嚷嚷：“发什么呆！大嫂今晚来家里吃饭，过来帮忙！”

哦……她摸摸头，就出去帮忙了。

在帮忙煮饭的时候，她无意识地多放了一小碗米。好吧，就看在他喜欢平板身材的分上吧……

其实说起来惭愧，和他恋爱三个多月了，她确实没想过把他介绍给家里人。

她性格一向直来直往，对家里更是没什么好隐瞒的，但这次谈恋爱，连仙姑都不知道，待会儿还不晓得要怎么解释……大概，她心里还是有些不自信吧。

倒是和余非分手的事，他们一早就知道。虽然他们都没说什么，不过她知道，三个哥哥都把手机里余非的号码删掉了，大概是决定老死不相往来了。

想到这里，她又叹了口气，船到桥头自然直……顺其自然吧！

七点半还没到，季晓桐已经在楼下等了。

常笑一直让他等等，再等等，他这一等就等到了大家全部就座。

然后，自家人也不客气，大家碗筷磕碰着，就吃了起来。

常笑坐立不安，食不下咽，直到催促的手机铃声又闹个不停，她才应道："知道了知道了。"

挂了线，她长长叹了口气，低头又扒了两口饭，然后才低着头，视死如归般开口："我男朋友说想上来吃个便饭。"

哪怕给他吃一小口也行啊，她默默地想。

只不过，一大桌人，从德哥、仙姑，到常喜、常欢、常乐，再到大嫂和她未来侄子，全部显得很平静……

"好啊。"

"什么？"

"哦，她说她朋友来吃个饭。"

"这样啊，那就让他上来啊。"

"什么朋友？"

"哦，男朋友。"

"咦？是男朋友啊？"

"嗯，男……朋友……"

接着，除了大嫂和她侄子，从德哥到仙姑，到常喜、常欢、常乐，全部把手里的碗重重地往桌上一摆，瞪大眼睛，异口同声地说："什么？！男朋友？"

常笑瞄了镇定的大嫂一眼，一双眼睛骨碌碌地转个不停，猛地从位置上弹了起来，说："我去接人了！"

季晓桐上来之前，常笑一大家子，碗筷就全摆下了，整整齐齐地排成一排，一双双眼睛半眯，隐藏着犀利的眼神，蓄势待发。

然而，一瞄到季晓桐真人，大家全部明显愣了一下。俊眉红唇，眼波风流，宛若水墨画上炫目的朱丹，这……这么帅，行不行啊？

"我家里人。"常笑打破有些尴尬的沉默，又比了比季晓桐，"这是季晓桐。"

季晓桐俨然一副严阵以待的模样，深吸一口气，彬彬有礼地一弓身，沉稳有力地说："伯父好！伯母好！大哥、二哥、三哥好！大嫂好！”接着，他又维持行礼的姿势，把手里的大包小包举得高高的，郑重其事地说：“初次见面，小小礼物，不成敬意！”

那礼包上金灿灿的大字在灯光下有些晃眼，各式精美的包装，还有那一溜儿的名牌，看起来就是人民币啊……

于是，屋子里又陷入了诡异的沉默……

“谢谢！”常笑站在旁边，不知道为什么尴尬得要死，又紧张得要死，稀里糊涂地鼓起掌来。拍了两巴掌，她窘得要死，赶紧接过他手里的大包小包，随随便便往旁边一搁，干咳了一声。

德哥慢半拍地反应过来，说：“好，吃了没？”

季晓桐赶忙露出个无敌的迷人笑容：“还没吃，伯父。”

“哦……哦！那老婆，再去弄几个菜。”

季晓桐赶紧摆手：“不用麻烦了。”

“嗯，他就顺便来吃个饭。”常笑插嘴，“你们吃什么，我吃什么，我吃什么，他就吃什么！”然后拉了拉他衣摆，“对吧？”

“对。”

德哥和仙姑有点不知道说什么好。

这时，大哥站出来微微一笑，进退得宜地说：“坐吧。”

4.

以后，亲嘴什么的，我就不问你了啊，笨蛋。

因为已经开动，桌面上看起来有些狼藉，大家脸色有些尴尬。

季晓桐私下偷偷瞪了常笑一眼，责备她拖过了黄金时间，后者则表示心虚。

一餐饭，刚开始吃得有些沉闷，终于，仙姑装作不经意地发问：“什么时候在一起的啊？”

季晓桐立马放下碗筷，严肃地回答：“三个月了。”

仙姑也不客气，又问：“那喜欢我们家笑笑什么啊？”

一听这话，常笑神经都绷紧了。季晓桐则认认真真地望着仙姑，说：“她的一切。”接着就光明正大地握住了她的手。

真奇怪，大冬天的，常笑突然觉得热。

大嫂突然嘴角带笑，凑近常笑轻声问：“他对你挺好的，对吧？”

常笑死命点头，想想觉得不对，又拼命摇头，然后又点头，最后狠狠扒了口饭。她暗自踢了季晓桐一脚，握手握得这么紧干吗？她抽都抽不回来！

季晓桐不痛不痒，只是感觉到手心里微微渗汗，泄露了他的紧张。

二哥常欢也是个直肠子，突然迸出一句：“你家里人不反对？”

季晓桐赶紧点头：“哦，是这样的，如果方便的话，我爸妈想请你们明天一起吃个饭。”

此话换来席间一片死寂。

“呃……”常乐不怕死地搭腔，“是‘你’，还是‘你们’？”

“你们。”

“这么快？”仙姑表情都有些迷茫了。

“嗯……”季晓桐有些不好意思地笑了笑，“他们只是……比较热情。”

常笑送季晓桐出门的时候，是有些气急败坏的，她用力地捶了他一下：“不知情的人，还以为我们要谈婚事呢！”

季晓桐突然一把抓住她的手，将她拉近自己，迅速地在她嘴巴上啄了一下，接着重重地吐了口气，抵着她的后脑勺把她压进怀里，轻声道：“我只是想让你知道，我是认真的。”

常笑蓦地觉得眼眶有点湿，闻着他大衣的气息，吸了吸鼻子，突然有些恨恨地说：“不然呢？你以为我是闹着玩的吗？”

所以，家长什么的，见就见吧！呼，天气有点冷呢……她瞪了他一眼，又光明正大地扑进他怀里：嗯，来吧，给笑爷我抱一下。

“喂……”过了一会儿，他又唤她。

“干吗？”

“刚刚太快了……”

“嗯？”

“再亲一下吧……”话音还没落，他人又压了过来，吻上她的唇，辗转缠绵。

好不容易分开了，常笑眼神有些迷离地望着他，不说话。

突然，他吼了一句：“你看，你又默许了！”

接着，他再次倾身下来，就这么轻而易举地，掩盖了冬日的严寒。

走之前，除了“明天见”，季晓桐其实还有句话没说出口——“以后，亲嘴什么的，我就不问你了啊，笨蛋。”

事情比常笑想象的顺利多了。

这天晚上，她家里人全部聚在一块儿开会，针对季晓桐做了一次密切讨论，觉得看到的都是表面，确实得再深入了解。然后，得出一个初步结论——人太帅，不靠谱啊。

这还不靠谱？常笑在心里愤愤地反驳着，俨然外嫁女的姿态。

第二天一爬起来，常笑就一直处于焦虑状态中，莫名其妙地心跳加速。

可家里人一向雷厉风行、说一不二，也不给她拒绝的机会，就拉着她往约定的地方去。

季家应该比她想象的有钱，不过一顿饭，竟然约在本市最好的五星级饭店，订了一间那种装修得富丽堂皇的超级大包厢。又一想，其实他昨天送她家人的礼物，应该也不便宜……

敢情她原来一直没了解过他的家境？哎……

他们刚被服务员带入包厢，一个胖胖的女人就笑眯眯地迎了上来，显得热情如火，也平易近人。然后，那女人丝毫不显生疏地把常家人都安排坐下，就绕到常笑面前，笑得春光满面，亲昵无比地说：“哟，你就是常笑吧！我们家的臭小子，承蒙你多关照了啊。”

呃……季妈妈？常笑愣愣的，好半天没回过神来。

见状，仙姑提醒道：“叫人啊！愣着干什么？”

她才如梦初醒，赶紧点头打招呼：“阿姨好！”

“好，好！”季妈妈看她的眼神显然是满意的，肉肉的手掌温柔地裹着她的双手，拉扯着她向前，“来，坐这小子身旁”。接着冲季晓桐下指示：“倒茶。”

季晓桐在前边的位置坐得笔直，收到指示就乖乖地照办。

季妈妈又笑眯眯地向各位开口：“哦，孩子他爸刚刚打电话来，说有点事耽搁了，很快就到。我也不知道你们的口味，就先点了几个招牌菜，其他的，你们随意啊，别跟我客气。”

常笑就望着她一直发呆。

说实在的，常笑在正式见到季妈妈之前，脑子里塑造过无数个关于她的形象，譬如美艳动人的混血儿、温婉怡人的小家碧玉，或是像余妈妈那样精明干练的大家闺秀，怎么想，都是明艳光鲜的。

而不是这般和蔼可亲。

不过，想想又觉得合理，她和陈晨完全是一个模子刻出来的，都是个头不高，肉乎乎的，笑容满面的样子，可亲，却也透露出能干的气息。

不多一会儿，季晓桐的爸爸出现在门口——自打见了他妈，常笑对他爸的形象就一直没个准头——这一看不得了，西装笔挺，英姿勃发，精神抖擞，气宇轩昂，常笑简直把能用的词语都用上了。尤其那眼眉生得极好，混血儿的优点完全展露无遗，五官深邃立体，完完全全就是一副翩翩美男子的形象。他顶多就是四十出头的样子，看起来极具魅力。

常笑看的小说多了去了，如今脑子里却只是不停地冒出一个词——总裁，季爸爸活脱脱就是小说里头那漫山遍野的总裁形象。

他一进门，就径直上前轻轻吻了一下季妈妈的脸颊，接着自然而然地轻搂着她的腰，听她介绍在座的人，然后奉上魅力百分百的微笑。

常笑看着这对感情明显非常好的夫妇，心想，虽然季妈妈没有特别出众的风采什么的，也不是绝世美人，但为什么站在魅力十足的季爸爸身旁，仍然会让人觉得他们百般相配呢？

想着想着，季晓桐已经倒茶回来了，坐在她身旁，突然伸手握住了她的手。

常笑眼眶又有些湿润，轻轻地反握住他的手，深吸了一口气，突然有了无穷的勇气。

吃完饭，双方家长就默许他们自个儿出来走走。两个人一路都没说话，任凉飕飕的风，呼呼地拂过脸颊。

“季晓桐啊，”常笑走着走着，突然深吸了一口气，抬头看着他，“你有没有想过，如果你妈不喜欢我怎么办？”

季晓桐轻轻地摸了摸她的头，用温暖的大掌轻轻覆上她被风吹得冰凉的双颊，给予她暖意，然后勾嘴一笑，说：“关于这个问题，我和她已经达成共识了。”

“啊？”

“她先前就表示任何女人都好，只要我喜欢。事实上，她也说了，只要我小舅同意，她那边就更没问题。”

“哦……”常笑撇撇嘴，问，“但要是真的不喜欢呢？”

“笨蛋，”他双手用力，把她的脸揉捏成奇怪的形状，然后满意地咯咯笑着，轻声嗤道，“我跟她说了，她对你不满意，等于质疑我的眼光，会让我对自己的判断产生怀疑，我就会往偏激的道路上走，一去不返了。”

“你是个坏儿子。”

“笨，那你就替我疼我妈。”

“我会的！”常笑重重点了点头，然后轻轻蹙眉想了想，呃……她是不是做了什么承诺？

季晓桐立刻轻轻在她额头上印下一吻，心满意足地说：“真乖。”

季晓桐和常笑的关系被搬上台面后，他开始自然而然地融入常笑的家庭生活，德哥、仙姑、大哥、大嫂、二哥、三哥什么的，叫得很是欢快。他时不时还会窝在老三常乐的房间里，一起研究什么微操、装备，还有团战技术之类的，相处得很和谐。

至于仙姑，原先还对季晓桐的妖孽模样存在质疑，然而往来之间，见他表现优异，和女儿相处也是默契十足——小事上虽会拌拌嘴，但大事上一定无条件忍让，加上和谐的家庭关系，她已然对这小伙喜欢得不得了，言语中，不乏“你看人家晓桐”之类的赞叹。

久而久之，常笑偶尔也会在心里吃点小醋，抬头却看见季晓桐那家伙眉宇间也不掩饰得意，她自然哭笑不得。

当然，最主要的是，终于有人一力扛下搬运工的责任，她也乐得轻松。

一切都步入了正轨，大哥结婚那天，季晓桐腾上扑下的，忙活得很。关键是，季妈妈和季爸爸也都来了，顺带着牵来了二十辆新车，说是给大哥迎新娘壮声势，一下子就把两家人的关系拉得亲近无比。

季晓桐就在旁边不以为然地哼道：“等我娶你过门时，我要领着有一百辆花车的迎亲队伍，浩浩荡荡地把你迎进门。”

什么呀？这不是给交通添堵吗？还有，他们什么时候就亲近到谈婚论嫁的地步了啊？

可到后来，仙姑看她的眼神就有些怪了，好像她要是不嫁给季晓桐，就绝对是罪大恶极。

日子过得很快，转瞬就是大三下学期了。同学们大都奔入各式各样的考证行列，有些手脚快的，已经开始联络工作了。常笑倒也不急，就维持着往常的生活习性。

五月末，陈晨的公司终于在本市找到了新的工作室，从本部抽调了几只开荒牛过来，常笑认得里边的两个人。所以，在筹备阶段，周末她会跟季晓桐一起去瞅瞅有什么地方可以帮忙。

其间，她偶尔也想发条短信和余非说说近况，毕竟是这么多年的老朋友了。但后来想想，连“新年快乐”都免了，就在心里祝福他快乐吧。

六月中旬的某个好日子，分公司各方面已经准备得差不多了，投资方老总级人物会过来视察，安排个简单的剪彩，常笑和季晓桐都被命令去充人数，陈晨也会回来。末了，季晓桐又提醒她，让她穿得正式一点。

常笑就特地去买了一套黑色的女式西装小褂，穿起来精神抖擞，神采奕奕。

仙姑晚上看她试完衣服，终于感慨，她二十二年前生的，确实是个女儿。

5.

儿子最后还是选择了她，然而她知道，其实她还是失去了他。

眨眼就是剪彩日了，常笑穿得神采飞扬的就下了楼，站在楼下等季晓桐开车来接她。

然而，等着等着，她突然就瞧见了一个很眼熟的女人，定睛一看，竟是久久不见的余妈妈。

常笑不由得愣了愣——她极少在自家楼下遇见余妈妈，平日里也刻意避开了余非家那个小区，敢情今天天要下红雨了？余妈妈居然会出现在她家楼下。一时之间，她突然有种恍如隔世的感觉。

余妈妈虽然还是衣着光鲜，但眉宇间多少透露了几分憔悴。此刻，她手里提着大袋小袋——大约是一些家庭用品，匆匆从不远处走过……

常笑正犹豫着，不知是打个招呼，还是索性避开点，突然听见一声响——余妈妈竟然一个踉跄，整个人摔坐在地，手里的东西散落了一地……

附近也没其他人，余妈妈一声闷吭，也不叫疼，居然就坐在地上不起来了，只是脸黑黑的，一副有火无处发的样子。

常笑迟疑了一下，在心里叹了口气，还是走了过去，说：“阿姨，我来帮您吧。”接着就埋头默默地帮她拾起散落一地的东西。

余妈妈瞧见是她，大概是不愿被她见到狼狈的样子，愤愤地扯回自个儿的东西，说：“不用了，跟你没关系。”

常笑愣了愣，不由自主地解释：“阿姨，您误会了，我没在讨好您。”话音一落，她又愣了愣，她是不是又说错话了？

余妈妈愣了愣，眉头皱了起来，说：“我也不稀罕你的讨好，走开！”她刚想爬起来，但显然是扭到了脚，一下吃痛，又跌坐了下去。

“阿姨——”常笑赶紧伸手去扶，却被一掌拍开，碰了一鼻子灰。

常笑自讨没趣，撇撇嘴，又低头捡东西，感觉余妈妈始终红着眼一动不动地瞪着她。瞪到后来，余妈妈像是想到什么，重重地吐了口气，有些颓然。

然而，常笑刚偷瞄了她一眼，她就蓦地愤愤地瞪着常笑，指着常笑的鼻子骂：“都怪你！要不是你，我会千方百计把儿子送出国？现在老公一住院，家里什么都得我张罗，身旁连个人都没有！都怪你这家伙！”

常笑被骂得莫名其妙，却默默地任她发泄。等她吼完，常笑才轻声问了一句：“余叔叔住院了？”

“还不都是你害的？”

常笑只差大喊冤枉，想想还是保持沉默，帮她把东西都捡进购物袋里，又说：“阿姨，我扶您起来吧……”

“我起不来吗？你当我是废物吗？走走，看到你就心烦！”

常笑本来是打定主意任她骂的，结果听到这话突然百般委屈，撇撇嘴，小声抗议：“阿姨，您别这样，我以前也帮您修过水电啊……你们家厕所的灯泡还是我换的……”

余妈妈本来还想骂，突然一愣，脸蓦地涨红了：“你这姑娘是什么人啊？两个灯泡也计较！行，我现在就回去拆给你！”

“没让您还……”

再说了，当初我去换灯泡，还不是您说自己不够高吗——常笑不由得抓了抓头。

眼见余妈妈被气得脸红脖子粗，常笑不好再说什么，也不敢贸然上前扶她，就说：“那……阿姨，我帮您叫 120 吧。”

余妈妈愣了半秒，又吼起来：“你滚！滚开点，你是叫 120 来帮我收尸吧！你这死没良心的！”

常笑都不知该怎么办了……

“儿子不在身边，我容易吗我！你以前也是体贴的娃，现在怎么就变成这样了？”

“我没有……”

“你还说你没有，我刚刚经过，你连招呼都不打！”

不是不打，是不敢打……她一时也被余妈妈的态度弄糊涂了，只得窘窘地打招呼：“那，阿姨，您……好？”

余妈妈瞪着她沉默了数秒，突然重重叹了口气：“你还有没有跟我们家余非联系？”

常笑以为她又要兴师问罪，头摇得跟拨浪鼓似的：“没有！完全没有！绝对没有！”

余妈妈的眼神突然暗淡了下去，说：“他连你也不联系了吗？”

“啊？”

余妈妈声调突然沉了几分，仿佛找人倾诉般：“那孩子都两个春节没回来了，一直说忙啊忙，打电话也是不到五分钟就挂断，老是说忙……声音里都没有笑意了……他爸这次住院了，他也不回来看看，你说这孩子到底有什么忙的！”

“余叔叔怎么样了？”

余妈妈瞪她一眼，轻轻叹了口气，说：“死不了……”然后直直地望着她：“我家小子为了你，跟我斗了这么长时间的气，你可得负责！”

常笑实在是不知道说什么好。

“当初是我跟他说的，要继续跟你在一起，就断绝母子关系。我还看不清楚你？有这事，你还能跟他双栖双宿？我知道这事他肯定不会跟你说，那今儿个我跟你说了，你给他打个电话，把他叫回来，我也就……”她长长叹了口气，“许了。”

常笑完全不知道该说些什么，眼眶突然就蓄上了泪。季晓桐那张神采飞扬的脸，就这么浮到了眼前。她讷讷地唤了句：“阿姨……”

她想说“我有新男朋友了”……

就在此时，身后突然传来了季晓桐的呼唤：“常笑？”

余妈妈的视线就越过她，看向季晓桐，像是知道这个人的存在，满眼的不以为然。然后，她又望向常笑，语带责怪：“你和我家小非这么多年感情，说没了就没了？”接着就往她手里塞了一张字条，“这是我们家余非的电话，别告诉我你连个越洋电话都打不起！”

她摆出长辈的架势，拍了拍衣角，自个儿站了起来，接过常笑手里的东西，又道：“男人家，只有个皮囊顶个屁用！骨子里掩着什么心思，你还能看见？说不定只是贪你新鲜，回头就把你甩了。”紧接着话锋一转，“记得，让他回来看看他老子！”也不待常笑回应，她就走了。

呃……常笑窘窘地想，没受伤啊……

季晓桐迎了上来，揉揉她的头，问：“谁啊？”

常笑握紧了手里写着越洋电话号码的字条，有一点紧张，赶紧摇了摇头，说：“走吧。”

越想逃避的事情，往往越是躲不开。

汪臻前段日子老听邻里之间提起常家那个闺女，说是越看越像个男孩子了，虽然性格不错，人够爽快，但就怕太直接，免不了和将来的婆家拌嘴。

就是，一个女孩子家，疯疯癫癫的，没点大家闺秀的样子，以后带出去，还不是说她汪臻管教无方？

儿子最后还是选择了她，然而她知道，其实她还是失去了他。

都两年了，他居然真的狠心把他们两口子扔在国内，老借口学业忙，不回来。忙忙忙，忙得连打个电话回家的时间都没有？

以前邻里还会多嘴问她：“哎哟，你们家的小子，之前不是和常家那闺女走得很近？”

她总是一脸平静地说：“没有的事。”

久而久之，邻里也不说这事了，近期最常聊的，就是常太太高兴得不得了，幸福得不得了，说是闺女找了个打着灯笼没处找的好对象，人长得俊俏，还是个脚踏实地的乖孩子。

她在一旁想，能怎么样，不就是他儿子不要的女人？

但聊着聊着，一群老太太居然就夸起常笑来，说那闺女懂事，嘴巴甜，人也勤快……其实她早就知道，常笑肯干活，又不叫累，人也贴心，这女孩，在长辈面前向来听话得很，哪会有拌嘴的事？

说到后来，老太太们又说常家闺女可是越发俊俏了，个头又高挑，学习成绩也好，家境也好，心眼儿够实在，谁娶了也是个福气……

不知怎的，这些人不再像从前那般说常笑的不是了，而是称赞居多。

到后来，她们又说谁谁谁的媳妇和儿子又离了，谁谁谁又被媳妇气得吃不下饭，惹得她免不了担心起来：以后余非要是娶个外国女人回来，不知道能不能好好相处，那可真是个严重的问题了。

她倒真没想过，那个言谈举止大大咧咧，一副小男孩模样的家伙，只要穿身正装，居然轻易把周遭的女人都比了下去……

再想想儿子的表现……想着想着，她就发觉自己是不是做错什么事了。

一想再拖下去，这媳妇就真的被她完全推出门了，只得找点事补救。

汪臻也是个有心计的女人，就冲着常笑心眼儿实在这点，谎称她老头子生病，还能骗不到她？

反正长得太俊俏的男人靠不住，加上听说也就谈了几个月，比得上和她儿子的七八年感情？

"给你。"

"什么？"

季晓桐把东西硬塞进她怀里，神情有些别扭地说："我妈弄的提拉米苏。还有，我妈说谢谢你上次给她买的按摩器，让你上我们家坐坐。"然后瞄她一眼，打开保鲜盒的盖子，拿了一小块，"别废话，啊——"

常笑乖乖地张嘴，他把提拉米苏塞进她的嘴巴，才有些不自在地说："可可粉是我弄的。"

常笑嚼了嚼，香滑甜腻……她心里一热，溢满了如提拉米苏般的甜蜜。这个家伙，虽然嘴硬，却是对她最好的男人，她撇撇嘴，半嗔道："你妈存心要把我养胖！"

季晓桐嗤了声："那有什么，养胖了才好。以后咱们一走出去，一看就知道是一家人。"

常笑白他一眼，突然想起以前余非说过，要她找个不嫌她胖的男人……如今，眼前的还是个要养胖她的男人。

隐约听见他嘟囔了一句，她却微微走神，没听清，抬头问："你说什么？"

"没听见就算了。"他神情再次别扭起来。

常笑板起脸下命令："说。"说完，她自个儿又有点不好意思，在他面前，她的确是越来越任性了。

他咬咬牙，突然冲她吼："我说！以后再给我生个大胖宝宝！"然后敲了敲她的脑门，埋怨道："真是的，耳朵怎么不听人说话？"

江边的风吹得人神清气爽。

陈晨……好吧，小舅本来说晚上请吃饭，可是季晓桐半路带她脱逃，把车开到了郊区的河堤边。

沿岸野草丛生，迎风招摇。远方的夕阳那蜜橘色的余晖，柔柔地映在湖面，顺带把影子拉得老长。

更远处高楼林立，是属于这个城市特有的喧嚣。

而河水就这么静静地流淌着，半江瑟瑟半江红，美得让人屏息。

常笑看得有些失神，发现自己居然默许了他所说的。生个胖宝宝嘛……好像……还不错。

然后，她目不转睛地看着季晓桐在夕阳下美好得不太真实的脸。

这夕阳，在他眼睑上铺了淡淡一层余晖，他亮亮的眼眸里波光粼粼。眼波流转，加上他微微扬起的嘴角，他所有的满足，就这般毫不掩饰地流露出来。

她看得脸颊发热，就抽回视线，学着他，目眺远方。

过了一会儿，她轻轻地"嗯"了一声。

“真的？”他迟迟才反应过来，蓦地别过身来，惊喜地望着她，随即就咧嘴傻傻地笑了起来，接着，他重重哼了一声，故作正经地下令，“那以后，你在家给我带孩子，我负责把你养成胖子。”

常笑也不吭声，斜眼瞄他一眼，他的气势蓦地又软了下去，改口说：“那……我也帮着带？”

这还差不多，她这回倒没有否认，看着逐渐沉淀的橘红，开口道：“行吧。”

季晓桐也就沉默了一会儿，突然又激动了，一把搂住她，双臂劲道十足，目光却柔得腻人，重重在她额前亲吻了一下。

常笑勾了勾嘴角，微微昂头看着他好看的下巴，陡生冲动，就凑上前去，在他嘴巴上迅速轻轻咬了一下。也不管他傻愣愣的，还没反应过来，她就挠了挠脖子，说：“那个，我们走吧！”

“走去哪儿？”季晓桐无意识地摸摸嘴角。

常笑倏地耷拉下了脸，直抱怨：“这里蚊子咬死人了……”接着一脸疑惑地望着他，“咦？你皮这么厚？完全感觉不到？”

“呃……那是知觉失调？”

季晓桐的好心情全被她气光光了，大吼：“死女人！赶紧过来！再亲我一下！要不再给老子亲一下！”

尾声

1.

常笑终于掉下了眼泪。有些结局是你想象不到的。

“喏。”周一，常笑一回寝室，就把写着余非联络方式的字条递给了容兰。

“这是什么？”

常笑睁着眼睛说瞎话：“我不会说英文。”接着简单地把事情缘由解释了一下，又说：“其实，昨天我让常喜在他们医院查了下，发现余非他爸就是感冒去开了两片药，没他妈说的这么严重。”

容兰深吸一口气，问：“既然没事，你还管这事干吗？”

常笑抓了抓头发，叹了口气，说：“不知道，就觉得余妈妈好像挺可怜的……”余非真的两年没回国了吗？外国就那么好？

容兰白了她一眼，恨铁不成钢地说：“你还可怜她？当初是谁活生生拆散你们的？”

常笑努努嘴，现在回想起来，也说不上好坏——季晓桐确实对她不错，她现在的小日子也挺舒适，不提过去了！于是，她偷瞪了容兰一下，小声地讨好道：“你就打嘛！”

容兰平白无故地狠狠抖了一地鸡皮疙瘩，大吼："死常笑，别用你那张脸跟我撒娇！"接着没好气地说："要说什么？啧，我就说，余非，你妈妈喊你回家吃饭。"

常笑窘了窘，说："你就跟他说，把外国人的知识学完了赶紧回家，报效祖国。"

"你找倩倩去！"

"那个……我们寝室只有你的手机有国际长途功能，电话费我会给你的。"说完，常笑就跑出去了。

万一，真的打通了，她怕余非找她接电话……

电话事件之后，容兰就一直没主动提这个事，害得常笑把"打了没"这三个字憋在心里，生生憋成了化石。

但她能做的，也只有这些了。

事实上，她只是想起了余非的那句话——"我和你，若做不成情侣，也不再是朋友。"

只不过，常笑现在再想起这句话，心里已不再刺痛。除了免不了有些遗憾，她还是收拾了心情，继续和季晓桐当一对傻瓜情侣，拌拌嘴，调调情。

六月进入雷雨季节，每日中午，抑或傍晚时分，一阵暴雨常常会突如其来，冲散些许初夏的闷热。

季晓桐给常笑买了一双正版鳄鱼鞋，他自己也买了一双，雨停了，两个人就傻傻地跑去踩水。这一踩，又是一天过去了。

然而，正当她以为日子就会这么简单地逝去时，她才发现，原来上天就是这样，总会有这样那样让人意想不到的安排……

比如，安排某一个人，等候在你意想不到的地方。

看到余非的时候，常笑以为自己的梦没有醒。否则，他应该在太平洋的彼端，牵着外国美女的手逛大街。

她突然想起昨天天气预报说，今天有台风登陆，局部地区将有特大暴雨。可她抬头望了望天，阳光特别刺眼，晒在人身上火辣辣地疼，湛蓝的天空方圆几十里都没有云，竟没有一点要下雨的征兆。

那个叫余非的人，就站在他常站的那棵大树下，双手插在裤兜里，侧着脸望着郁郁葱葱的树荫，用一种闲淡的姿态。

斑驳的阳光，透过树叶的空隙，投射在他的身上。他的头发，已经不知不觉地长了些，密密的刘海掩盖住了他的眼。

常笑不知道自己是怎么了，突然想起了“一如既往”这个词。仿佛，他在那里等候她已久，如今也依旧在等……

她顿时觉得呼吸微微地刺痛起来。

原来有种感觉，虽然被掩埋了许久，但只要他的一个侧影，就能让她再度回想起来。

她叹了口气，深深呼吸，告诉自己——他，终归已被时间归类为过去。

所谓过去，之于她，便是不可挽回。

下一刻，余非仿佛突然察觉了她的出现，轻轻回过身来。

他的大行李箱，就随性而肆意地放在阳光之下，被晒得乌亮。斑驳的光影映在他身上，致使他的眼睛太过深邃，让她看不清楚。

她迟疑了一下，突然想起季晓桐别扭的表情，想起他不经意的深情目光，和他那副拿她无可奈何的神态。微笑已然浮现在嘴角，她朝余非望去，轻声说道：“好久不见。”

时至今日，她突然领悟了这四个字的含义，不同于相守之人所说的“你回来了”，这四个字，更多的是感怀——感怀这曾经相交过的两条直线。

他就这么深深地望着她，也不走近一步，嘴角带着他那温和如往常的微笑，突然从口袋里摸出手机，摁着什么键，然后朝她轻轻晃了晃手机。

紧接着，常笑就听到自个儿手机的短信提示音，“余非”那两个字如隔千秋般跃上屏幕。她打开一看，只有悠悠六个字：想你了，常大笑。

常笑感到心一颤，突然有些慌乱。

这几个字的含义，她不懂，不能懂。

然而，她不想再逃避，刻意逃避，只说明你在意。

她胡乱地想着该如何回应，想来想去，脑子里只闪过一行字：我已经是季大蒜的人了。

就在她打算回复的时候，余非竟不期然而然一步一步地朝她走近，说：“我已经在这里了，常笑。”

常笑望着他，眼看他即将靠近自己，她突然急急朝后退了一步——

可惜，我已经走远了。

她蓦地有些不解地望着他，真的不明白，为什么两年前的决裂，此刻的他，居然可以当作什么都没发生过，还是这么云淡风轻地笑着？为什么还把一切都伪造成两年前的样子，认为只要他走过来，她就会待在原地等他？

“常笑——”

她突然听到另一边有人唤她，像是隔着千山万水，急急地冲入她耳中。

是季晓桐……

紧接着，他原本的兴奋已全然掩在喉中，开口时变得正经无比：“我带了伞。”

此时，这一声叫唤简直有如天籁。常笑匆匆一瞥，竟打从心底松了口气，望着临到对面的季晓桐。

然后，她就这么冲了过去，自然而然地挽起了季晓桐的手臂。也不知怎的，她又回头瞄了眼余非……

突然就有一阵强风，吹得人五脏六腑都乱了，席卷起落叶微尘，迷了人眼。是台风来临吗……

也不知从哪儿刮来的云，像是微微掩去太阳的眼，可大地刚刚有些阴暗，又瞬间阳光普照，刺得人眼睛发痛。

第一阵风起，就再也收不住了，余非身后那棵大树，宛若生气那般，瑟瑟抖着，时不时有绿叶落下。突然，他悠悠记起那句烂透了的话——

叶子的离开，是因为风的追求，还是因为树的不挽留？

“我男朋友。”久久之后，常笑听到了自己的声音。

余非的笑容明明如暖阳般和煦，却又宛若悲伤至极，让人揪心。他淡淡地睨了季晓桐一眼，双方都没有说话，仿佛为了什么在僵持……

常笑觉得这气氛百般压抑，刚蹙了眉头，余非就开口了，仅仅是向着她说：“刚刚下的飞机，我好累。”

闻言，季晓桐整个眉头都拧紧了，似要发飙。常笑却望着他突然笑了笑，说：“我叫倩倩带你去喝杯茶吧。”

说完，她长长地叹了口气。

此时伤人，对她或他都好。

此后，三人都没有再开腔，常笑拉着季晓桐，往反方向离去。

一阵又一阵的强风，狠狠刮过……

一整个早上，常笑都显得有些心神不宁，却在季晓桐面前装作什么事情都没有发生。

她给倩倩打了个电话，拜托倩倩劝余非离开。

可是接下来倩倩给她的电话，已然不止一个。到后来，倩倩发起了脾气，常笑却已经铁了心，说：“那你把他扔在那儿吧，就说我没空。”

从那时开始，季晓桐就保持了沉默。常笑知道他在生气，可也想不到什么话来安慰他，她本来就不是会说话的人。

突然，天色暗了下来，厚厚的云层积压在上空，让人觉得分外压抑。常笑和季晓桐坐在咖啡馆里，突然有几分坐立难安。

轰隆！天空猛地一声炸雷，大雨瞬间就以倾盆之势，肆虐了整个大地。

常笑也不知为何没有关机，像是在等着谁的电话，因而，下一刻，手机仅振动了一下，她就迅速地接了起来。

“常笑！你赶紧回来吧！”倩倩的声音都快崩溃了。

轰隆！轰隆隆！外边狂风暴雨，雷鸣电闪，好不吓人。倾盆大雨宛若携着千钧之势，重重袭在地上，周遭的树也被风刮得呼啦呼啦作响。

她心里一咯噔，声音突然泄露了紧张：“怎么了？”

“下了好大的雨！余非站在大树下，不闪也不躲，拉都拉不走！就不怕被闪电劈死！”

“什么？”常笑感觉有些慌乱，六神无主，直直望向静候在一旁的季晓桐……

轰隆！又是一声炸雷，闪电张牙舞爪地刺痛了整片天空。

不行！

“我马上回去！”

常笑挂上电话，又望了眼季晓桐，只见他眼里闪过一抹难过，神情也显现了前所未有的严肃。

现在也来不及解释，她一咬牙，抓起伞就往外冲。

季晓桐没有阻止她，就眼睁睁地看着她朝门外走。然而，就在她一脚踏出咖啡馆的时候，他猛地一个箭步上前，追入雨中，狠狠一把拽住她。

这场雨来得又凶又狠，暴雨不间断地狠狠砸在两个人的身上，迷乱了他们的眼。

常笑皱着眉，有些焦躁地看着季晓桐，眼看就要使劲甩开他的手。这时，他已经缓和了所有的表情，轻轻地看着她，神情夹着些许无助，就问了一句：“你会回来吗？”

常笑感觉眼眶有点湿润，却分不清是雨水还是其他，仅是拨开他的手，坚定地说：“会！”

接着，她的身影就没入了雨帘之中。

“我等你。”他心里对她说。

突然，他有些茫然地看着乌云密布的天空，觉得心里仿佛被什么压挤着，透不过气来。

小心……

这一刻，他不明白自己为什么没有勇气追上去。

雷鸣电闪，暴雨倾盆，那伞显然是作用不大了，风肆虐着校道旁的一切。

常笑里里外外都湿了，昨天也不知发什么神经，明明就是一双凉鞋，她一时兴起，用牙刷刷得干干净净，搁在阳台上晒。

如今脚上的跑鞋浸了水，沉甸甸的，真是举步维艰。

她也不知道究竟是谁在等谁，身后是季晓桐，前面是余非。

走着走着，一看到站在大树下，已被大雨砸得浑身湿透的余非，她眼眶一湿，就仿佛大男子汉一般，上前一把拖住他的大行李箱，又走到他面前，一把扣住他的手腕，重重地吼了一声："走！"

浑身湿透，湿漉漉的头发贴着面额，余非竟一点也不心急，见了她，还微笑着问："走去哪儿？"

"我送你回家！"

余非耸了耸肩，目光轻柔地看着她，说："常笑，有你才有家。"

常笑沉默了半晌，突然笑出声来，雷声掩盖了一切，她却兀自笑着。接着，她抬头看了看依旧乌云密布的天空，豪爽地拍了拍他的胸膛，还是下意识地避开他的意图，说："反正刚才那么大雷电，都没劈死你，祸害遗千年，你再等会儿哈！"

紧接着，她看见余非的眉头轻轻蹙了起来。

常笑的笑意更深，确实，她从未用这样的口吻对他说过话。可是，她对某个男人说过各种各样难听的话。

"等着！"她用命令的口吻说道，然后干脆利落地把湿漉漉的跑鞋脱掉，打着赤脚噌噌地跑回寝室，把余非甩在了身后。

不一会儿，她就穿着亮黄色的鳄鱼鞋跑下来，神情已无牵挂，再次冲上前，拖住他的行李箱，咧嘴一笑："余小非，我送你回家！"

余非终于感觉到她神态上的不同，她呼吸一紧，却掩藏得极好，说："我以为我刚刚已经说了个明白。"

常笑点了点头，说："嗯，够明白了。可惜，余非，在你出国以前，我们明明说了分手。"

余非的嘴角，还是微微扬起，保持着常笑最熟悉的微笑。可是，那弧度，似乎又微微透露着悲伤。他说："嗯，是我提出的分手。"

他突然明白了，眼前的女孩，终于不再是他这两年始终心心念念的，那个记忆中的女孩。

因为，她确实已经变心了。

接着，也不待她反应，他笑容更深，悲伤也更重：“可你甚至，从未挽留。”

常笑沉默下来。

“我一直以为，你会舍不得。可是，一天又一天，你就这么把我和你的感情干耗着……”他的笑容一点点敛去，“你以前总说自己天不怕地不怕，不怕疼痛，不怕悲伤，所以，你也不怕耗没了我们的感情。”

雨下得嚣张肆意，似乎在跟谁较劲。

“我比谁都清楚，若不是我向前一步，你这一辈子都不会走向我。可是，我没想到，即便我向你走近一步又一步，你还是不会走向我。常笑……”他在雨中，看起来面容平静，却太过平静，不停歇的大雨，漫长的旅程，还有眼前这心心念念的人，让他脸色微微发白，嘴唇渐渐失了血色，他问，“小美最后怎么选择了英俊？”

常笑终于掉下了眼泪，泪珠顺着雨珠，源源不绝。

有些结局是你想象不到的，英雄，竟终归等不到美人……

见她不答，他慢慢上前，接过她手中的行李箱，说：“走吧。”声音柔柔的，如春风拂过。

那一步，常笑却再也跨不出去。

余非轻轻低头看了看她脚上那艳丽的黄色，又勾了勾嘴角，说：“你大概已经忘了，刚刚你脱下的鞋，是我送的。”

“余非……”常笑眼泪掉个不停，鼻头酸酸的，好生难过，可又不敢放声哭出来……

雨势突然小了，余非拂了拂头发，说：“以前我看你写的小说时，偶尔会有不好的念头，我没想到，居然是一种预感。常笑……”他轻轻抬头，看着身后的那棵大树——风把树叶吹得瑟瑟抖动，他笑容如云，缥缥缈缈的，“你是不是不喜欢我了？”

他还想问：你喜欢过我吗？

可是，真好笑啊，他居然不敢问出口。

常笑吸了吸鼻子，声音已经有些哽咽了：“小美……小美她……”她其实想解释些什么，可惜所有的话语都卡在喉咙中，再也挤不出一个字来。

他摇摇头，笑笑，突然伸手揉了揉她湿漉漉的头发，眼带宠溺：“你看你，都淋湿了啊。”

常笑泪眼婆娑，倏地嘤嘤哭出声响。余非眼神一软，将她带入怀中，又轻声说：“我以前是不是说过一句话？我和你，若做不成情侣，也不再是朋友……”他轻轻拍了拍她的背，问：“我现在，能不能把这句话收回？”

闻言，常笑泣不成声。除了点头，她已无力言语。

余非拍了拍她，拉着行李，轻声说：“陪我走一段吧。”

或许……也是他们感情的最后一段路了。

常笑忍着满眼的酸涩，轻轻地点着头。

两人并肩走在校道上，仿佛，和多年以前一样。

雨渐渐小了，风势也小了，只剩下时不时的轻风，席卷着过往的记忆。

余非思绪万千——

常笑，如果没有人反对过我们在一起，那该多好……

常笑，如果我没说过分手，那该多好……

常笑，如果我提前回来找过你，那该多好……

常笑，如果你没有爱上别人，那该多好……

常笑，如果我没有爱过你，那该多好……

如果，这些如果全部实现，你说多好。

2.

总会有一个人，等在你想象不到的地方。

常笑陪着余非一直走了很远，直到他拍拍她的肩膀，让她回来换身衣服。

她却站在原地，目送他上了的士，然后绝尘而去，她才身体有些僵硬地往回走。

回到寝室，倩倩和容兰一直问些乱七八糟的，她也没回答，揉揉鼻子，发现有点感冒的迹象，就赶紧洗了个澡，换了身衣服。

一直到倩倩问了句“那季晓桐呢”，她才如梦初醒：糟了！

于是，她脚踩着黄色鳄鱼鞋，火速朝季晓桐所在的咖啡馆奔去。饶是如此，距离她离开那地方，也已经两三个钟头。

离开的时候，他明明也淋了雨……想到这一点，她只觉得头皮发麻，心虚得不得了。完蛋了完蛋了，以季晓桐的性格，若真等在那儿，岂不是要将她生吞活剥了？

常笑也不知道为什么，她竟有十足的把握，觉得季晓桐定会等在那里。

然而，当她奔入那咖啡馆的时候，她左顾右盼地四处张望，却没看到那个熟悉的身影。

她也辨不清心里的焦急与失落怎么会来得这么突然，舌尖的味蕾居然与早前咖啡的苦涩发生了反应……

可是，这件事明明不能怪他。

但她好像被他宠坏了，总觉得他会理所当然地待在这里。光是想想都觉得不可思议，初识时他们还针锋相对来着……

明明找不到人，常笑也不知道为什么依旧不愿离开，继续在咖啡馆里盲目地转悠，总冀望在某个角落看到他。

如今这个“他”，竟在不知不觉中被三个字所替代……

季晓桐。

她愤恨地抱怨着他的耐性，直到把咖啡馆的每个角落都搜寻了好几遍，才怀着复杂的情绪慢慢踏出咖啡馆……

先给他打个电话吧，想这件事的时候，常笑心里涌上一股心虚，然而刚推开门，竟看到一个人双臂抱膝，蹲坐在玻璃门边。

她定睛确认了一下，呃……是季晓桐……

刚才她一定是走得太急了，才没发现……常笑重重地松了口气，心里冒起无数感动的泡泡，默默地靠近他，却发现他原本已经淋湿的头发已经快干了。

她一阵心疼，接着，感动便在心里溢得满满的，减弱了余非方才带给她的伤感。

扑通扑通……她清晰地听到了自己心跳的声音。

季晓桐如今看起来一个人在想着什么，低垂着头，一副求人领养的可怜兮兮的样子，甚至完全不顾过往行人的异样目光。

实在是太可怜了。常笑脑子里就闪过这一个念头。

唉，哪儿不好坐，偏要坐在这里。

她居然也不敢惊动他，放轻脚步，想趁着他失神的时候，悄悄绕到他后边……

可她才偷偷摸摸地走了一步，他突然抬起头来，也不说话，一双眼眸变成深邃的苦咖啡色，一眨不眨地望着她。

呀，被发现了啊？

他就这么望着她，他脸上已是委屈至极的神情，扁起薄唇，眼里写满了控诉！

想到此刻自己新换的一身衣服，再想想他还是一身湿，常笑发誓，她这辈子都没这么心虚过！

“季大帅……”她弱弱地叫着他。

通常他生她的气，顶多就是从鼻孔里哼气，但一下子就会没事。这次，他却连哼都不哼了，动作缓慢地拍了拍大腿，看了看还有点湿的裤脚，然后双手撑着腿，缓慢地站了起来，变得面无表情。

居然这么久！居然让他等了这么久！

“季晓桐……”她赶紧换上了讨好的声调，只求他大人有大量。

他大概脚有点麻，站起来之后就靠在身后的玻璃墙上缓了一阵子，才慢悠悠地迈开步子，朝她走来。

她站着一动也不动，然而他才朝她走了几步，就拐了个弯，朝另一个方向走去。

常笑赶紧追了上去，可绕到他左边也不是，绕到他右边也不是，人家根本看都不看她……

“季晓桐。”

“季晓桐……”

“季晓桐……我错了。”

“季晓桐！”

季晓桐却铁了心似的，愣是眉头都不挑一下。

他的冷漠让常笑有点心慌。她拉了拉他的衣摆，以求一个回眸，可惜结果还是不尽如人意。

她也顾不上其他，就出人意料地从后面小踢了他一下！

这一下终于如她所愿，季晓桐有了反应，他那原本面无表情的脸，突然被气得面红耳赤。常笑眼睛一闭，趁此机会把头凑了过去，大吼：“你打我吧！你打死我，我也认了！”

季晓桐又气又尴尬，瞬间丧失了言语功能，良久才恨恨地迸出两个违心的字来：“滚蛋！”

“吓？”常笑脸都挤在一块儿，委屈地讨好道，“不要这样子啦！”

“滚开！”

眼看他终于有了火气，常笑反而松了一口气，总比不理她强。

于是，她抓着他的手，有些无赖地想往自个儿身上揍：“你打我吧！打完就原谅我哈！”

季晓桐刚刚是站累了，才改为虚坐，如今整个身子都疲惫不已，却只能握紧了拳头跟她较劲，免得真的伤到她。眼看她要无赖，他奋力把自己的手往回一抽：“走开！不认识你！”

接着，他甩开她，快步朝前走去，仿佛真的想离她远点。

常笑顿时沉默下来，停止了所有举动，有些无助地望着他的背影……

其实，刚刚余非都说了，她还真没主动过……所以，哄人什么的，实在是太难了，她完全不懂。

还是说，要给发脾气的人时间，让他们都冷静一下？她犹豫了一下，书里是这样写的，女人不能太死缠烂打，会引起男人反感的……

季晓桐见她没追上来，回过身看了她一眼。

常笑低头讷讷地说："那我……"先走了？

还没等她把最后三个字说完，季晓桐仿佛看穿了她的心思，怒吼一声："你敢！"

他等了她三小时！她居然就只哄他三分钟！

咦？常笑乖乖闭了嘴，无辜地看着他。

"你不知道，老子以为你不回来了！跟人跑了！"他又是一阵委屈，继续吼，"你是猪吗？这个时候，你还要离我那么远吗？"

常笑顿悟，赶紧带着讨好的笑脸，追了上去，抱着他的手臂，腻乎乎地唤道："季晓桐——"

"哼！"他重重一哼，甩过脸去。

常笑想了想，说："你生气的时候，也帅极了！"就跟一颗世界级大蒜一样帅！

"哼。"

"吃饭的时候也帅，写程序的时候也帅，高兴的时候就更帅啦！嗯……"常笑偷偷瞄了下他的表情，"笑一个？"

"哼。"

常笑豁出去了！她扯了扯衣摆，更加用力地朝季晓桐贴了过去："季晓桐——"

他狠狠敲了她一下，猛地一把揽过她的肩膀，问："那个家伙呢？"

"走了。"

"走回美国了？"

"嗯……"大概吧……

"你以后大小事都得听我的，听到没有？"

"嗯……"要不要告诉他，余非说还跟她当朋友？

"走得越远越好！"

嗯……还是不要告诉他好了。

“哼，我还没气完。”

“咦？”

“下个星期由你来打饭。”

“啊？”只要一个星期啊……

“阿嚏！”

“啊……季晓桐你感冒了！”

“猪！你见过傻子以外的人在夏天感冒的吗……阿嚏！”

大学四年，说长不长，说短吧，也就是一眨眼的事情。

倩倩和容兰大学期间也没干什么特别的事，联谊的本事倒是不弱，两人联出了水平，毕业后一人进了婚姻介绍所，一人当了公关，专为人承办酒会。

而常笑终归进了陈晨在本市的那间分公司，还是从底层做起，但工资比实习期间多了不少。以后，她大概也会是……准股东太太。

尽管如此，倩倩还是给了常笑一张婚姻介绍所的黄金 VIP 会员卡，说她随时随地想男人，就可以有男人。

但她已经绑死在一棵稻草上了。

不过，常笑偶尔还是会瞒着季晓桐去体会一下相亲，见见各种各样的男人，增加写作素材。

顺带一提，常笑已经不需要每次见面，就先开门见山地表明立场，说什么“我是货真价实的女儿身”了。

常笑去相亲的方式很特别，她把自己会做的事情列了张清单，又把学历啊资历什么的写下来，接下来就照单通读，读完就笑着问对方：“那你会什么？”

通常就把对方给秒了。

有一次，倩倩实在忍不住，从一旁的盆栽后头蹦出来，猛地狠拍了一下常笑的后脑勺，大吼：“你把那挑衅般的笑容给我收敛点！你都快把我的会员得罪光了！”

常笑就乖乖地收敛了，但收着收着又忘了。

其实，她多少明白自己的立场……从专业角度来看，她就是个托儿。

常笑还是喜欢写小说，她把以前乱七八糟的稿子整理一下，梳理畅通之后，再次发上了网，竟然一不小心就多了不少点击量。

对此，她表示很骄傲。

又是一年夏天，季晓桐说话算话，一百辆迎亲轿车，浩浩荡荡地穿过了本市大街小巷，把她迎上了车。

季晓桐那天笑得很灿烂，仿佛七月里大朵大朵盛开的紫色桐花。

一朵一朵，芳香扑鼻。

“老婆！”季晓桐忍着没喝多少酒，一把抱着她……

突然，常笑的手机不合时宜地响了……

两人本来不想搭理，但手机偏响个不停。

常笑想了想，抽空“喂”了一声，对方的声音倒是亲切：“请问，是常小姐吗？”

“嗯，没空……”

常笑正打算挂电话的时候，对方已微笑着徐徐道来：“是这样的，我是编辑蓝朵朵，方便和你谈一下《英雄美人》的出版事宜吗？”

“什么？”常笑眼睛一亮，推开季晓桐，立刻坐直了，“方便方便！”

季晓桐扑了个空，咬咬牙，再接再厉。

电话那头的小编朵朵倒是全不知情，轻笑道：“哎呀，你笔下的小美可真是个人物啊……

“是啊是啊……”如是好几分钟，常笑坚持不懈地把坚持不懈的季晓桐推开。

对话持续进行中……

“如果可以的话，我们以后会对文章做出一些修改，因为阅读时我对一些地方存在疑问。”蓝朵朵笑眯眯的，对文章进行了深切展望，“还有，你看作品能改名为‘桐花朵朵开’吗……”

季晓桐在旁边双臂抱胸，皱着眉头静坐，夫妻之道贵在相互谦让！他忍……

两分钟之后，他再忍……

忍忍忍……

忍无可忍！季晓桐终于按捺不住，猛地一把夺过手机，吧嗒挂断。

然后，他将手机狠狠一扔，转过身来一脸肃穆地望着常笑，双臂抱胸，一本正经地说："说吧，到底是电话重要，还是我重要？"

——全文完——

番外一

聚会

前些日子，常笑收到一张同学聚会的邀请函，很正式的样子，上头印着亮灿灿的“十周年”三个大字。她一时间颇为感慨，发现仿佛才一眨眼的工夫，高中毕业居然就十年了。

是啊，她都是快奔三的人了，时间如流水啊。常笑低头看了看熟睡中的女儿，轻轻一笑，决定一定到场。

借着这股东风，常笑和久不联络的同学阿瑾通上了电话。其实，两人也不大熟,就是对方在告知她时间和地点的时候一不小心聊上了。

阿瑾挺热情，言语间也挺兴奋，说着说着像是突然想起什么：“哦，对了！”她音量不自觉地提高，“笑笑啊，你还记得张潇不？当时你俩名字有点音近，她不是总看你不顺眼来着，总是吼我们不要将她和你混为一谈？那家伙现在嫁得可好了。这次她特地搞这个聚会，还挺豪气地拍胸脯说聚会费用她全包了，啧啧，谁还看不出她什么心思？不就想炫耀下吗？”

“炫耀什么？”常笑显然没有找到重点。

阿瑾一副“哎呀，你怎么这个都不懂”的语气：“炫耀嫁了一个有钱的老公啊！”

常笑在电话这头耸耸肩，轻描淡写地“哦”了一声，心想这又不是什么了不起的事，她也嫁了一个有钱的老公啊。

"她不是长得挺好看吗？这两年在网上弄了个直播间，好像也有点粉丝给她刷礼物什么的。我也去看过，哎哎……"她压低声音说，"有装嫩的嫌疑。"

谁呀？常笑自幼心眼儿就大得很，歪着头回忆了下，张潇？嗯，好像是有这么个人，但是不大能记起模样。然后，她直言道："怎么，她长得很好看吗？"

"当然啊。"

常笑一本正经地说："不对吧，长得好看的，我不可能不记得她的样子啊，奇怪。"

"噗——"阿瑾毫不客气地笑开，"哈哈哈哈，可别让她听到了，不然又得找你的碴。"

常笑霸气地说："让她找。"

两人又聊了下过去，说到最后，阿瑾终于忍不住试探："对了，常笑啊，你们家余非怎么回事啊？这次听男生那边的联系人猴子说，他应该不来呢。你好好跟他说说啊，大家一块儿见见面呗，这聚会可不常有，我们这都多少年没见了。"

闻言，常笑愣了愣，突然叹了口气，说："你搞错了，余非不是我家的。"

似乎是听到了意料中的事，阿瑾有点故作惊讶："咦？我听说你们上大学那会儿在一起了呀，这消息传出来时可是炸开锅了呢。"

常笑抿抿嘴说："分了。"

"哦——"这一声有点意味深长。

说起余非，常笑还是有点感触的，不同于失落，就是还有点遗憾，像是青春日志上曾龙飞凤舞的钢笔字，历经星霜荏苒，已慢慢消淡。

但那个人在她生命里始终是特别的存在，即便，与爱情再无关系。

听说余非在国外毕业后，余妈妈一家人都搬了过去，所以……这下是连回来的理由都没有了呢。

短暂停顿后，阿瑾清了清嗓子，打破了常笑的思绪："哎哎，不知者无罪，你不会怪罪我吧？"

“不怪。”毕竟都过去这么久了。

“笑笑啊，说来听听呗，当时是你主动还是他主动啊？”

“知道这件事对你很重要吗？”

“呃……”阿瑾感觉碰了个钉子，但此刻还是改不了三姑六婆典范的样子，“其实还真是可惜，我本来还挺看好你们的，毕竟你们之前关系那么好。那现在……没联系了？”

常笑斟酌了下用词，说：“偶尔。”他不知从何处听说她女儿出生，寄了礼物回来，之后每逢岚岚生日，他人不到，礼物会到。

“真可惜啊！”阿瑾再度感慨，但她的八卦之魂显然还没有燃尽，又试探着问，“那……你现在有男朋友吗？”

“男朋友？没有。”老公倒是有一枚。

不过……想起倩倩警告她做人要低调，别没有事没事拿老公出来炫耀，她想了想，就没主动告知了。

对方却像笃定她单身一样，劝慰着：“放心，你一定会找到真命天子的。只是，良心建议，不要以余非为标准哟，那个太不好找啦，哈哈。”

以余非为标准……嗯，没必要吧？季晓桐这家伙也还好啦，还是有属于他的人格魅力的。不说别的，就那张脸搁哪儿不是吊打一众小鲜肉啊？

想到这儿，常笑收起小骄傲的心情，告诉自己，嗯，做人要低调。

大概误将她的沉默当作沮丧，阿瑾提高音量说：“没事没事。你最近在忙什么？”

“最近都闲在家里。”现如今，常笑算是个专职码字的，上一本刚写完，正打算好好休息一段时间呢。

“呃，别这么灰心啦，钞票和男人一定都会有的！”

“嗯。”都有呢。

“呀，我男朋友给我打电话了，那咱们聚会见吧。一定要来哦，不见不散哦！”

聚会的日子很快就到了，在本市一家挺有名气的大酒店内，包了整层餐厅。一拨人可以先约着去吃个午饭，聊聊天。

这天常笑白天还有点事，编辑打算给她在某杂志开个专栏，有些合作细节需要谈谈，她就和阿瑾通了个电话，说晚点到，然后简单收拾下了，打算提前出门，忙完了就去蹭个晚餐。她还没出门呢，被“赋闲在家”的季晓桐直接从背后搂住。他语带不爽地问：“非得穿这么漂亮去？”

常笑低头看了看自己的装扮，说：“还好吧？”

也就一身黑色西装连体裤而已，中间束了条装饰用的红色小皮带，挺精神的。见他嘴巴往自己颈部凑，她嫌弃地反手往他额头上拍了一下：“别蹭，把我发型弄坏了！”

如今，常笑一头秀发刚好及肩，不长不短的，她嫌碍事，就简单用皮筋束起来，仅留下额前几缕碎发。但因为脸小个高，身姿挺拔，加上特别修理过的眉毛，简单上了点妆，再搭配一身剪裁得宜的西装连体裤，便显得格外帅气、干练，还有点别样的妩媚，很是吸引眼球。

真是女大十八变。季晓桐对自己的独具慧眼还是很满意的，可眼下他正忙着愤愤不平：“我重要还是发型重要？”

“发型。”常笑好笑地推开他的头，然后摆摆手，“我出去了。”

“那我忙完，去妈那里接了孩子就去找你！”

“咦？没说能携伴啊！”常笑实话实说。

“我不管，我就去！”季晓桐一副不容拒绝的模样。

主权是必须要宣告的！

说得好听是高中同学聚会，万一哪个不长眼的蹿出来跟他抢女人怎么办？万一又搞出个两小无猜怎么办？想到这儿，他再次确认：“余非那家伙确定不去吧？”

“不知道啊，他又没跟我说，听人说是不去的……”常笑边说边带上了门。

“喂！常笑！你忘东西了！”季晓桐大声嚷嚷。

“真是的……”眼看就要掩上的门又被推开，常笑噘起嘴就凑了过来，季晓桐“哼”了一声，然后带着笑意把脸蛋凑过去，就听到啵的一声脆响。

“乖，别出去招蜂引蝶啊！”季晓桐心满意足地冲她挥小手绢。

常笑横了他一眼，嘟囔道：“上次也不知道谁的野花半夜给我打电话……”

“喂，我把手机抢过来臭骂了她一顿啊！”伴随着他的抱怨，门已经吧嗒一声关上了。然后，季晓桐还冲到玻璃窗前等了好一会儿，见她出来还目送了一会儿，冲她的背影招手，“老婆拜拜！”

见常笑特洒脱地冲自己也扬了扬手，季晓桐这才给他闺女打电话。电话一被接起，他便父爱泛滥，笑眯眯地说：“哎哟，小心肝儿，爸爸去签个合同，然后就去外婆那里接你好不好？”

聊了一会儿，吃了些小茶点，常笑拒绝了编辑的晚餐邀请，又拒绝了编辑让她拍套艺术照，靠脸宣传的建议，就打了个车去聚会的酒店。

她的车前两天刚好送去保养了，所以季晓桐才会抓着机会说一定要来接她。但这么多年了，她还能不知道季晓桐那点小心思？不过是他对余非还有点耿耿于怀，想在她老同学面前晃一圈，证明自己不比余非差罢了。

要是真有哪个女人夸一句他好帅什么的，他保管会用得意的小眼神冲她挑眉。啧啧，想到这儿，常笑勾唇笑了笑，一不小心就又显露出了很幸福的样子，罪过啊……

她下车时，晚宴应该开始好一会儿了，听阿瑾说，张潇没搞那种传统的围桌吃饭的形式，而是赶了趟时髦，办的自助餐，说是对服装没啥要求，但大家心里亮堂得很，都不会穿得太随便。毕竟大伙都清楚，虽说聚首是在重温青春情怀，但不排除可能会有种微妙心理，攀比下，炫耀下，或者八卦下——

知道还有人过得没我好，那我就放心了。

毕竟真正关系好的同学，也不靠这种聚会联络感情。

因而，这种时候，贫富差距就是伤人的事情了。

当年青春少艾的懵懂少年，或许也变成了八面玲珑的油腻青年，或者无可奈何地变成了当初自己最讨厌的那类人，但又能怎么样呢？只能举起酒杯，仰起头，一杯水酒下肚，祭奠如诗的年华……

常笑吧，高中时候人缘还可以，但深交的没几个，这群同学中更是一个闺蜜都没有，除了余非。唉，当初如果他们没有发展成恋爱关系，是不是……结果会好一点？然而这个问题，常笑自己也无法解答。

总而言之，现在是聚会时间！她这个“随便”穿穿的大高个儿，就这样微笑着从酒店服务员的面前晃过了，在对方惊叹的眼神中撞入了一片姹紫嫣红中。大概因为此刻氛围挺热火，她的出现倒没有掀起太多风浪。

宴会厅承办一个班级聚会，显然是绰绰有余的，整个场景布置有种轻奢感，挺上档次的感觉。这会儿人也来得差不多了，正三五成群地彼此聊着，热情如火的样子。有人朝她这边看了一眼，大概一时都没想起她是谁，也没有主动上前打招呼。

常笑是个厚脸皮的，不着痕迹地环视了一周，发现比较熟的那几个还没到，就主动往人堆里凑。五六个女同学，手上像模像样地捧着小碟子，正七嘴八舌地八卦着什么。常笑长得高，从她们背后凑了个耳朵过去，居然还真耳尖地听到了自己的名字。

呃……这感觉，很新鲜呀。

“常笑还没到？还来不来？”

“说是会来，喏，当年我就说余非对她不一样吧！”

“真的假的？他们后来真的在一起了啊？”

“嗯，在一起了。媛媛说的，他们一个大学的，应该是真的。不过听她说，常笑当时好像还和一个系草有点纠缠不清的样子。”

“纠缠不清？怎么个纠缠不清？”

“好像常笑强吻了他，具体我也不记得了，等媛媛来了问问她。”

“哇，这么劲爆？”

“问我啊，”常笑终究没忍住，淡定地插嘴，决定摆事实，讲道理，“是系草强吻了她。”

几人都没太留意常笑，但似乎是听进去了，继续八卦：“哇，这么牛？不过讲真的，什么事发生在常笑身上，我都觉得有可能，哈哈。”

“反正听说沸沸腾腾的。”

“不过，真的看不出来啊，她都有余非了，还朝三暮四吗？”

常笑又插嘴：“不对哦。”

“嗯，我也觉得不至于，常笑三观还是挺正的一个人。”那个女生突然感叹，“你说她长得像假小子一样，余非当年到底喜欢她什么啊？我是觉得余非对她不一般，可更像兄弟情吧？你们说，他们是不是假恋爱啊？想当年余非女人缘还是挺好的，咱们班好几个暗恋他的，是不是拿常笑当挡箭牌啊？”

“拿谁当挡箭牌不好，偏拿常笑？靠得住吗？”

“你还别说，说不定真的能把那些桃花赶走，就常笑那战斗力，哈哈哈哈。”

“哈哈哈哈……”常笑把这归类为夸奖，也跟着笑。

“喂，你别这样说人家，常笑性格还是挺好的。”

“嗯嗯，是的。”常笑深有同感地点头，感觉自己融入这个小圈子融入得很好！很融洽！

“哼，你说她好吧，性格是挺爽的，但是，嘴巴很得罪人的，人也感觉有点愣愣的，脑筋不转弯，死心眼儿。余非当年像白马王子一样，是老师的心头宝，他俩怎么看都不是一对好吧。”

“哎？真的吗？”常笑也是第一次听自己和余非当年的趣闻，饶有兴致的样子，顺便在心里感慨，所以分手大概是必然？

“余非不来？”

“说是不来。”

“可惜了。你们知道吗？隔壁班那个班草，岁月给他喂了把猪饲料，脸都胖成球了，真想看看余非的变化。那——陈老师来不来啊？”

“来吧。哈哈，说到陈老师，你们还记不记得这事？当年他裤子拉链没拉上，常笑直接举手站起来请他拉上。陈老师当时羞愤得脸都红了，常笑还一脸正经地说‘不用谢’。这件事现在想起来还好好笑，哈哈哈哈。后来，陈老师总想找个机会找回场子，可偏偏她成绩好，课堂纪律也一流，他愣是在我们毕业前都没找到机会，笑死了。”

常笑也放声大笑：“哈哈哈哈哈哈……”

“我最想见的还是常笑啊，多有正义感的姑娘啊。当初学校运动会，有她在就跟定海神针一样，余非就喜欢她这个吧？”

常笑看了这个老同学一眼：这夸奖很好，“定海神针”用得不错，我记住你了！

“不知道。我其实觉得余非蔫坏蔫坏的，你们不可能看不出来吧。至于他喜欢常笑，可能是因为她有性格魅力？”

“有啥魅力啊？遥想当年，咱们这里谁没被她‘怼’过？”

常笑淡定地勾了勾嘴角，假装没听到这句话。

“她现在在哪里工作啊？常笑这人有时死脑筋，这样很容易得罪人吧？”

“不知道，好像说一毕业就去了外地，现在不知道回来了没有。余非好像是举家移民了，大概因为分隔两地的原因分开的？”

“并不是。”常笑忍不住插嘴。

“咦，你知道？”

“嗯，”很好，终于和人对视了，常笑笑着说，“知道啊。”

对方突然愣了愣，不自在地拢了拢头发，大概觉得在身高和气场上都差她一截。这姑娘试图先辨别她的身份，犹豫了片刻，说：“不好意思，这里是私人聚会场合，您……是不是走错地方了？”一时间还真未能将她和记忆中的某个人匹配起来。

“没走错哟。”常笑冲她扬起微笑，“你是盈怡吧？”

“对。”

“你是……”另一人迟疑了下，问。

常笑保持淡定的微笑，说：“你猜。”

“常笑！？”

一群人正看着常笑，揣测她的身份，身后突然传来一声高呼。

阿瑾和猴子负责张罗本次的聚会，她正手持高脚酒杯在这儿聊个天，在那儿碰个杯，高谈阔论什么的，看到一个出众的落单小姐姐顶着张熟悉又陌生的脸……脑子里莫名就浮现了一个名字。

天知道她开口后发现自己有多荒谬，但还是脱口而出："你是常笑？"

像，又不太像，大概是……气质上的蜕变？

常笑得体地回以一笑，轻轻点头："嗯，好久不见。"眼下这女生妆有点浓，但声音很好辨认，她笃定地唤了对方一声："阿瑾。"

沉默了数秒后，刚刚围起来聊天的几个女生内心都炸锅了！情绪简直汹涌澎湃！

"你你……你真是常笑？"这……这是整容了吧？

"嗯。"

"刚刚的话你都听到了？"

"嗯。"

"你……你……"首先与常笑对视的盈怡同学一时间有些词穷，"你——"

"我不饿，谢谢。"常笑"善解人意"地解围。

"哎哟，什么不饿啊，来这里就放开吃，别矜持，"阿瑾打哈哈，"东西可多了，随便拿，想吃什么吃什么。"然后她将酒杯冲其他人举了举，招呼道："喂喂喂，常笑来了！"

就在常笑打算淡定地享受一下众人眼光的时候，突然啪的一声音效，灯光昏暗了不少，仅在宴会厅中心投了一束光，一个精心装扮的女人挽着个西装男，款款而来。

只见那女人穿着一袭金灿灿的长裙，深棕色波浪卷发及腰，风情万种的模样。只是，她的五官看起来虽漂亮，却总有种似曾相识的感觉，是眼下流行的模样。

常笑纳闷地问："咦，这是我们班同学？"

"她就是张潇啊。"阿瑾藏起有点羡慕的小眼神，再一看常笑，发现……羡慕并没有变得少一些，连那个假小子都变得这么有气质，天道不公啊，"她也变了好多，对吧？"

常笑自动忽略“也”这个字所针对的对象，点了点头。

旁边有人在小声议论：“同学聚会而已，出场仪式搞得跟颁奖典礼一样，要不要这么夸张？”

“嗯嗯。”常笑顺带着感慨，“难怪人家说化妆术就是整容术。”真的，她敢发誓，她老同学中就没人长这样的，不然她不可能不记得！

只是，话脱口而出时，常笑不小心忘了她中气十足的嗓音……所以，耳尖的张潇就有点不乐意了。

她觉得自个儿出了钱，本来要总结发言几句，顺便收获几句赞赏和几个羡慕的眼神，结果下面那群不长眼的同学不集中不认真就算了，尤其还不长心眼儿地提及了“整容”两个字。大概算某种程度的职业病，张潇对这两个字特别敏感，表情当场就不好看了。

只是，碍着面子，她还是客套地说了几句“大家玩得开心，吃好喝好”这样的场面话，就示意服务员把灯全部打开。

这下，张潇终于看清楚了刚刚声音来源处站着的那个人——常笑。

张潇微微皱眉，见到这张令她终生难忘的面孔，只感觉眼皮子微微颤了一下，一种不祥的预感涌上心头。他们班女生中，就这身高的算是一枝独秀，也最碍她的眼。

想到这儿，她的尾音不自觉地扬起来：“哟！这不是小肠吗？”

常笑听到这个称呼，记忆突然就鲜活起来，她嘿嘿一笑，也冲她打招呼：“小鸡仔。”

张潇嘴角微微一抽，保持着仪态咬着牙道：“听说，你被余非甩了啊？”真是大快人心啊。

“是啊，小鸡仔。”常笑也不在意。

“唉，听说这两年，专家都建议征收单身税了，单身有罪啊，你还不着急找对象啊？”

“不着急。”

“这话不对，怎么还不着急呢？”另一个女生插嘴调侃道，“眼下咱们都是奔三的人了，再不着急，或许过几年就被纳入征税范围了。”

“嗯，要不你在咱们同学中留意一下，看看有没有中意的？”盈怡也终于搭上了话。

“是啊，再说咱们有些同学确实发展得还不错，让他们在单位帮你上上心。”

张潇见话题被引到了常笑身上，有点不高兴，说：“对啊，我还可以在直播的时候公开帮你找个对象。我有几个粉丝条件还是不错的，不过……他们可能不是太喜欢你这类型的。”

常笑都好多年没被人操心过人生大事了，感觉还挺新鲜，眨巴眨巴眼，说：“我没说我单身啊，我孩子都生了，着什么急？”她又嘿嘿一笑，不小心居高临下地睨了张潇一眼，感慨：“小鸡仔，你还是这么袖珍啊，小鸡仔。”

“你……”身高向来是张潇的最痛之处，撑死了一米五六的样子，当然官方说法怎么也凑够了一米六，去哪儿她都要穿七八厘米高的高跟鞋，但视觉上还是摆脱不了小巧玲珑的印象。这对女生来说也不是什么大罪，可打以前开始，常笑就没一点眼色，时常冲她喊“小鸡仔啊小鸡仔”“鸡仔个头啊鸡仔”。

想当年文理分科后，她情窦初开，鼓起勇气向余非告白，余非一脸遗憾地拒绝：“不好意思，我不喜欢太矮的。”

她气愤不过，问到底是要多高，他直接说：“常笑那么高吧。”

从此，常笑成了她心中最恨之人。

现在，自己总该是胜过她了吧？然而，看着常笑一身干练又不乏时尚感的装配，张潇心里颇有几分不是滋味。

没有看到常笑浑浑噩噩，差她一大截的样子，她总有些遗憾，直接嗤了一句：“呀，你孩子都生了？无性繁殖吗？”说到这儿，她才找回些优越感，笑着说：“阿瑾说你现在男朋友都没有，骗谁啊？咱们都老同学了，是不是还没从在余非那儿受的情伤中走出来，找个借口忽悠我们啊？”

“对啊，看你的样子完全不像生过孩子啊？身材怎么还可能这么好？”其他人起哄道。

“没骗你们。”说着，常笑掏出手机，摁了摁电源键，屏幕上是个穿着蓬蓬裙的小姑娘，两岁左右的样子，一双大大的眼睛，睫毛又长又密，五官立体深邃，看起来如洋娃娃一般软萌可爱，搁哪儿都能入选“又想骗我生闺女”系列萌照。

常笑如今是蜕变得有女人味了些，可重点是，这小女孩脸上没半分常笑的影子。

这得什么基因才能生出这么漂亮的女儿啊？张潇呵呵一嗤：“这是你女儿？网上找的图吧？”

常笑挺挺胸，骄傲地强调：“这真是我闺女！”

众人已经不想听常笑明显推辞的借口，自然而然地扯向了别的。听到张潇刚在S市又买了套房子，一个个羡慕得嘴巴都合不上：“好厉害啊。”

“现在S市房价多高啊？”

“不知道啊，我老公买的，他本身是S市人。”

“得好几万一个平方吧？”

“差不多吧。”

“哇，你老公真厉害。”

“唉，马马虎虎啦，压力还是挺大的，以后有了孩子，压力也大。咱们这家业，也是努力拼搏回来的，再说，我那行业竞争也激烈，吃的就是青春饭，要和小妹妹抢流量，也难得我那些粉丝忠心了。不过，难为他们老是给我刷礼物，怪不好意思的，我老公说婚后就不让做了。”

常笑撇撇嘴，插嘴：“啊？为什么要粉丝刷礼物？其实他们喜欢我的作品，我就很感动了。”

几个人都莫名其妙地看她一眼，大概意思是“你哪有什么粉丝”“你哪有什么作品”。

常笑自讨了个没趣，这样又交谈了一会儿，她就百无聊赖地走开了。啊，哪里有妈妈群，让她去交流一下呀？最近岚岚老挑食呢……

就在她想着问问季晓桐到哪儿了的时候，突然眼尖地看到门口又进来一个人，当那个人自昏暗中迈步而入，褪去一身风尘，熟悉的英俊面容就那样撞入眼中。

来人一身合身休闲款西服，气质沉稳，儒雅中又透着一份于年华中沉淀后的睿智，是他啊，是余非！他已然成长为当初她可以想象的，他可以成为的最美好的样子。

常笑没有来由地心底有一丝激动，长舒一口气，就这样迎上去，很豪爽地给了他一个礼节性的拥抱。

余非进门便是在寻找什么人，突然撞入一个怀抱，愣了愣，随后面带微笑地回抱了她，亲近又不失礼数。而后，常笑便很得体地离开他，微微抬头冲他粲然一笑："好久不见了，余小非。"

"常大笑。"

而那些原本还在侃侃而谈的诸位同学，被这两个一见面就"卿卿我我"的人震惊到了……

猴子是男生那边的联络人，因为被放了伪消息，清了清嗓子，也迎了上去："余非啊，这你就不够义气了，忽悠咱们呀。"

"国内刚好有个项目请我回来授课，就过来看看，顺便给你们一个惊喜。"

余非在他们班显然是更具有影响力及号召力的人，眼下，原本三五成群的人都朝着他这边围了过来。

"啧啧，昨天我给你打电话，你还一口拒绝，说没空。"

"这不是来了吗？既然追求的结果一样，计较过程还有何意义？"

"哈哈，一听你那酸道理，我就牙疼。"

余非云淡风轻地笑，睨了常笑一眼，并没有很生疏的样子："我怕我说要来，这丫头知道了说不定就以此为借口，不来了。"

闻言，众女生不由得心惊：为什么要躲起来？这到底是怎么回事？

常笑觉得自己无辜，分辩道："我还不至于这么小气，OK？"

"好吧，我改口，我怕某人以此为借口，阻挠你过来。"

常笑不由得翻了个白眼。

众人持续惊讶：某人是谁？

余非往她前面站定，然后很有范儿地微微展开手臂，示意她可以好好打量下自己，而后调侃道："让你看看我这么优秀，也让你知道，这些年你错过的是什么。”他微微一笑，口吻还是与从前一般亲昵，并没有想象中的疏离。

常笑欣慰地笑，这样的他很好。

众人却震惊到了无以复加：到底错过了什么？谁错过谁？

常笑摇头：“你这样，某人会吃醋的。”

“适当的危机感，才会让他更视你如珠宝。”

众人蒙了：你们到底在说什么？听不懂啊，好可怕！

常笑直接无视了一脸八卦的众人，往宴会厅角角落落打量了一番，向余非招呼道：“咱们去那边聊聊。”

“喂喂喂，你们这样不够意思啊！”

常笑直接回嘴：“怎么不够意思？你们跟他，比我跟他熟吗？”

众人竟无言以对，只能在心里怼一下：可你们不是分手了吗？

余非很自然地与她并肩，朝着她所指的位置移去，边走边说：“怎么样？我没来，你无聊坏了？”这么多年，余非还是一眼看穿了她。

“有点，你说，她们是不是觉得我很显嫩啊，所以都觉得我不像孩子的妈？”

“这同学聚会啊，总要有人过得不比自己好，对吧？”

“咦，你是说她们在嫉妒我？”

“你想太多了，都当妈了有什么可嫉妒的？”余非微微笑着，“买个菜要被叫太太，逛个街要被小孩叫阿姨……阿嚏——”经过张潇时，余非被她的香水呛得轻轻打了一个喷嚏。

张潇惊喜地唤道：“余非！”

“嗯？阿嚏——”

张潇好想说：你瞎吗？我变得这么好……

然而，余非已冲她疏离又得体（虚伪）地一笑，和常笑移驾至宴会厅的某角落里。

“你找对象了吗？”常笑坐下后随口问道。

“单着呢，忙。”

“你啊，还好意思说，这些年待在国外不回来，我都快忘记你长什么样了。再过两年征单身税，看你着急不着急。”

余非看着她笑道：“你小说里不是常有些剧情，若干年后，女主角自以为过得很好,但深藏记忆里的初恋情人突然出现,她陷入沉思后，发现真爱还是初恋情人？”

“噗——”常笑熟练地白了他一眼，“那些桥段我好多年前就不写了！”

余非还是如从前那般，笑得很温和的样子：“这些年你的文字，确实进步很大。”

“啊啊，叫你不要看！”常笑尴尬完又有些不服气，“那我小说里还写过初恋情人数十年如一日痴恋不悔呢。”

他微微挑眉，说：“我就是啊。”

常笑晃了晃桌上的杯子：“如今见到你，我还是有喷你一脸饮料的冲动。”

他深深地看她一眼，突然长长叹了口气，故意调侃：“你过得这么好，对我而言，真不好。”

“喂！”

“你应该为我天天牵肠挂肚，日日辗转难眠。”

“余非！”知道他故意这么说，常笑瞪他。

时间真的很奇妙，当万事沉淀，还能与他这般轻松相处，真好。

余非这才展颜一笑：“都多大的人了，情绪波动还这么大，就学不会喜怒不形于色？”

“学不会啊，因为我觉得这样挺好。”

“挺好。”余非也抿了口酒，“今天这里太吵，明天请我吃顿饭吧，我明天下午三点飞B市，然后就直接回去了。”

“啊？这么快就要走？”

“把你那小心肝儿带过来让我瞧瞧，我将来要收作儿媳妇的。”

“去你的，你儿子的影子都还没看到。”

“那我得加把劲儿了。”

“请问常笑在吗？”

正当各位还怀着偷窥的心思往常笑所在的角落张望的时候，一个声音打破了这种局面。

嗯，季晓桐携女儿出场了。

季晓桐别的优点不提，就这张脸搁哪儿都是吊打一片，可谓惊起一滩鸥鹭了。如今他这个问题就像在烧滚的油中，溅入了一小杯水，吱吱作响。

“你是——”

“妈妈在那里！”一旁如洋娃娃般的小女孩，已率先指向了常笑所在的位置。

季晓桐望过去，微微一僵，直接无视了众人，抱着女儿三两步就冲到了常笑和余非面前，劈头就问：“他怎么会在这里？”

这么多年，季晓桐的脾气收敛了不少，平日里在公司那些人面前还是像模像样的，但遇到常笑的事，总是抑制不住他那暴脾气。

余非微微一笑，气死人不偿命地道：“给你个惊喜啊。”

啊呸！季晓桐懒得理他，免得气死自已，只指着他鼻子冲常笑轻吼：“你不是说他不来？”

“人家都说了，是惊喜。”

“惊喜个鬼！”

“在女儿面前，注意下形象。”常笑瞪着他警示道。

季晓桐倏地闭了嘴，但还是很生气，哄不好的那种。

倒是岚岚一副不怕生的模样，乖萌乖萌的，歪着脑袋，睁着一双亮晶晶的大眼睛，好奇地盯着余非看，然后软软地喊了声“妈妈抱”，视线却没离开余非。

常笑心都快化了，直接绕过去将季晓岚高高抱起，在她脸上啄了一下。

一干女人是又羡慕又隐隐嫉妒——这是常笑请来的临时演员吧！不科学啊！

岚岚软软地说：“妈妈，这叔叔我见过。”

常笑冲她微微一笑，介绍道：“这个是余非叔叔。”

“余非叔叔。”

“岚岚，爸爸抱。”季晓桐本来还生着闷气，随后担心闺女被抢走，不甘寂寞地冲她伸出渴望的双臂。

“不要！”说着，岚岚环住了常笑的脖子。

人都说闺女亲爸爸，但在偶尔还是会透露些“男子气概”的常笑面前，闺女亲谁都是有可能的。

常笑觉得在同学面前还是要给季晓桐面子，但也要顾及余非的感受，于是轻声问岚岚：“宝宝，你先跟余非叔叔玩一下好不好？妈妈和爸爸有话说。”

岚岚乖巧地点了点头，常笑就笑着把女儿直接塞进了余非怀里。

即便余非是泰山崩于前而面不改色心不跳的家伙，见小肉丸子被塞进来，他居然有种四肢微微僵硬的感觉。但一见那充满好奇的水汪汪的大眼睛，他又感觉很有意思。

然后，常笑就在一群同学震惊得无以复加的视线中把季晓桐拉到了一边。

季晓桐当即摆正态度——气得哄不好的那种。

常笑见他端起架子，笑了下，显然已经很有经验了。她先是叹了口气，然后直接切入正题：“你看，为了不让我闺女的老师以为我是她爸，我也学着化妆，留长发，穿裙子，小口小口吃东西，小步小步走路，连笑都学着不露齿。”

“你以为你闺女眼睛瞎？你要是她爸，难不成我是她妈？”

常笑哈哈一笑：“最主要的是，我希望能自信阳光地站在你身边，成为人人眼中让人羡慕的你的妻子。你看，你优秀得如夜空中最耀眼的星星，如天边最绚烂的彩霞，如黑暗中最耀眼的手电筒光束，我都克服了我自卑的情绪，勇敢地站到你身边，季晓桐，你就连这点自信都没有吗？还是，你觉得自己不如余非？”

“谁不如他？我长得比他帅！”季晓桐不服气地说。

常笑红了红脸，说：“知道你帅了。”

“知道你还说？”

“是是是，好好好。”

季晓桐的气势也微微弱了下来。

常笑不明所以，叹了口气，说：“咱们商量个事呗，明天咱们请余非吃个饭吧？”

“不行！”季晓桐坚决不同意，“No way！不可能！”

常笑上前挽着他的手臂，笑着说：“你说我们定哪里比较好？机场附近好像没什么好吃的吧？”

“你甭想！常笑！请他吃饭，除非我死！”

“吃饭地点还是你做主吧，你帅你说了算。”常笑冲他眨巴眨巴眼睛，找了个特好看的角度歪头一笑。开玩笑，这些年她也是有长进的！

季晓桐好不容易憋出一句：“你犯规！”

“走吧，带女儿回家。快点，人家余非说要拐我们女儿回家当儿媳妇！”

“不行！”

这场同学聚会，在众人对常笑的各种羡慕嫉妒恨中，结束了。

嗯，是的，有人认出来了，季晓桐刚被评选为G省十大杰出实干青年企业家。

闺女也是亲闺女，人家软萌团子像爹。

她和余非也是和平分手，对方隐隐透露一种当不了恋人也要当好朋友的气息。

就连常笑自己，写的书好像都在什么畅销榜上。

真是见了鬼了。

回去的路上，季晓桐开着车，常笑抱着睡熟的女儿坐在后面。

突然，常笑问：“季晓桐，我问你，如果我确实对余非余情未了，然后我发现他才是真爱，要离开你，你会怎么办？会放手吗？”

有几年写小说经验的常笑，如今也会写些不是傻白甜的女主角，这种对白信手拈来。

“你敢！”光是这个假设就让季晓桐微微红了眼，“常笑，你的良心都喂了狗吗？”

常笑翻了个不明显的白眼，说：“我这不是假设吗？”

季晓桐恶狠狠地说：“那我就会像个冤魂一样，缠着你闹腾，直到你放弃这个愚蠢的念头。”

常笑突然一笑，握拳，说：“我也是，亲爱的，季晓桐太太这个位置，我会牢牢占据着的。”

“常笑……”季晓桐颇为感动。

然后，常笑正了正脸色：“但如果有一天你爱上了别人，那你就……净身出户吧。”

净身出户？季晓桐感觉背脊一阵凉意。

次日，常笑拿起一条裙子比了比，问：“老公，你说我要穿什么衣服啊？这件怎么样？”

“丑死了！”季晓桐直接否决。

“那我穿牛仔裤去吧。”

“不好看！”

“这件 T 恤呢？”

“难看死了！”

要是常笑还看不出季晓桐在和她对着干，她就是睁眼瞎了。

“唉，这也丑死了，那也不好看，那我不穿？”

“你敢！”

番外二 季晓岚的秘密日记

我叫季晓岚。

妈咪说了，要让别人光听名字就觉得我有才。可上学后，别人听了我的名字，都没往我的才华方面想，他们总是说：“‘纪晓岚’，‘和珅’呢？”

何慎何慎！何慎什么的，最讨厌了！

他小时候总是把手放在泥巴堆里弄得脏兮兮的，然后用我的裙摆擦干净，接着天真无邪地把眼睛笑成月牙的形状，指着被他弄脏的裙子跟我妈咪说：“阿姨，岚岚又去玩泥巴了，怎么说都说不听。”

嗷嗷嗷！后来，我终于知道世上有什么名词能够替代他，那就是——奸臣。

早几天我听说了一件事，幼儿园就开始和我同班的郝春天小朋友，在大哭大闹着无理取闹一个星期之后，她爹娘终于默默地改口叫她“郝美丽”了，她开始在作业本上端端正正地写下这三个字，完成了号称她人生中最伟大的夙愿。

现在，人家郝美丽同学都成为我们班上最牛的人物了！

原来人还可以改名字啊！

那我叫季节、季候、季大腿都没问题，亲爱的妈咪大人，敬爱的女王陛下，请让我彻底摆脱我藏在名字里的才华吧！

可是，妈咪听完，就似笑非笑地扬扬嘴角，摸摸我的头，说：“作者一旦确定主角的名字，是绝不能更改的！”然后扔给我一个衣袂飘飘的英姿勃发的背影。

妈咪名叫常笑，听大舅说，她现在是畅销榜上小有名气的作者，写很多男生爱女生，女生也爱这个男生的羞羞脸的故事。

可每次签售会，总会有人不小心跑到她身旁的工作人员那儿去，因为妈咪人长得太帅……呃，就是不像是个写言情小说的。嗯，你没听错，我也没写错，是帅气的帅，听说以前追她的女人都能排满整条长安街！

所以，我只能眼巴巴地看着我爸比。爸比爸比，看到我充满渴望的眼神了没有？

好吧，爸比其实也很了不起，他设计的游戏听说很多很多人在玩，多到几百个鸟巢都装不下！

可是，我那个没有良心的爸爸，仅仅有样学样地摸摸我的头，说“乖，一边玩儿去”，接着就笑得像朵菊花一样，颠颠儿地跟上妈咪，说：“老婆，今天累不累啊？老婆，你今晚想吃什么啊？老婆，你有没有想我啊？老婆老婆，我们今天来玩猫捉老鼠的游戏吧！我来当猫，你当老鼠……哎呀，你听错了，我说我是老鼠，老婆老婆，来抓我吧！”

唉，其实我们一家三口，除了爸比和妈咪，剩下的都是很正常的。

何慎这家伙，就像你打算开开心心吃棒棒糖时，缠绕过来的苍蝇……现在，他把我当糖，天天在我旁边转悠。

他别的本事没有，可烦人的功夫一流；爱好也不多，就爱欺负我，我躲也躲不了，打又打不过，吵又吵不赢……这就算了，居然还导致很多同学都产生一种我和他形影不离的幻觉。真是讨厌！

最最讨厌的，是他非常会装模作样，总是一副纯真的模样，嘴巴沾蜜似的把我家里人哄得笑眯眯的。

嗷嗷，除了假装看不到他，我暂时还没想到别的办法。好吧，我也算是参透了“麻木”这两个字的真理吧……

反正，到后来，方圆百里内的人都跟我妈咪说："你女儿脾性真好。"

妈咪一般就非常克制地笑，然后爸比会在旁边拍马屁："那是那是，都是我老婆教育得好。"

很快就是我十岁生日了，前两天我突然收到一个包得非常漂亮的大盒子，拆开一看，里面居然是一套非常漂亮的芭比！

落款写着余非叔叔。啊，是余非叔叔！

妈咪有很多朋友，可没有一个长得有他那么好看，可惜我很少很少跟他见面，但他的照片我藏起来一张。

妈咪就说，要好好谢谢人家，又说从我一岁开始，余非叔叔每年都会从国外给我寄生日礼物。

咦？那我怎么从来没见过那些礼物？

爸比就在旁边咬着牙恨恨地说："小时候的礼物，你都玩坏了，所以扔掉了，那些东西质量很差的！"接着，又小声嘟囔："我季晓桐的女儿，我自个儿养得起。"

妈咪用一副"你又骗我是小孩"的眼神望着爸比，似笑非笑地说："别理你老爸，他又在闹别扭。"

好几天我都偷偷把芭比藏在书包里带去学校，连郝美丽也投来了羡慕的眼光。听说她最近又不满意她的名字了，想连姓都改了，改成甄漂亮。

我刚想和她讨论一下如何让那群顽固的家长低头，让我意想不到的事情就发生了，何慎那个讨厌鬼，居然趁我不注意抢走了我的芭比！接着，他当着我的面狠狠对待芭比……

啊！他……他拔掉了芭比的头！

呜呜，原来叔叔送的东西质量真的这么差啊！

还给我！还给我！我连忙上去抢，不料何慎把芭比的头拔掉就算了，还继续去扯人家一头飘逸的金头发。

士可杀，不可辱，我彻底愤怒了，一下扑上前去冲着他又抓又咬……

何慎大概没见过我这架势，一愣一愣的，居然完全没还手。最后，我消了火，看着身首异处的芭比，委屈劲儿一上来，开始放声大哭。

哭着哭着，我好像生平第一次看到何慎手足无措。

之后的一整天，他都像哈巴狗似的跟在我后面，说：“季晓岚……季晓岚……季晓岚！”

“季晓岚季晓岚季晓岚……”

总之，他抓紧一切机会在精神上荼毒我！

我恨恨地瞪他，冲他吼：“以后我要是再跟你说一句话，我就是小狗！”

一直到生日那天，无论何慎怎么逗我，我都没有理他，打死不开口！

那天，爸比和妈咪让我请同学上我家玩，我给全班其他同学都送了一张我亲手弄的邀请卡，除了何慎。

可是，讨厌鬼就是讨厌鬼，居然闷声不吭地自己上门来了。哼！我赌气不理他，他给的礼物我也不接。

妈咪一个劲儿地在旁边给我使眼色，我余光瞄到何慎有些无措的样子，做了个鬼脸，决定坚定不移地和妈咪的霸权主义抗争到底！

结果，何慎就自个儿把礼物拆了。

咦？到底是什么？哼，我才不好奇呢！

然后，我偷偷地瞄啊，偷偷地瞄。哼，我一点也不想知道。

没料到他居然从礼物盒里摸出一个完全一模一样的芭比！

我默默地吞口水，只见他双手举高，然后当着全班同学的面，面红耳赤地说：“对、对不起！”

啊？看着他突如其来的改变，我满腹疑虑，这个讨厌鬼才不会跟我道歉呢。

我紧紧瞄着那个芭比，心里渴望得不得了……最终，我还是依依不舍地把视线移开，哼，就算他道歉了，我也不开口，坚决不当小狗！

不过，如果是两个芭比，我可以考虑一下下。

可是，我还没来得及考虑，何慎见我还是没有搭理他，就突然冲上前来，把芭比硬塞进我手里。接着，他出其不意地伸出双手捏住我的脸，开始死命地摇晃，边摇晃边说：“原谅我吧！原谅我吧！原谅我吧……”

“何——慎！”

“哦哦，你和我说话了，小狗小狗。”

我气得差点又快哭出来。

下一刻，何慎又突然指着窗外惊讶地叫嚷了一句：“哎呀，快看，有怪兽！”

我第一次看到全班同学眼神这么一致，齐刷刷地往我身后看去。呃，吓我一跳……

他却早有预谋，突然凑上来，狠狠在我脸上咬了一口……有四个字在他口里揉成一团——

“生日快乐。”

我惊得没办法说话，只能看着他。他又迅速退开来，笑得一脸无邪，也凑去窗边，继续瞎扯：“快看快看，怪兽在那里！”

“在哪里？”

“那里！”

啊啊……奸臣！

下次……下次就算三个、十个、一百个芭比娃娃，也不会再让我放松警惕了！

我决定了！我长大以后要嫁给乾隆皇帝，然后把“和珅”砍了！